史诗合一
—— 唐代裴氏诗解读

裴剑文 著

吉林大学出版社

·长春·

图书在版编目（CIP）数据

史诗合一：唐代裴氏诗解读 / 裴剑文著 .— 长春：
吉林大学出版社，2023.1
ISBN 978-7-5768-0061-6

Ⅰ．①史… Ⅱ．①裴… Ⅲ．①唐诗—诗歌欣赏 Ⅳ．
①I207.227.42

中国版本图书馆CIP数据核字（2022）第138043号

书　　名：史诗合一——唐代裴氏诗解读
　　　　　SHISHI HEYI——TANGDAI PEISHI SHI JIEDU

作　　者：裴剑文　著
策划编辑：邵宇彤
责任编辑：高珊珊
责任校对：陶　冉
装帧设计：优盛文化
出版发行：吉林大学出版社
社　　址：长春市人民大街4059号
邮政编码：130021
发行电话：0431-89580028/29/21
网　　址：http://www.jlup.com.cn
电子邮箱：jldxcbs@sina.com
印　　刷：三河市华晨印务有限公司
成品尺寸：170mm×240mm　　16开
印　　张：19.75
字　　数：311千字
版　　次：2023年1月第1版
印　　次：2023年1月第1次
书　　号：ISBN 978-7-5768-0061-6
定　　价：98.00元

序

  中国诗歌博大精深，仅从量上来讲，诗人、诗歌也是恒河沙数，而在唐代，这种艺术形式更是大放光彩并登峰造极。至今，唐诗存世的作品中，诗歌达五万五千七百三十首，句子共三千零六十条，所涉及的唐代诗人共计三千七八百位。不论诗作，还是诗人，都如浩瀚的夜空，繁星闪烁。面对这样一个庞大的文学群体，没有一个恰当的切入点是不行的。所以，我选择了一个和唐代政治、经济、军事、文化等紧密相关的世家大族——河东裴氏来切入，将河东裴氏诗人创作的诗歌搜集、整理、解读、注释，编著成《史诗合一——唐代裴氏诗解读》，以期窥得大唐诗歌、社会、文人和文化之一斑。

  世家大族是中国古代社会发展阶段上出现的一个历史现象，曾经是那段历史中生产关系的支配者，并在政治上居于统治地位，具有极大的社会影响。河东裴氏即其一。河东裴氏的祖居地，在今山西闻喜县，而闻喜县汉代属河东郡，故称河东裴氏。河东裴氏是中古时期的名门大族之一，从汉末到唐末的八百年间，裴氏族人一直活跃在中国历史舞台上，而且扮演着相当重要的角色，在政治、经济、文化以及军事诸多领域，产生过重要的影响。据正史记载，裴氏的杰出人物如下：东汉时，治理西域的敦煌太守裴遵和裴岑；在汉献帝朝任职的戡乱功臣、平定"李傕之乱"的尚书令裴茂（裴氏三祖——裴潜、裴徽、裴辑的父亲，分出著名的裴氏三眷五房，奠定了河东裴氏在以后的发展）；南朝宋时，平定"涪蜀之乱"，攻破仇池的裴方明；隋朝时，与苏威等修订律令的散骑常侍、左庶子裴政；主持"大索貌阅"的民部侍郎裴蕴；隋文帝时出使东突厥，恢复了隋与东突厥友好关系的裴矩；隋炀帝时率领使团出使日本，直接推动了隋代中日关系发展的裴世清。到了唐代，随着唐王朝经济和文化的发展，裴氏族人在各个领域继续扮演着十分重要的角色。据不完全统计，史籍上有名字可查的裴氏族人（包括未注明官职者）约有600

余人，其中在唐一代任宰相者达17人；任节度使、观察使、防御使、按察使、经略使、兵马使者达21人；任将军、都督、都护者15人；任尚书、卿、大夫、监者26人；任刺史、尹者91人；为驸马者10人（以上每人均以一职统计），其他以下各类官员已无法细算，由此足见唐代裴氏之盛。

世族和诗歌是两个相互作用力，互相促进，彼此制约，如将两者解读出来，看到的将是整个社会的立体图景。因此，本书以《全唐诗》《全唐诗补编》等典籍为据，从中搜罗、整理出39位裴氏诗人及其流传下来的234首诗歌，并给诗人作简洁而又翔实的传记，且对诗歌进行解读和注释，这将填补唐诗领域的一大空白，有很大的研究价值和现实意义。

1. 本书裴氏诗人概况

要解读作品，首先应该对作者有所了解，这就是所谓的"知人论世"。唐代裴氏写诗的人，远远超过39人，最起码那些参加了科举考试的裴氏族人是写过诗的，但可惜很多没有流传下来。在整理诗人传记资料时，我有些发现，并据此进行了调整。

（1）裴漼、裴璀。《全唐诗》第012卷第088首《郊庙歌辞·享龙池乐章·第十章》，署名的作者是裴璀。《全唐诗》第108卷第007首《奉和圣制龙池篇（第十章）》，署名的诗人是裴漼。两首诗内容相同，标题略有差异，根据这首诗的写作背景以及诗人生平经历，为避免重复，本书只取裴漼。

（2）裴達、裴邈。《全唐诗》第288卷第017首《小苑春望宫池柳色》，署名诗人是裴達，并作介绍：大历进士第。《全唐诗》第288卷第018首《南至日太史登台书云物》，署名作者是裴邈，并作介绍：大历进士第。通过查询《登科记考》大历年间进士及第名单，发现只有裴達，于是本书将这两首诗的作者都定为裴達。

（3）裴次元、裴元。《全唐诗》第466卷第025首《律中应钟（一作裴元诗）》署名作者为裴次元。《全唐诗》第780卷第003首《律中应钟（一作裴次元诗）》诗人署名为裴元。裴元在史籍上没有任何生平资料。在此，我们选择保留裴次元。

（4）裴乾馀、裴虔馀。《全唐诗》第597卷第020首《早春残雪》，署名作者为裴虔馀。《文苑英华》中作裴乾馀。根据裴虔馀及其父亲裴夷

直的生平经历，推断裴虔馀大约出生在敬宗宝历元年（825 年），不可能元和十五年（820 年）登进士第。所以，在本书中《早春残雪》作者署名为裴乾馀。

（5）《白牡丹》作者应为裴潾。《白牡丹》这首诗出现在《全唐诗》第 124 卷第 021 首、第 280 卷第 053 首、第 507 卷第 015 首处，作者分别为裴士淹（？—774 年）、卢纶（739 年–799 年）、裴潾（？—838 年）。而根据《白牡丹》写作背景分析，这首诗应写于大和中（831 年左右），结合这三位诗人的生平，判定《白牡丹》这首诗的作者应为裴潾。

（6）裴夷直、令狐楚。《全唐诗》第 334 卷第 030 首《李相麗后题断金集（一作裴夷直诗）》："一览断金集，载悲埋玉人。牙弦千古绝，珠泪万行新。"署名作者为令狐楚。《全唐诗》第 513 卷第 020 首《题断金集后（一作令狐楚诗）》："一览断金集，再悲埋玉人。牙弦千古绝，珠泪万行新。"署名作者为裴夷直。根据令狐楚、裴夷直两人的生平经历、为官之路以及他们各自与"李相"李逢吉的关系，可判断这首诗的作者究竟是谁：令狐楚长年担任地方节度使，政绩显著，擅写诗文，与李逢吉来往密切，唱和诗很多。令狐楚将两人的唱和诗编辑成《断金集》。而裴夷直在近十五年的幕府生涯中，任职李逢吉幕时间最长。裴夷直与李逢吉的关系是千里马和伯乐的关系。"牙弦千古绝，珠泪万行新"反映的是钟子期和伯牙的知音关系，由此判定《题断金集后》一诗的作者并非裴夷直，而是令狐楚。所以本书没有收录、解读这首《题断金集后》。

（7）裴说有二人。从《蔷薇》这首诗里"曾葬西川织锦人"来分析，此诗作于西川，而唐末状元诗人裴说素来流落湖湘。再从史志来看，在中唐时期，有一位曾位居长安丞的裴说，与韦应物（737 年—792 年）、司空曙（720 年—790 年）有诗歌唱和。北宋钱易撰写的笔记小说《南部新书》中载"裴说，宽之侄孙，佐西川韦皋幕"。裴宽，679 年出生，754 年去世。韦皋，745 年出生，805 年去世。可见在韦皋和韦应物活跃之时，文坛尚有一位裴说。两位裴说生活年代大约相差一百年。但凭现有史料，很难区分哪一首是哪一个裴说的。

2. 本书裴氏诗歌概况

裴氏诗人群，上至宰相公卿、一般仕宦，下至布衣隐士，还有女性诗人，因此写作的题材非常广泛，现略举几类如下。

（1）应制诗。河东裴氏家族子弟，多居高官要职，与皇亲贵戚近距离接触，更有机会接受钦点，奉和作诗。比如裴守真《奉和太子纳妃太平公主出降三首》、裴光庭《奉和御制左丞相说右丞相璟太子少傅乾曜同日上官命宴东堂赐诗》等。

（2）边塞诗。边塞诗虽及于四境，但仍以汉代延续下来的幽、并、凉三边为主要的描写范围，这使得边塞诗有着一目了然的北方气氛。不管是征战告捷的喜悦、守城的劳累艰辛，还是环境的寒苦荒凉，边塞诗总是流淌着一股苍凉的阳刚之气。比如裴潾《奉和御制平胡》、裴说《塞上曲》等。

（3）赠别诗。临行赠别，各奔东西，表现最多的是惆怅、恋恋不舍之情。比如裴度《送刘》、裴夷直《送王缋》等。

（4）寄答唱和诗。裴氏诗人作诗多与同僚或友人往来赠答唱和，这类作品比较多。比如裴翻《和主司王起》、裴贽《答王涣》等。

（5）科举试诗。科举试诗是指裴氏族人参加科举考试流传下来的作品，比如裴达《小苑春望宫池柳色》、裴杞《风光草际浮》等。

（6）闺怨诗。闺怨诗是一个很古老的题材，作者一般是男性诗人，其以女性的口吻写闺情。比如裴交泰《长门怨》、裴说《闻砧》等。

（7）怀古诗。怀古诗主要是以历史事件、历史人物、历史陈迹为题材，借登高望远、咏叹史实、怀念古迹来达到感慨兴衰、寄托哀思、托古讽今等目的。比如裴瑶《阖闾城怀古》等。

裴氏诗就内容题材来说，还有很多类别，以及诗歌所呈现出来的艺术写作风格，本书都做了详细的解读。解读的背后，是与唐代裴氏诗人心灵的交流，是与唐代社会历史文化的对话。史诗合一，是指史中有诗，诗中有史。任何一个作家总是与他所处的时代紧密相连，作家的精神和时代精神是贯通的，作家所创作的文学作品也是这样。一个时代文学作品的形成受作者所处时代的政治、文化等诸多方面因素的影响。大唐帝国，空前开放、兼容并包，儒、释、道三教形成了三足鼎立之势。儒学塑造了裴氏诗人的人格精神与灵魂，道家与释家思想让他们彻悟人生，将自己的精神与心灵腾跃到人世以外的广大宇宙，使其达到飘逸与洒脱的境地，赋予了他们闲适的心态以及超凡脱俗的神采与风韵。总之，无论在诗歌题材上、诗歌艺术手法上，还是诗歌人文内涵上，唐代裴氏诗

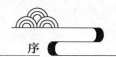

人都创造了值得称道的杰出作品，在中国文学史上呈现着别样的风致。

　　为唐诗研究提供一个全新的切入点，为中古世族文学研究提供一个全新的视角，为河东裴氏文化的研究和传播提供一个丰富且可靠的文本，这就是我编著《史诗合一——唐代裴氏诗解读》的初衷。在写作、出版过程中，我得到了很多宗朋师友的指导和支持，在此表示深深的谢意！合上书稿，我仍时刻担心所搜集的诗人不全、诗作有漏、传记有误、解读注释不到位，毕竟相关的史料短缺，或有记载的也多讹谬散乱、真伪混淆，加上时间仓促、水平有限，书中难免会出现一些缺陷，故而恳请广大读者不吝赐教，予以指正！

裴剑文

2021 年 10 月 20 日于江西樟树

目　录

裴守真诗

　　裴守真，生卒年不详，出身于河东裴氏南来吴裴房，绛州稷山（今山西稷山县）人。后魏（北魏386年—534年）冀州刺史裴叔业六世孙。父裴眘（同"慎"），隋朝大业（605年正月—618年三月）中为淮南郡司户，素有仁政；唐朝贞观（627年正月—649年十二月）中，官至鄯县（治所在今河南省永城市鄯城镇）县令。裴守真早年丧父，侍奉母亲极为孝顺。母亲去世时，他因悲哀过度而骨瘦如柴。他侍奉寡居的姐姐以及兄长也很恭谨，所遵闺门礼法的情形，被其士人朋友们极为推崇。起初参加进士科考试，及第，后参加"八科举"（根据现有文献资料推测，可能是唐高宗朝的特殊制举：皇帝临时下诏施行，制诏若规定以八目设科，则此诏名为"八科举诏"，举子应试称为"奉诏应八科举"或"应八科举诏"，简称之则为"应八科举"），再后来升迁乾封县（治所在长安城怀真坊，今西安雁塔区吉祥村附近）县尉。永淳初（682年）关中遭遇大饥荒，裴守真把他的俸禄全部给了姐姐和众外甥，自己和妻子儿女则连粗粮糙米都不够填饱肚子。不久授官太常博士（太常寺属员，职掌礼事，从七品上），"尤善礼仪之学"。及高宗驾崩，裴守真与博士韦叔夏、辅抱素等共同讨论旧事、创立丧葬礼仪，时人称其为"得礼之中"。天授（690年—692年）年间为司府丞（即太府寺丞，掌太府寺内日常事务，从六品上。太府寺是唐代中央事务机关之一，是重要的财政出纳机构）。武则天令其推究诏狱，但由于不合旨意，裴守真被贬为汴州（治所在今河南开封）司录（又名录事参军，为监察官员，正七品上），后转任成州（治所在今甘肃成县）刺史（地方行政长官，正四品下），不久转宁州（治所在今甘肃宁县）刺史（地方行政长官，从三品）。当其离任成州，赴任宁州时，成州有数千人为其送别。长安（701年—704年）中去世，赠户部尚书。有七子：子余、巨卿、耀卿、幼卿、侨

卿、春卿、昱。诗三首。

奉和太子纳妃太平公主出降三首

瑜珮①升青殿②，秾华③降紫微④。
还如⑤桃李发，更似凤凰飞。
金屋⑥真⑦离象⑧，瑶台⑨起婺⑩徽⑪。
彩缨⑫纷碧坐⑬，缋羽⑭泛褕衣⑮。

云路⑯移彤辇⑰，天津⑱转明镜⑲。
仙珠照乘归，宝月重轮映。
望园嘉宴⑳洽，主第㉑欢娱盛。
丝竹㉒扬帝熏㉓，簪裾㉔奉宸㉕庆。

丛云霭㉖晓光㉗，湛露晞朝阳。
天文㉘天景㉙丽，睿藻㉚睿词㉛芳。
玉庭㉜散秋色，银宫㉝生夕凉。
太平超邃古㉞，万寿乐无疆㉟。

【解读】

太子纳妃、太平公主出降，这两件大事发生在同一年，即永隆二年（681 年）。唐高宗李治（628 年 7 月 21 日－683 年 12 月 27 日）先后册封几位儿子为太子。长子李忠（643 年－664 年）：永徽三年（652 年）：册立为皇太子；显庆元年（656 年）：失去太子之位，降封梁王。第五子李弘（653 年－675 年）：也是女皇武则天长子，显庆元年（656 年）：册立为皇太子；上元二年（675 年）：随行洛阳，猝死于合璧宫绮云殿，时年二十三岁，追赠孝敬皇帝。第六子李贤（655 年 1 月 29 日－684 年 3 月 13 日）：女皇武则天次子，上元二年（675 年）：太子李弘猝死后，册立为皇太子；调露二年（680 年）：以谋逆罪名废为庶人，流放巴州。第七子李显（656 年 11 月 26 日－710 年 7 月 3 日）：武则天第三子，在太子李贤被废后，被立为皇太子；弘道元年（683年）即皇帝位，庙号中宗。所以，诗中所指"太子"为李显，他要娶的太子妃，正是日后的韦皇后。16岁的太平公主，也在这年下嫁唐高宗的外甥、城阳公主的二儿子薛绍。两场豪华气派的大唐皇家婚礼在即，作为人父的唐高宗，眼见儿女长大成人、谈婚论嫁，喜事当前，感慨颇多，遂赋诗一首《太子纳妃太平公主出降》。当时在场的刘祎之、元万顷、郭正一、胡元范、任希古、裴守真等大臣随即"奉和"。

　　裴守真"奉和"了这三首诗。从内容上来说，这三首诗展现了婚嫁活动的全过程：第一首写婚嫁时宫殿喜庆祥和的景象；第二首幻化仙境来写婚嫁过程以及宏大的婚宴场景；第三首再次描绘婚嫁时盛大的人文自然景象以及发自内心的真诚祝福。诗中出现如"仙、帝、宸、天、凤、凰"等表现神圣伟大的词汇，用以增加诗歌雍容典雅的色彩，从侧面反映了初唐中期的太平景象，表现出大唐帝国的统一和强大。从艺术表现上来说，这三首诗在声律谐协、对偶精整、用词工巧等方面倾注心力，将诗歌的美感形式尽情展现，对唐代诗体和诗歌艺术技巧的完善有促进作用。其不足之处，就是过重以藻绘呈才为旨归而导致内容靡丽空泛，这也是宫廷应制诗的一大特色。

【注释】

①瑜佩：玉珮。

②青殿：即青宫。

③秾华：繁盛艳丽的花朵。

④紫微：星座名，即紫微垣，古代天文学家分天体恒星为三垣，中垣有十五星，亦称紫宫。喻指皇帝宫殿。

⑤还如：恰似，好比。

⑥金屋：华丽的屋宇。

⑦真：清晰地显示。

⑧离象：光采四射之象。

⑨瑶台：美玉砌的楼台，泛指雕饰华丽的楼台。

⑩婺：即婺女星，常用以比喻女人的美丽。

⑪徽：美好；善良。

⑫缨：系在脖子上的帽带，也指彩带，这是古代女子许嫁时所佩的一种彩色带子。典出《礼记·曲礼上》："女子许嫁，缨。"

⑬碧坐：即碧座，一种用碧玉装饰的马鞍。

⑭缋羽：色彩鲜明的头饰或头盔装饰品。

⑮褕衣：华美的衣服。

⑯云路：青云之路，云间。

⑰彤辇：朱漆宫车。

⑱天津：银河渡口。

⑲明镜：明光锃亮的镜子。

⑳嘉宴：盛宴；喜筵。

㉑主第：公主的宅第。

㉒丝竹：我国民族乐器中的弦乐器和竹制管乐器的总称，以它们为主的重奏、合奏被称为"丝竹乐"。泛指音乐。

㉓熏：温和，和暖；和悦的样子。

㉔簪裾：显贵者的服饰。

㉕宸：屋宇，深邃的房屋；北极星所在。后借指帝王所居，又引申为王位、帝王的代称。

㉖霭：雾气。

㉗晓光：清晨的日光。

㉘天文：指日月星辰等天体在宇宙间分布、运行等现象，即天象。

㉙天景：天色，天气。

㉚睿藻：称皇帝或后妃所作的诗文。

㉛睿词：皇帝的言辞。

㉜玉庭：庭院的美称。这里指宫廷。

㉝银宫：太子妃宫。

㉞邃古：也称"遂古"，上古，远古。

㉟无疆：没有止境；没有穷尽。多用于褒义。

裴光庭诗

　　裴光庭（676年—733年），字连城，绛州闻喜（今山西闻喜县）人，出身于河东裴氏中眷房。高祖裴伯凤，南北朝时期北周骠骑大将军，光、汾二州刺史，琅琊郡开国公，赐姓宇文氏。曾祖裴定，北周大将军、冯翊郡守，嗣琅琊郡公。祖父裴仁基，隋朝将领、左光禄大夫，赠原、庆、会三州刺史，谥曰"忠"。父亲裴行俭，唐朝礼部尚书，兼检校右卫大将军，赠太尉、闻喜县开国公，谥曰"宪"。兄：裴贞隐、裴参玄、裴义玄、裴悟玄、裴延休、裴庆远。

　　早年丧父。母亲厍狄氏，有妇德，武则天时召入宫，为御正，甚见亲宠，裴光庭由此累迁太常丞（掌管礼仪的太常寺官员，从五品下）。唐睿宗年间，因裴光庭是梁王武三思的女婿，外贬为郢州（治所在今湖北钟祥）司马（"安史之乱"前的州司马拥有一定的权力，并且在一定的条件下可以代行刺史之职。因郢州在唐代为上州，郢州司马品级为从五品下）。唐玄宗即位后，思念故臣裴仁基、裴行俭父子为大唐建立的功业，渐委裴光庭以重任。开元中，历任右率府中郎将、司门郎中、兵部郎中。开元十三年（725年），唐玄宗到泰山封禅之后，裴光庭升任兵部侍郎。开元十七年（729年），裴光庭升任中书侍郎、同中书门下平章事，兼御史大夫，后又改任黄门侍郎。开元十八年（730年），裴光庭升任侍中，兼吏部尚书，并加弘文馆学士。撰《瑶山往则》《维城前轨》二篇献之，手制褒美。开元十九年（731年），吐蕃遣使入朝，唐玄宗听从裴光庭建议，将典籍赏赐吐蕃。开元二十年（732年），唐玄宗命裴光庭与中书令萧嵩分统南衙左右厢兵。同年十一月，裴光庭随唐玄宗祭祀后土，加授光禄大夫，封正平县男。开元二十一年（733年），途经闻喜裴氏故茔，裴光庭上表请去扫拜，表达对于父亲和先人的无限哀思。返京便感疾于家，朝廷给方，御医护药，京官中使相望于途。仍不忘辅佐忠效，

推荐贤良。同年三月八日病逝，享年五十八岁。唐玄宗废朝三日，追赠他为太师，命张九龄为他撰写神道碑文，赐谥"忠献"。唐玄宗曾作《答裴光庭诏》："元元之教，家国是资，匪为先宗，贵申道本。所以首岁元日，因行春令，清净之政，期诸相国乎，为官择才，可以先淳素也"，来夸耀裴光庭相国之才，意指其能选贤举能、是国家栋梁之材。子裴积。孙：裴倩、裴倚、裴儆、裴侑。诗一首。

奉和御制左丞相说右丞相璟太子少傅乾曜同日上官命宴都堂赐诗

乐贤①闻往诰②，褒德③偶④兹辰⑤。
端揆⑥升元老⑦，师⑧谋择累仁⑨。
紫庭⑩崇⑪让⑫毕，粉署⑬礼容⑭陈。
既荷⑮恩荣⑯旧，俱承宠命⑰新。
天文⑱悬瑞色⑲，圣酒泛华茵⑳。
杂遝㉑喧箫鼓㉒，欢娱洽㉓搢绅㉔。
掖垣㉕招近侍㉖，虚薄㉗侧清尘㉘。
共保坚贞节㉙，常期雨露㉚均㉛。

【解读】

　　这是一首应制诗。应制诗本质上是一种公文式的赞美诗，所以这决定了它必然会走向模式化。应制诗多产生于宴饮、游乐的场合，本身带有一些记叙的成分，所以开篇往往或点明时间或点明地点，接下来的内容则为了歌颂帝王而往往极力描写富贵景象和事物，以此展现皇廷的气势。而这样的气势，只有帝王才拥有，因此最后几句转到歌功颂德上就是很顺理成章的了。现存的应制诗，大致都是这样：破题、眼前景物的描述及歌功颂德（或自谦或祝愿），结尾因为内容不同也有所不同。所以，可得出应制诗的特点是典雅富艳，即用典、富贵气象、华辞丽藻。

　　从应制诗的类别来看，应制诗多作于侍宴、游幸、节日之时，因此这些类别的应制诗数量比重最大。由此不难看出，应制诗具有明显的娱乐功用。与上朝议政相比，侍宴、游幸、节日是相对轻松许多的场合，但即使如此，群臣也都是如履薄冰，毕竟这样场合的主持者是皇帝。因此应制作诗就顺理成章地成为了皇帝与臣子之间于此时交流的一种工具，而这种交流往往被弄得像赛诗会一样。应制诗的结尾往往都要转到歌功颂德上面来，这本身就是为了娱乐皇帝。皇帝高兴了，这就涉及到了应制诗的功利性问题，也就是作诗者可以凭借应制诗博得皇帝欢心，并获得权力与地位。

开元十七年（729 年）五月，正值初夏，宫廷尚书省都堂举办一场盛大的宴会，主题是庆祝宋璟、张说、源乾曜同日分别被拜为尚书右丞相、尚书左丞相和太子少傅。玄宗皇帝意兴高浓，亲自赋诗《左丞相说右丞相璟太子少傅乾曜同日上官命宴都堂赐诗》，将宋璟、张说、源乾曜比作汉初三杰（萧何、张良、韩信）。当时在场的宋璟、张说、源乾曜、宇文融、萧嵩、裴光庭等人"奉和御制"。

这首诗，前四句破题，点明宋璟、张说、源乾曜同日分别被拜为尚书右丞相、尚书左丞相和太子少傅；中间八句描述任命时候的场景环境，注重气势，渲染气氛，写出皇家气派、盛世气象；最后四句写了贤才将忠心耿耿辅佐皇帝，建功立业，表明决心，同时表示对皇恩浩荡的期待、感激和称颂。全诗在赞扬宋璟、张说、源乾曜三位贤臣各司其职，将替君王辅佐社稷、清除杂尘、永葆盛世太平的同时，对玄宗任人唯贤之品格大加赞扬。同时，此次宴会亦是裴光庭与这些朝廷重臣交谊的印证。

【注释】

①乐贤：乐于求贤。典出《诗序》："《南有嘉鱼》，乐与贤也。"

②往诰：往昔的君王所颁文告。

③褒德：褒扬德行。

④偶：结伴，遇合。

⑤兹辰：现在这个时辰。

⑥端揆：尚书省长官，这里指宋璟、张说分别被拜为尚书右丞相、尚书左丞相。

⑦元老：资历长、年高德劭的老臣。

⑧师：老师，这里指源乾曜被拜为太子少傅。

⑨累仁：积累仁义。

⑩紫庭：帝王宫廷。

⑪崇：推崇、尊崇。

⑫让：推贤。典出《尚书·尧典》："允恭克让。"郑注："推贤尚善曰让。"

⑬粉署：尚书省之别称。后汉尚书奏事于禁中明光殿，该殿皆用胡椒粉涂壁，故后世或以粉署习称尚书省。

⑭礼容：礼制仪容。

⑮荷：担任，承担。

⑯恩荣：恩典和光荣，指皇帝赐予的荣耀。

⑰宠命：加恩特赐的任命。

⑱天文：日月星辰等天体在宇宙间分布、运行等现象，即天象。

⑲瑞色：瑞应之色。泛指吉祥之气色。

⑳华茵：茵，这里作"垫"字解。"华"同"花"，花茵即是用花瓣铺成的坐垫。聚落花而为茵是古人表现出的名士风度。

㉑杂遝：众多纷杂貌。遝，通沓，众多，繁多。

㉒箫鼓：箫乐与鼓乐的合称，是一种庆典仪礼中以箫鼓演奏为主的音乐，属当时的雅乐。泛指乐奏。

㉓洽：融洽；谐和。

㉔搢绅：古时，官吏插笏垂绅以为装束，后遂用作官宦或儒者的代称。典自《晋书·舆服志》："所谓搢绅之士者，搢笏而垂绅带也。"

㉕掖垣：宫墙，唐代门下、中书两省在宫中左右掖，因而"掖垣"也借指门下、中书两省。

㉖近侍：指亲近帝王的侍从之人。

㉗虚薄：形容光色清明。

㉘清尘：车后扬起的尘埃。典出《汉书·司马相如传》："犯属车之清尘。"后用作对尊者的敬称。这里指皇帝。

㉙坚贞节：坚定不移的操守。

㉚雨露：雨与露，为大自然之精华，能滋长万物，象征恩泽、恩情，多象征皇帝的恩泽。

㉛均：均等。

裴漼诗

　　裴漼（？—736年），一作裴璀，误。绛州闻喜（今山西省闻喜县）人。祖父裴公纬。父亲裴琰之，永徽年间任同州司户参军，因快速将数百道堆积的旧案处理完毕，被尊号为"霹雳手"。后来任永年令，施政惠民，有属吏为其立碑赞美。任仓部郎中时因患病而辞官。裴漼和颜悦色服侍父亲十多年，不肯出任外官。裴琰之去世后，裴漼应大礼举，累官监察御史，三迁中书舍人。太极元年（712年），唐睿宗为金仙、玉真公主造观及寺等，时属春旱，兴役不止。裴漼上疏谏。不久转兵部侍郎，以铨叙平允，持授一子为太子通事舍人。开元五年（717年），裴漼任吏部侍郎，选拔的士人很多。再转黄门侍郎，代韦抗为御史大夫。漼早与张说善，说为相，数荐之。漼长于敷奏，上亦自嘉重，由是擢为吏部尚书，寻转太子宾客。开元二十四年（736年）去世，年七十余，赠礼部尚书，谥曰"懿"。子：裴充。诗四首。

奉和圣制送张说上集贤学士赐宴（赋得升字）

问道图书盛，尊儒礼教兴。
石渠①因学广，金殿②为贤升。
日月恩光照，风云宠命膺。
谋谟③言可范，舟楫④事斯凭。
宴喜⑤明时⑥洽⑦，光辉湛露⑧凝。
大哉尧作主，天下颂歌称。

【解读】

圣制，皇帝的作品。张说（667年—731年），唐朝开元名相，字道济，一字说之，河南洛阳人，唐朝政治家、文学家。集贤学士：官名统称，即集贤院学士、集贤殿学士、集贤殿大学士。《旧唐书》卷九十七《张说传》记载："说又首建封禅之议。（开元）十三年，受诏与右散骑常侍徐坚、太常少卿韦縚等撰《东封仪注》。旧仪不便者，说多所裁正，语在《礼志》。玄宗寻召说及礼官学士等赐宴于集仙殿，谓说曰：'今与卿等贤才同宴于此，宜改名为集贤殿。'因下制改丽正书院为集贤殿书院，授说集贤院学士，知院事。"也就是说，开元十三年（725年），唐玄宗将丽正书院改为集贤殿书院，任命张说为集贤院学士，知院事。于是，唐玄宗高兴地赋诗一首《集贤书院成送张说上集贤学士赐宴得珍字》，在场的苏颋、赵冬曦、源乾曜、李元紘、裴漼、刘升、萧嵩、韦抗、李嵩、韦述、陆坚、程行湛、褚琇、贺知章、王翰、徐坚等大臣奉和作诗。裴漼这首和诗，从文化、礼教、惜才、政治清明等方面来歌颂皇帝，美誉盛世，赞颂了唐玄宗礼乐教化的治国思想。

【注释】

①石渠：即石渠阁，为西汉宫禁中收藏皇家图书之所。唐宋诗词中常用以借指集贤院等校理图书的官署。

②金殿：泛指宫殿。

③谋谟：计谋，谋划。

④舟楫：船和桨。喻指济世的宰辅大臣。

⑤宴喜：安乐喜悦。

⑥明时：政治清明的时代。古时多用以称颂本朝。

⑦洽：融洽；谐和。

⑧湛露：旧解以为是帝王宴诸侯或群臣的乐章；后引用作咏帝王宴饮的典故。

奉和御制旋师喜捷

殊类①骄无长，王师②示有征。
中军③才受律④，妖寇⑤已亡精。
斩虏还遮塞，绥降更筑城⑥。
从来攻必克，天策⑦振奇兵。

【解读】

裴漼这首诗是为和唐玄宗李隆基的诗而写的。唐玄宗的诗《旋师喜捷》："边服胡尘起，长安汉将飞。龙蛇开阵法，貔虎振军威。诈虏脑涂地，征夫血染衣。今朝书奏入，明日凯歌归。"当时和唐玄宗这首诗的还有韦安石。韦安石的诗是《侍宴旋师喜捷应制》："蜂蚁屯夷落，熊罴逐汉飞。忘躯百战后，屈指一年归。厚眷纾天藻，深慈解御衣。兴酣歌舞出，朝野叹光辉。"韦安石（651年—714年），本名韦安，字安石，京兆万年（今陕西西安市）人，唐朝宰相。

《旧唐书》卷八记载："开元二年（714年）二月，突厥默啜遣其子同俄特勤率众寇北庭都护府，右骁卫将军郭虔瓘击败之，斩同俄于城下……三月甲辰，青州刺史、郇国公韦安石为沔州别驾。"从《旧唐书》记载的唐玄宗时期的唐胡大战以及结合韦安石的生平，可以推断唐玄宗的诗以及裴漼、韦安石的和诗写于开元二年（714年）二三月。这是唐玄宗时期的第一次非常重大的军事胜利。

裴漼这首和诗，一二句将"殊类"和"王师"对比，写出唐军的威武；三四句将"中军"与"妖寇"做比较，写出了唐军作战迅速，气势惊人；五六句将"斩虏"和"绥降"比较，写出当时唐朝的外交与边疆政策；七八句再一次夸赞唐军无往不克以及赞颂皇帝英明的决策。这是一首体现国家政治军事大事件的应制诗，表达了诗人因国家强盛、前方胜利油然而生的喜悦。

【注释】

①殊类：指少数民族，异族。

②王师：朝廷的军队。

③中军：指主帅、主将。古代军队多分左中右三军，中军由主将（主帅）自帅，发号施令于此。因此，后人也称主将为中军。

④受律：接受军律。指受命出师。

⑤妖寇：敌人，敌军。

⑥斩虏还遮塞，绥降更筑城：典故出自《史记·匈奴列传》，"汉使贰师将军（李）广利西伐大宛，而令因杆将军教筑受降城。其冬，匈奴大雨雪，畜多饥寒死。儿单于年少，好杀伐，国人多不安。左大都尉欲杀单于，使人间告汉曰：'我欲杀单于降汉，汉远，即兵来迎我，我即发。'初，汉闻此言，故筑受降城，犹以为远。"西汉武帝以武力征伐边境，并命因杆将军公孙敖在塞外筑受降城。后遂用为边境媾和之典。这里借以表现在边塞战争中取胜纳降。

⑦天策：皇帝的谋略。

奉和御制平胡

玄漠①圣恩通，由来书轨同②。

忽闻窥③月满④，相聚寇⑤云中⑥。

庙略⑦占黄气⑧，神兵⑨出绛宫⑩。

将军行逐虏，使者亦和戎⑪。

一举辊辐⑫灭，再麾⑬沙漠空。

直将威禁暴，非用武为雄。

饮至明军礼，酬勋锡武功⑭。

干戈还载戢⑮，文德⑯在唐风。

【解读】

这首诗是和唐玄宗李隆基的《平胡并序》："戎羯不虔，窃我荒服。命偏师之俘翦，彼应期而咸殄。一麾克定，告捷相仍。爰作是诗，聊以言志。杂虏忽猖狂，无何敢乱常。羽书朝继入，烽火夜相望。将出凶门勇，兵因死地强。蒙轮皆突骑，按剑尽鹰扬。鼓角雄山野，龙蛇入战场。流膏润沙漠，溅血染锋铓。雾扫清玄塞，云开静朔方。武功今已立，文德愧前王。"现存和诗还有韩休（673年—740年）的《奉和御制平胡》："南牧正纷纷，长河起塞氛。玉符征选士，金钺拜将军。叠鼓摇边吹，连旌暗朔云。祅星乘夜落，害气入朝分。始见幽烽警，俄看烈火焚。功成奏凯乐，战罢策归勋。盛德陈清庙，神谟属大君。叨荣逢偃羽，率舞咏时文。"

唐玄宗时期的边境战争比较多。西北边境战争中比较有影响力的，发生在开元十五年（727年）、十六年（728年）。

《旧唐书》卷八记载："（开元十五年）九月丙子，吐蕃寇瓜州，执刺史田元献及王君㚟父寿，杀掠人吏，尽取军资仓粮而去。丙戌，突厥毗伽可汗使其大臣梅录啜来朝。闰月庚子，突骑施苏禄、吐蕃赞普围安西，副大都护赵颐贞击走之。庚申，车驾发东都，还京师。回纥部落杀王君㚟于甘州之巩笔驿。制检校兵部尚书萧嵩兼判凉州事，总兵以御吐蕃。"

接着该书卷八又记载："（开元）十六年春正月庚子，始听政于兴庆宫。春、泷等州獠首领泷州刺史陈行范、广州首领冯仁智、何游鲁叛，遣骠骑大将军杨思勖讨之。壬寅，安西副大都护赵颐贞败吐蕃于曲子城。甲子，黑水靺鞨遣使来朝献。秋七月，吐蕃寇瓜州，刺史张守珪击破之。乙巳，检校兵部尚书萧嵩、鄯州都督张志亮攻拔吐蕃门城，斩获数千级，收其资畜而还。丙辰，新罗王金兴光遣使贡方物。八月己巳，特进张说进《开元大衍历》，诏命有司颁行之。辛卯，萧嵩又遣杜宾客击吐蕃于祁连城，大破之，获其大将一人，斩首五千级。"

我们结合同时和诗的韩休的生平经历再来分析。《资治通鉴》卷二百一十二记载"开元十二年（724年）六月壬午，礼部侍郎、知制诰韩休等五人出为刺史"。《旧唐书》卷九十八《韩休传》载："……出为虢州刺史……岁余，以母艰去职。固陈诚乞终礼，制许之。服阕，除工部侍郎，仍知制诰，迁尚书右丞。"据以上两则史料得知：开元十二年至十三年韩休任虢州刺史。故推测韩休大约于开元十三年六月丁母忧，辞去虢州刺史一职，任期仅一年。

在唐代，如果身为官员，父母亡故后必须立即解官，回家守制三年。

这在礼法与律文中都有明文规定。《大唐开元礼》卷三《序例下》"杂制"："凡斩衰三年、齐衰三年者，并解官。齐衰杖周及为人后者为其父母、若庶子为其母亦解官，申其心丧（注云：皆为生己者）。若嫡、继、慈改嫁或归宗三年以上断绝者，及父为长子、夫为妻，并不解官，假同齐衰周。"

所以，韩休守孝期满了之后，即开元十六年（728 年），才到朝廷任职，这样才有机会陪同皇帝和诗。结合以上分析，推断唐玄宗的诗《平胡》以及裴漼、韩休的和诗写于开元十六年（728 年）。

裴漼这首和诗，一、二句总起，写自古以来，国家统一，皇恩惠边；三、四句写敌军趁着夜色，忽然猖狂侵犯大唐边境之地——云中；接下四句，写朝廷指挥得当，挥师出兵，驱逐敌人，使得使者来和；后面四句，写追击敌军，威慑敌人，使其不敢再来侵犯；最后四句写朝廷对军队的封功酬赏以及诗人对这次边境反击战的小结和所发的感叹。全诗描写敌侵、出征、作战、战胜、奖赏的全过程，对军旅战事铺排详细，气氛雄浑壮阔，意境深远，将激烈、悲壮之战事融入豪迈诗风。同时，歌颂了唐玄宗"文德"的民族政策及其"止戈为武"的思想。整首诗，风韵骨力，尽显盛唐气象。

【注释】

①玄漠：北方的沙漠，泛指北方边地。

②书轨同：《礼记》有"车同轨，书同文"语，指统一车轨的尺寸和文书的字体。秦始皇统一天下后即施行"车同轨，书同文字"。后世常用作歌咏王朝统一的典故。

③窥：看；窥测。

④月满：月圆。

⑤寇：入侵；侵犯。

⑥云中：地名，即，云州云中郡，州治在今山西省大同市，是唐代的边防重地之一。

⑦庙略：朝廷的谋略。

⑧黄气：黄色云气。古代迷信，以为天子之气。

⑨神兵：犹天兵。常用以称王师。

⑩绛宫：本义是漆成红色的宫殿（绛，大红色）。引申为传说中神仙所住的宫殿。

⑪和戎：中国古代内地政权对少数民族采取的和平政策。

⑫轖辑：古代的战车。这里借指敌军。

⑬麾：古代供指挥用的旌旗。这里作动词，指挥，下命令行动。

⑭饮至明军礼，酬勋锡武功：饮至、酬勋，出自《左传·桓公二年》"凡公行，告于宗庙，反行饮至，舍爵策勋焉"。饮至，上古诸侯朝会盟伐完毕，祭告宗庙并饮酒庆祝的典礼，后代指出征奏凯，至宗庙祭祀宴饮庆功之礼。酬勋，对有功勋的人给予爵位等酬赏。锡，通"赐"，给予；赐给。

⑮干戈还载戢：出自《诗经·周颂·时迈》"载戢干戈，载櫜弓矢"。干，盾。戈，载。干戈为古代常用兵器，亦是兵器的通称。载，装运。戢，聚藏。干戈载戢，把武器装运聚藏起来，比喻不再诉诸武力。

⑯文德：出自《论语·季氏篇》第十六，"故远人不服，则修文德以来之"，指的是礼乐教化，与"干戈"相对。

奉和圣制龙池篇（第十章）

乾坤①启圣吐龙泉，泉水年年胜一年。
始看鱼跃②方成海，即睹飞龙利在天。
洲渚③遥将银汉④接，楼台直与紫微⑤连。
休气荣光⑥恒不散，悬知⑦此地是神仙。

【解读】

　　圣制，皇帝的作品。龙池，池名，在唐长安兴庆宫南面的中部，原为隆庆坊内一块平地，垂拱、载初年间（685年—690年），因雨水积涝而成小池，称隆庆池。大足元年（701年），李隆基等兄弟五王赐宅于此坊，池又俗称五王子池。后引龙首渠分浐水灌之，此池日益滋广，至中宗时已弥亘数顷，深数丈。由于附会说此池常有云气，并有黄龙出现，是李隆基当皇帝的预兆，故开元二年（714年）此坊置宫后，称池为龙

池。池东西915米，南北214米，面积18万平方米，呈椭圆形状。池中有荷菱藻芡，岸傍多垂柳，岸南还有一种心红叶紫的草，可以闻而醒酒，名为"醒醉草"。龙池是以水面湖色为主的风景园林区，唐玄宗与妃嫔、僚臣等常在此泛舟游宴为乐。

唐玄宗对龙池瑞应非常看重，即位后制《龙池乐》。这在朝廷引起广泛关注，以龙池为题材创作的诗歌很多，最后从中选出姚崇、蔡孚、沈佺期、卢怀慎、姜皎、崔日用、苏颋、李乂、姜晞、裴漼等人十首作品，编为《享龙池乐章》。这组乐章，并非祭祀龙池神，而是歌颂瑞应。所以，裴漼这诗另有标题为《郊庙歌辞。享龙池乐章。第十章》。此诗一二句点题，"龙池"里的"龙泉"，一年胜一年，凸显泉水丰沛；中间四句借助想象，鱼跃成海，龙飞上天，水天一色，天地相连；最后两句展现泉水之灵异，巧用了皇帝即位如登仙的传统隐喻。全诗想象丰富，虚实结合，歌颂了皇恩以及所处的盛世时代。

【注释】

①乾坤：周易八卦中的两个卦名。指阴阳两种对立势力，后引申为天地、日月、世界等。

②鱼跃：鱼在水面跳跃，又可喻指登第。

③洲渚：水中可居之地大者称洲，小者称渚。

④银汉：银河。

⑤紫微：出典汉朝李尤《德阳殿铭》："皇穹垂象，以示帝王，紫微之则，弘诞弥光。"紫微，本星座名，是三垣之一，象征帝王。后用以指天帝居所，更多的情况下用来代指帝王宫殿。这里指天宫。

⑥休气荣光：出自《艺文类聚》卷十一引《尚书中候》，"帝尧即政，荣光出河，休气四塞，龙马衔甲，赤文绿色。"古代传说，尧舜之世曾出现荣光出河（五色瑞气从黄河中冒出）、休气四塞（美丽云气炫耀四方）的祥瑞之征。这里以"休气荣光"作为祥瑞之征，以歌颂所处的时代。

⑦愚知：预知，料想到。

裴耀卿诗

　　裴耀卿（681年—743年），字焕之，出身于 河东裴氏南来吴房，绛州稷山（今山西稷山）人，唐朝时期宰相。宁州刺史、赠户部尚书裴守真之子。少聪敏，数岁解属文，童子举。弱冠（20岁）拜秘书正字，俄补相王（李旦）府典签。景云元年（710年），李旦继位，是为唐睿宗，拜国子主簿。不久，试詹事府丞，历河南府士曹参军，拜考功司员外郎，除右司郎中、兵部郎中。开元初，拜为长安令，在职二年后辞官，犹得当地百姓盛赞。开元十三年（725年），为济州刺史。又历宣、冀二州刺史，皆有善政，入为户部侍郎。开元二十年（732年），礼部尚书、信安王李祎受诏讨伐契丹，诏以裴耀卿为副职。同年冬，迁京兆尹。开元二十一年（733年），裴耀卿拜相，授为黄门侍郎、同平章事，充转运使。开元二十二年（734年），升任侍中。开元二十四年（736年），改任尚书左丞相，罢知政事，累封赵城侯。天宝元年（742年），改为尚书右仆射，寻转左仆射。天宝二年（743年），裴耀卿去世，年六十三，赠太子太傅，谥号"文献"。子：裴遂（官至太子司议郎）、裴泛（官至梁州都督）、裴泆（官至秘书少监）、裴综（官至吏部郎中）、裴皋（官至给事中）、裴延（官至通事舍人）。诗二首。

敬酬张九龄①当涂界留赠之作

　　茂先②实王佐③，仲举④信⑤时英⑥。
　　气睹冲天⑦发，人将下榻⑧迎。
　　珪符⑨肃有命⑩，江国⑪远祖征⑫。
　　九派⑬期方越，千钧⑭或所轻。

高帆⑮出风迥⑯，孤屿⑰入云平。

遒迈⑱嗟于役，离忧⑲空自情。

饰簪⑳陪早岁㉑，接壤㉒厕㉓专城㉔。

旷别㉕心弥轸㉖，宏规㉗义转倾㉘。

徒然㉙恨饥渴㉚，况乃㉛讽㉜瑶琼㉝。

【解读】

开元十四年（726 年）四月，宇文融和李林甫等人弹劾张说。张说被罢相，张九龄也受牵连。张九龄改任太常少卿。六月，奉命祭南岳及南海。秋天张九龄回京，仍被指为亲附张说，调任外官，出为冀州刺史。张九龄以母老在乡，而河北道里辽远，上疏固请换江南一州，望得数承母音耗，优制许之。开元十五年（727 年）三月，改任离老家广东韶关比较近的洪州（治所今江西南昌）都督。张九龄赴洪州都督任，行至安徽当涂（当时归宣州管辖），作诗二首寄呈 200 里之外任宣州刺史的裴耀卿，诗题为《江上使风呈裴宣州》《当涂界寄裴宣州》，裴耀卿亦和作二首。

裴耀卿任宣州刺史期间（大概 725 年—731 年），亲民爱民，兴办教育、兴修水利、发展生产，促进宣州社会发展，使其经济实力迅速上升。裴耀卿与张九龄关系一直甚好，都属朝廷正派重臣。开元二十四年（736 年），因李林甫告发中书侍郎徇私枉法，中书令张九龄为属下严挺之辩护，被罢宰相，裴耀卿也受到牵累，被免相位，改为尚书左丞相（虚职），封赵城侯。

这首是裴耀卿唱和张九龄《当涂界寄裴宣州》的诗，多次引用典故，赞美了张九龄的品德、谋略、才华，勾画了与张九龄之间多年的深厚的情谊。

【注释】

①张九龄：678 年—740 年，字子寿，唐朝韶州曲江（今广东省韶关市）人，世称"张曲江"或"文献公"。唐朝开元年间名相，诗人。

②茂先：西晋时期范阳方城（今河北固安）人张华（232 年—300 年）字，张华是西晋时期政治家、文学家、藏书家，西汉留侯张良的十六世孙、

唐朝名相张九龄的十四世祖，以知识广博著称于世，纂有中国第一部博物学著作《博物志》。后世之人遂以之用作称咏文士博学之典。

③王佐：帝王的辅佐，指具有非凡的治国能力。

④仲举：东汉时期名臣陈蕃字。陈蕃（？—168年），字仲举，汝南平舆（今河南平舆北）人，被举为孝廉，历郎中、豫州别驾从事、议郎、乐安太守、修武县令、豫章太守，后迁尚书令、大鸿胪，再拜议郎、光禄勋，被征为尚书仆射，转太中大夫。延熹八年（165年），升太尉，灵帝即位，为太傅、录尚书事，与大将军窦武共同谋划翦除宦官，事败而死。与窦武、刘淑合称"三君"。

⑤信：确实。

⑥时英：当代的英才。

⑦冲天：冲向天，比喻情绪高涨而猛烈。

⑧下榻：礼遇宾客。《后汉书·陈蕃传》及《徐稚传》中有：东汉陈蕃为乐安太守。郡人周璆，高洁之士。前后郡守招命莫肯至，唯蕃能致之。特为置一榻，去则悬之。后蕃为豫章太守，在郡不接宾客，唯徐稚来特设一榻，去则悬之。后遂谓礼遇宾客为"下榻"。

⑨珪符：封官爵的信符。

⑩有命：天命所归之人。古代称天子。

⑪江国：河流多的地区，多指江南。

⑫徂征：出行。

⑬九派：长江在湖北、江西一带有很多支流，因称这一段的长江为"九派"。后也泛指长江。

⑭千钧：三十斤为一钧，千钧即三万斤。常用来形容器物之重或力量之大。

⑮高帆：高大的帆，借指大船。

⑯迥：远。

⑰孤屿：孤立的岛屿。

⑱遄迈：快速前进；疾驶。

⑲离忧：离别的忧愁。

⑳饰簪：是用以固定头发或顶戴的发饰，喻指官帽，这里比喻做官。

㉑早岁：早年。

㉒接壤：两地的疆土相连接；交界。

㉓厕：置身于，参与。

㉔专城：古时称州牧、太守等地方长官，意思是一城之长。

㉕旷别：阔别、久别。

㉖轸：悲痛；关怀。

㉗宏规：远大的规划；深远的谋略。

㉘倾：钦佩，倾慕。

㉙徒然：白白地；不起作用。

㉚饥渴：又饿又渴，比喻对事物（大多是抽象事物）的极度渴望和追求，这里指渴求见面。

㉛况乃：况且，何况。

㉜讽：朗读；背诵。

㉝瑶琼：泛指美玉或者美石，这里指对张九龄赠诗的美称。

酬张九龄使风见示

兹①地五湖②邻，艰哉万里人。

惊飙③翻④是⑤托，危⑥浪亦相因⑦。

宣室才华子⑧，金闺⑨讽议⑩臣。

承明有三人⑪，去去⑫速归轮。

【解读】

这首是裴耀卿唱和张九龄《江上使风呈裴宣州》的诗，回应了张九龄赴职洪都（今南昌）的路途遥远、险阻，今昔对比，烘托了张九龄的贤才，同时表达了诗人期盼张九龄早日回归朝廷，重掌重权，为国效力。

【注释】

①兹：指示代词，此，这里。

②五湖：一般称洞庭湖、鄱阳湖、太湖、巢湖、洪泽湖为五湖。

③惊飙：突发的暴风；狂风。

④翻：反而。

⑤是：因、为。

⑥危：高。

⑦相因：相袭，相承，相互依托。

⑧宣室才华子：指受君王宠遇的臣子。宣室，古代宫殿名，泛指皇帝所居的宫殿，此喻指皇帝。

⑨金闺：指金马门，亦代指朝廷。

⑩讽议：讽谏，议论。

⑪承明有三入：指多次入朝或在朝为官。《文选》所载应璩《百一诗》："问我何功德？三入承明庐。"张铣注："承明，谓天子待制处也。"古代天子左右路寝称承明，因承接明堂之后。后以入承明为入朝或在朝为官的典故。

⑫去去：不断远去。

裴玄智诗

裴玄智，唐代人，生卒年不详，太宗贞观（627年—649年）间，入长安化度寺，执役十余年，戒行修谨。寺僧遂命其守无尽藏院。玄智乃密盗黄金，不知其数，寺僧不觉。后潜遁不归。诗一首。

书化度①藏院壁

将肉遣狼守，置骨向狗头。
自非阿罗汉②，焉能免得偷。

【解读】

此诗更早的文本见韦述《两京新记》卷三，作"将羊遣狼放，放置狗前头。自非阿罗汉，谁能免作偷"。《太平广记》卷四九三引《辨疑志》《全唐诗》卷八六九都有记载。阮阅编《增修诗话总龟》卷之十八丙集"纪实门中"也有记载："化度寺内有无尽藏院，京城舍施日渐崇盛。武德、贞观后，钱帛金玉积聚不可胜计，常使名僧监藏为等分，一分供天下伽蓝修理之用，一分施天下饥饿，一分充旧供无遮之会。城中士女奔走舍施，争次不得至，暮收获亦巨万，有大车载钱帛舍了弃去，不知姓名者多矣。藏内物天下寺院许容来取，供给亦不可胜数，不阻。贞观年中，有裴元智戒行修谨，宛是修行高人，入寺洒扫十年有余，寺中观其行无玷缺，使之守藏，不觉被盗去黄金极多，将去不可知数，寺众见，潜走去后，不还，众僧惊异，遂于元智寝房内，看壁上有诗四句，曰'将肉遣狼守，置骨向狗头。自非阿罗汉，焉能免得偷。'后莫知所之。"

这首诗是裴玄智的得意表白，完全辜负了寺僧对他的信任和托付。

他将"无尽藏"与他的关系，比作肉与狼、骨与狗，自比轻贱如此。阿罗汉是了脱生死、证入涅槃的佛徒。裴玄智说自己不是阿罗汉，难免会见财动心，因此在寺内伪装修行十多年，最终以盗财远遁收场。

【注释】

①化度：即化度寺，寺院名，位于唐长安城义宁坊南门之东。本真寂寺，此地原为隋尚书左仆射齐国公高颎宅地。开皇三年（583年），颎舍宅奏立为寺。唐武德二年（619年），改名化度寺。寺中有无尽藏院，敬宗赐化度经院金字额。大中六年（852年），改为崇福寺。

②阿罗汉：梵语，简称"罗汉"，小乘佛教修行的最高果位。

裴儵然诗

　　裴儵然，籍贯不详，生卒年不详，出身河东裴氏中眷，大概生活在盛唐时期，据《新唐书·宰相世系一》记载为唐代楚州刺史裴思训之子，好朋从诗酒。善丹青，工山水，晓解丝竹。后出家为僧，或曰隐于黄冠（即道士）。卒年三十九。兄弟：裴皎然。子：裴国南。诗一首。

夜醉卧街

遮莫①冬冬②动，须倾满满杯。
金吾③如借问，但道玉山颓④。

【解读】

　　题下原注："开元中，夜醉卧街犯禁，乃为此诗。"

　　禁夜制度，本来在唐初，"京城诸街，每至晨昏，遣人传呼以警众"。后来马周"奏诸街置鼓，每击以警众"（《旧唐书》卷140）。按照规定，"五更三筹，顺天门击鼓，听人行。昼漏禁，顺天门击鼓四百槌讫，闭门。后更击六百槌，坊门皆闭，禁人行。"即早晨击鼓开门，人们才可以出门；晚上击鼓四百槌，关门；后更击六百槌，坊门全部关闭，禁止人们出行。

　　大概贞观十年（636年）设立街鼓。据唐长孙无忌等《唐律疏议》卷二十六记载："闭门鼓后，开门鼓前，有行者，皆为犯夜。"这就是禁夜制度，包括关闭坊市大门和禁止居民无证外出两方面内容。这样城中居民的交往，只能在白天进行，晚上只能练在坊里。加强了对夜间违法犯罪高发时段的控制，维护了夜间的治安秩序。但也有例外，就是在一些节日可以不禁夜，比如上元节。其他时候，关门后开门前非经特许而于坊外夜行者为"犯夜"，须"笞二十"。诗人于开元（713 年 12 月—741 年 12 月）中的某一天，"夜醉卧街"，未归坊里，本已"犯禁"，却趁着酒兴，赋诗一曲。

这首诗言浅意深，前一二句点题，任凭"冬冬"响，今夜不醉不归，还是接着"杯杯满"；三四句在假定的场景下，一问一答，引用典故，虽是处于严格的夜禁中，却别有一番随性、自然且戏剧化的场面。这也从另一层面透露出盛世大唐充满豪爽不羁而又市井浪漫的生活气息。

【注释】

①遮莫：纵使；即使。

②冬冬：鼓声；也可指鼓，唐代时设置在京城街道的警夜鼓，俗称冬冬鼓。

③金吾：古官名，负责皇帝大臣警卫、仪仗以及徼循京师、掌管治安的武职官员。

④玉山颓：玉山，形容仪容美好。在此借用典故形容醉态。典自南朝·宋·刘义庆《世说新语·容止》："嵇叔夜（嵇康）之为人也，岩岩若孤松之独立；其醉也，傀俄若玉山之将崩。"

裴略诗

裴略，生卒年不详，籍贯不详，唐太宗时期初为宫廷侍卫，参加兵部主持的武官考试名落孙山，后直接向当朝宰相温彦博申诉。温彦博通过一番考核，认可了裴略的才华，并委以重任。因而有"裴略自赞"的典故流传后世。诗二首。

为温仆射①嘲竹

竹，风吹青肃肃②。
凌冬叶不凋，经春子不熟。
虚心③未得待国士④，皮上何须生节目⑤。

又嘲屏墙

高下八九尺，东西六七步。
突兀⑥当厅坐，几许遮贤路⑦。

【解读】

晚明的曹臣所作的《舌华录》中记载："温彦博为吏部侍郎，有选人裴略被放，乃自赞于彦博，称解自嘲。彦博即令嘲厅前丛竹，略曰：'竹，冬月不肯凋，夏月不肯热，肚里不能容国士，皮外何劳生枝节。'又令嘲屏墙，略曰：'高下八九尺，东西六七步，突兀当厅坐，几许遮贤路。'彦博曰：'此语似伤博。'略曰：'即扳公肋，何止伤膊？'博惭而与官。"

　　从上面的记载中可以看出这两首诗创作的来龙去脉。第一首诗，抓住竹子外表有节、内里空虚、经冬不凋、经夏无子的特征，讥讽竹子徒有其表而不务实际。以竹喻人，一语双关：当权者应善待有才之士。第二首诗，明里说的是屏风挡道，实际暗示当权者不识人才，堵塞贤路。

【注释】

①温仆射：即温彦博（574年—637年），字大临，因担任过尚书右仆射，故称。

②肃肃：恭敬貌。

③虚心：中空的内部。

④国士：国中才能杰出的人。

⑤节目：树木枝干交接且纹理纠结不顺的地方，这里指竹节。

⑥突兀：高耸。

⑦贤路：进用贤人的途径。

裴士淹诗

裴士淹（？—774年），河东闻喜（今山西闻喜县）人，乃隋朝扶州刺史、临汾公裴献玄孙，裴义山曾孙，南和令裴知节孙，裴倩子。开元二十二年（734年），朝散郎、长安县尉任上。开元末（741年），奉使至汾州（今山西汾阳市）众香寺，得白牡丹一棵植于私第。玄宗天宝（742年正月—756年七月）间，历仕司封员外郎、司勋郎中。天宝十四年（755年）三月，以给事中巡抚河南、河北、淮南等道。"安史之乱"（755年12月16日—763年2月17日）爆发之前，迁京兆尹。"安史之乱"爆发后，跟随唐玄宗奔向蜀郡，充翰林学士、知制诰，擢礼部侍郎、知贡举。宝应元年（762年），兵部侍郎任上。永泰二年（766年）八月二十八日，以检校礼部尚书充任仪礼使，封绛郡公。大历五年（770年）五月，受鱼朝恩牵连，贬为饶州（今江西鄱阳）刺史。大历九年（774年），括州（今浙江丽水）刺史任上去世。子：裴登、裴通（官至检校礼部尚书）、裴婴（官至阆州刺史）。诗一首。

游石门洞（题拟）

溪竹乱花鸟，是月春将暮。
登栈①过崖畔②，空间瞻瀑布。
千龄无断绝，百尺恒奔注③。
高岩迸似珠，半壁洒如雾。
澹艳④水澄澈⑤，欹倾⑥石回护⑦。
药房森自闲⑧，苔径窅⑨谁遇。
天翠落深沼，云华⑩生轻树。

班轮⑪难效功，严马⑫何能喻？
胜迹⑬盖⑭为寡，斯游诚⑮可屡。
谢公⑯镌旧词，安得⑰寝⑱章句⑲。

【解读】

石门洞，位于浙江青田县城西北 30 千米的瓯江北岸，是省级风景名胜区和森林公园，核心景区位于瓯江南岸。临江旗、鼓两峰劈立，对峙如门，故称"石门"。整个景区由洞天飞瀑、太子胜景、仙桃、师姑湖四个景区组成，有石门飞瀑、泻银潭、月洞、碑廊、观瀑亭、白猿洞、藏书石、轩辕丘、刘文成公祠、灵佑寺等 200 多处景点。

因青田县在历史上行政归属和区域名称更改，所处青田县的石门洞，有永嘉石门、括州石门、处州石门等称谓。唐武德四年（621 年），复改永嘉郡为括州；天宝元年（742 年），改括州为缙云郡；乾元元年（758 年），复为括州；大历十四年（779 年），又改括州为处州。

这首诗是诗人任括州刺史时游览石门洞写下的诗作。一二句，点明游览时间为暮春，以全视角写所见所闻：清澈的溪水，青翠的竹子，盛开的百花和自由的鸟儿。三四句写站在高空崖边观看瀑布。接下来六句描写瀑布的历史悠久、水源充沛、高急、清澈等特征，运用比喻、拟人等修辞手法来状物，准确而生动。然后，诗人又将视角转到茂密草丛以及草丛中的"苔径"，身处其中，悠闲自得，不知"苔径"还有多长多远。可步步为景，且看天上的云朵，山上的翠绿的草木，皆照进了深深的沼潭里，水、天、山于一色。此时此刻，连装饰豪华的车子都相形见绌，马儿也懂得欣赏，这从侧面衬托了石门洞优美的风景。然后诗人直抒胸臆：这种胜地，确实少有；这样的游览，确实想多次来。最后，诗人想起南北朝时期担任永嘉太守的谢灵运，曾经为石门洞写了不少诗篇，但如此美景，有旧词，还要有新篇，点明了诗人作此诗的缘由。

全诗疏朗奇逸，不求意象之密集，处身于境、神与物游，全方位写出了石门洞的清幽、奇险、古趣等特征，呈现了令人陶醉的明秀山水和悠久的人文传统，将自然意象和人文意象完美结合，进一步丰富了诗歌的内涵。

【注释】

①栈：即栈道。在山崖峭壁上凿孔架木搭成的道路。

②崖畔：山崖边。

③奔注：奔流灌注。

④澹艳：淡雅清丽。

⑤澄澈：清明透亮。

⑥欹倾：歪斜。

⑦回护：爱护，袒护。

⑧自闲：自在，闲适。

⑨宣：眼眶深陷，形容深远。

⑩云华：云朵，云片。

⑪班轮：有纹饰的车轮。亦借指轮有纹饰之车，古为显贵所用。班，通"斑"。语出《后汉书·舆服志上》："诸使车皆朱班轮，四辐，赤衡轭。"

⑫严马：骏马。严，猛烈的，厉害的。

⑬胜迹：胜地，美景。

⑭盖：确实；却；则。

⑮诚：确实，的确。

⑯谢公：即南朝谢灵运。

⑰安得：怎么能够。

⑱寝：歇息；停止。

⑲章句：古书的章节和句读。泛指文章诗篇。

裴谈诗

裴谈，生卒年不详，属河东裴氏洗马裴，父亲裴机，兄裴奉礼、裴恒、裴仙裔，历官怀州刺史、中宗朝御史大夫。神龙元年（705年）授大理卿。景龙四年（710年），以刑部尚书同中书门下三品，留守东都。开元二年（714年），由滑州刺史放归草泽。尚佛法。子：裴元明。孙：裴光裔。曾孙：裴旻（官至左金吾大将军）、裴晞（官至尚方监）、裴晟。诗一首。

回波乐

回波尔时栲栳①，怕妇也是大好。
外边②只有裴谈，内里③无过李老④。

【解读】

弘道二年（684年），中宗李显立，武则天临朝称制。次年，废中宗而立睿宗李旦。为实现其位尊女皇的帝王之梦，武则天旋即又废睿宗而自立为"圣神皇帝"，改国号为周，在位22年。中宗被废庐陵王，流放房州。神龙元年（705年）中宗复位，韦后却与其女安乐公主、外戚武三思结盟，搅乱朝政，中宗无可奈何。

据孟棨《本事诗·嘲戏第七》记载，"中宗朝，御史大夫裴谈，崇奉释氏。妻悍妒，裴畏之甚。尝谓人：'妻有可畏者三，少妙之时，视之如生菩萨，人安有不畏惧生菩萨者？及男女满前，视之如九子魔母，安有人不畏九子魔母者耶？及五十六十，或黑如鸠盘茶，安有人不畏鸠盘茶者耶？'时韦庶人颇袭武氏之风，中宗颇畏之。内宴唱《回波词》，有

优云：'回波尔时栲栳，怕妇也是大好，外面只有裴谈，内里无过李老。'
韦后意色自得，厚赐之。"裴谈之畏妻还上升到了理论高度，有"三畏"
之说，妻子年轻时如菩萨、儿女满堂时如九子魔母，老时如恶鬼鸠盘荼，
菩萨、九子魔母、恶鬼三者皆可惧。这首《回波乐》就这样产生了。

　　回波乐，词牌名，又名"回波词"等，原唐教坊曲名。有单调二体，
字数均为二十四字，起句皆用"回波尔时"四字，除第三句外，其余各
句皆押韵，一体押平韵，一体押仄韵。这首诗就是押仄韵的代表之作，
此体用仄韵，单调，二十四字四句三仄韵。可见唐人风气初开，犹有古
乐府遗意，其平仄往往不拘。

　　全诗来看，第一句没有什么意思，其实是这个词牌的个套话；第二
句说怕老婆其实是很好的；而第三句、第四句就让人惧怕了：说起怕老
婆，宫外最有名的是我裴谈，而宫内最怕老婆的是谁呢？是咱们当朝皇
帝李老，即唐中宗李显。这首《回波词》朗朗上口，风趣幽默，把中宗
皇帝比作状如弯腰曲背的芭斗栲栳，说宫中惧内的中宗和宫外惧内的裴
谈两者相映成趣，明为贬中宗，实为捧韦后，同时也写出了裴谈惧内的
情怀。正因为深爱，才有"惧"！所以，历史上说裴谈以惧内著称，号
称"畏之如严君"。

【注释】
①栲栳：即由柳条编成的容器，形状像斗，也叫芭斗。
②外边：皇宫之外。
③内里：皇宫之内。
④李老：唐中宗李显。

裴延诗

裴延，生卒年不详，郡望河东闻喜（今山西闻喜）。唐玄宗开元间宰相裴耀卿之子。官至通事舍人。诗二首。

隔壁闻奏伎①

徒闻管弦②切，不见舞腰③回。
赖有歌梁④合，尘飞⑤一半来。

【解读】

在中国古典诗歌里，描写音乐弹奏的诗篇很多。音乐艺术不同于诗歌，它的美是通过人们的听觉来感受的。要把这种美的感受用诗歌的形式表现出来，这就要求诗人进行艺术再创造，使之成为诗歌的艺术形象。

这首诗主要写诗人听闻隔壁传来的音乐。"管弦"之音从隔壁飘过来，只闻其声，不见其人，"徒闻""不见"，甚留遗憾。但接下来，诗人运用听者感受（"赖"字体现）、典故联想（"歌梁"，余音绕梁的典故）、细节描写（"尘飞"一词体现）、环境烘托（"一半来"三字体现）等侧面间接写法，以虚喻实，以形喻乐，来表现乐曲演奏者的高超水平和音乐的美妙动听。

【注释】

①伎：歌舞艺人。
②管弦：管乐器和弦乐器；泛指音乐。
③舞腰：起舞时的腰肢，形容舞姿婀娜优美。

④歌梁：歌馆的屋梁。

⑤尘飞：谓音乐嘹亮高亢，以致屋梁上的尘埃都受到震动而飞扬。泛指歌曲清越激扬、音律和谐。

咏剪花

花寒未聚蝶，色艳已惊人。

悬知①陌上②柳，应妒手中春。

【解读】

以剪纸为题材的诗歌，是唐代百花争艳的诗苑中的奇葩，也是唐代诗歌艺术与剪纸艺术的合璧，为研究中国剪纸史、文化史提供了弥足珍贵的文字资料，契合了"诗画一律"的传统美学理念。

从这首诗的内容上看，诗人超越了对剪纸物象的简单描摹，借助剪纸作品中形象媒介——"花"的触发，料想那田间小路上的柳树，如果看到如此"色艳"、充满春天气息的剪花也会满怀嫉妒，从而达到歌咏之目的。从艺术表现手法上看，诗人通过巧妙的联想和丰富的想象，采用拟人手法及心理描写，使虚实交融，有无相生，融无限意趣于其间，展现了剪纸作品丰富的审美意蕴，达到了形神兼备、诗情与巧思高度相融的艺术境界。

【注释】

①悬知：预知，料想到。

②陌上：泛指田间小路上。东西走向小路即为"陌"。

裴迪诗

裴迪，约开元七年（719年）出生，绛州闻喜（今山西闻喜）人，属河东裴氏洗马裴，后魏中书博士裴天寿曾孙裴兢的后人。开元二十五年（737年），与孟浩然同在荆州大都督府长史张九龄幕府作幕僚。开元二十九年（741年），与王维、张𬤇和崔兴宗隐居终南山。乾元元年（757年）和杜甫相识。乾元二年（758年），与"大历十才子"之一、时任蓝田县尉的钱起交往。上元元年（760年）作为侍御入蜀。裴迪在蜀州时，与杜甫来往密切。上元二年（761年），仍在蜀州。尔后不详。裴迪的诗风受到王维诗的影响，身处大自然，呼吸着大自然胜景风光的灵气，诗中力求把诗情、画意和禅理三者融合起来，创造空灵幽静之境。裴迪一生以诗文见称，是盛唐时期著名的山水田园诗人之一。子：裴薦。诗二十九首。

青龙寺昙壁上人院集

灵境①信②为绝，法堂③出尘氛④。
自然成高致⑤，向下看浮云⑥。
迤逦⑦峰岫⑧列，参差⑨间井⑩分。
林端远堞⑪见，风末疏钟⑫闻。
吾师⑬久禅寂⑭，在世超人群。

【解读】

青龙寺：在唐代长安延兴门内新昌坊西南隅。始建于隋开皇二年（582年），初名灵感寺，唐初被废。高宗龙朔二年（662年），城阳公主患重病，高僧法朗在此诵《观音经》，寺被重新修复，名观音寺。景云二年（711年），观音寺改名为青龙寺，成为唐代佛教密宗的根本道场。高僧惠果等在此传扬密宗教义，日本和尚空海曾在此受学，学成后回国传法，因此青龙寺被日本国视为日本真言宗的发源地。青龙寺地处长安城东南的乐游原上，风景宜人，也是文人学士经常游憩之所。

唐代天宝二年（743年），王维、王昌龄、王缙、裴迪、昙壁上人等人同游长安青龙寺昙壁上人院并一起赋诗。裴迪这首诗写了青龙寺所处的环境，静中有动，动中有静，"禅道"者与天地相通。诗中有画，画中有"禅"，三者巧妙融合。

【注释】

①灵境：风景名胜之地。

②信：确实，的确。

③法堂：佛家语，指演讲佛法的大堂，也叫"讲堂"。

④尘氛：世俗的气氛。

⑤高致：高雅的情趣。

⑥浮云：漂浮在空中的云。

⑦逶迤：曲折连绵貌。

⑧峰岫：峰峦。峰，山顶；岫，山洞或峰峦。

⑨参差：不齐的样子。

⑩闾井：指房屋、水井等建筑物。

⑪堞：城上的矮墙，又叫女墙。

⑫疏钟：就钟声的节奏而言，舒缓从容，似断若连，其声音的结构形式与诗人淡泊闲静的心态颇相对应，常常唤起诗人的归隐情怀。

⑬吾师：这里指昙壁上人。

⑭禅寂：意为僧人坐禅时心寂于一境。

青雀①歌

动息②自适性，不曾妄与燕雀群。
幸忝③鹓鸾④早相识，何时提携致青云⑤。

【解读】

这首诗是诗人裴迪与王维、王缙、卢象、崔兴宗同赋作品。诗人以"青雀"自喻，想置身青云，但又洁身自好，不妄与燕雀同群。"青云"一词丰富的含义，表现了诗人"动"与"息""仕"与"隐"之间的心理矛盾。

【注释】

①青雀：鸟名，又曰桑扈、窃脂，嘴圆锥形而粗短，头部黑色，腹背皆淡灰褐色。

②动息：劳动与休息，这里喻指出仕与退隐。

③忝：辱，有愧于，常用作谦辞。

④鹓鸾：鹓、鸾在汉族传说中都是瑞鸟。比喻高贵的人。

⑤青云：这里两层意思，一为喻远大的抱负和志向，典出自《三国志·魏志·荀彧荀攸贾诩传》"其良平之亚欤"，南朝·宋·裴松之注："张子房青云之士，诚非陈平之伦"。二谓隐居，典出自《南史·齐衡阳王钧传》"身处朱门，而情游江海；形入紫闼，而意在青云"。

游感化寺昙兴上人山院

不远灞陵①边，安居向②十年。
入门穿竹径，留客听山泉。
鸟啭深林里，心闲落照③前。
浮名竟何益，从此愿栖禅④。

【解读】

这首诗是与王维同题唱和之作。有学者根据宋太宗匡义敕令编纂的《文苑英华》以及同年奉敕开始编纂的宋《高僧传》，还有《旧唐书》《全唐文》和唐道宣《续高僧传》的记载断定：感化寺，实为化感寺，取佛家"化而感之"的含义，故址在今陕西蓝田县。

这首五言律诗，看似浅显，却不简单。首联二句人地双关，看似率易，但平中见奇、直中见曲，自然逗起下文。颔联、颈联四句，诗人通

过灵活多变的笔法，勾画了他们游寺的基本内容，显示了诗人的感情倾向。尾联两句点明"游"寺的主旨。在禅院中诗人仿佛摆脱了一切心理束缚，找到了一个自由纯真的自我，终于说出了心中的夙愿——"从此愿栖禅"。全诗笔法灵活多变，景致幽雅恬美，禅趣物我一体，意脉贯通不平直，堪与王维诗相匹。

【注释】

①灞陵：汉文帝陵。在今陕西长安县东。

②向：到，近。

③落照：落日的余晖。

④栖禅：栖居禅门。

夏日过青龙寺谒①操禅师

安禅②一室内，左右竹亭幽。

有法知不染③，无言④谁敢酬。

鸟飞争向夕，蝉噪⑤已先秋。

烦暑⑥自兹适，清凉何所求。

【解读】

　　这是诗人与王维同游青龙寺时所作。"青龙寺"，位于长安南郊，是唐代著名寺院、佛教密宗的主要道场，当时不少文人都到此游览、参禅习佛。此诗通过描写夏日游寺的经过，表现寺中的禅趣。全诗构思巧妙，始终将禅境与俗境对照描写，以俗界作为禅界的参照物，景中喻禅，笔墨清新，意脉明晰，很有特色。

【注释】

①谒：进见，拜见。

②安禅：佛家语，指入定，指由静坐进入一种心定神敛的虚空境界。

③有法知不染：指佛教"不染世间法"。《法华经·涌出品》："住于神通

力，善学菩萨道，不染世间法，如莲华（花）在水。从地而涌出。"此法要求习禅人像莲花那样出淤泥而不染，不沾世间一切尘欲，静心净欲，归于虚无。

④无言：指佛教无言法。《大方等大集经·无言菩萨品》："凡所发言，莫说世事，常当颂宣出世之法，常当守口，慎言少语，莫于世事起诸觉观，当依于义，莫依文字。"这就是佛教中的无言戒。此指禅师义法高深，言谈之间不涉世事，令人无敢应酬。

⑤蝉噪：指蝉声喧聒。

⑥烦暑：闷热。

春日与王右丞过新昌里访吕逸人不遇

恨不逢君出荷蓑①，青松白屋②更无他。
陶令五男③曾不有，蒋生三径④枉⑤相过⑥。
芙蓉⑦曲沼⑧春流满，薜荔⑨成帷晚霭⑩多。
闻说桃源⑪好迷客，不如高卧昄庭柯⑫。

【解读】

王右丞，即王维（701年—761年），字摩诘，号摩诘居士，河东蒲州（今山西运城）人，唐朝著名诗人、画家。王维和裴迪是知交，早年一同住在终南山，常相唱和。以后，两人又在辋川山庄"浮舟往来，弹琴赋诗，啸咏终日"（《旧唐书·王维传》）。这首诗是诗人与王维的唱和之作，王维的作品是《春日与裴迪过新昌里访吕逸人不遇》。

新昌里，在长安城内。吕逸人即吕姓隐士，事迹未详。逸人，古代称隐居之人。从拜谒不遇、活用"陶令""蒋生"的典故、居所自然环境描写，到"高卧昄庭柯"，全诗结构严谨，布局完整，运笔灵活，变换多样，却处处不离中心——热情赞美吕逸人的隐居生活，显示出诗人厌倦世俗、艳羡隐逸生活的高尚情操。

【注释】

①荷蓑：披着蓑衣。

②白屋：汉时，"白屋"原指贫士的居处，后世也用以表示出身平民。典出《汉书》卷七十八《萧望之传》："今士见者皆先露索挟持，恐非周公相成王躬吐握之礼，致白屋之意。"

③陶令五男：这里活用陶潜事，谓吕氏虽如陶潜为隐士，但不像陶潜有五个儿子。后世用作咏多子的典故。典自晋·陶潜《陶渊明集》卷三《责子》："白发被两鬓，肌肤不复实。虽有五男儿，总不好纸笔。"

④蒋生三径：新莽时，蒋诩告病隐居，于宅院中辟三径，唯与知交过从。后世用"三径"代指隐士的家园。这里以"蒋生三径"喻指吕逸人的家。典自《文选》卷四十五，晋·陶渊明《归去来辞》："三径就荒，松菊犹存。"唐·李善注引东汉·赵岐《三辅决录》："蒋诩，字元卿，舍中三径，唯羊仲、求仲从之游，皆挫廉逃名不出。"

⑤枉：屈就。用于别人，含有敬意。

⑥相过：互相往来。

⑦芙蓉：荷花。也叫莲花。

⑧曲沼：曲池，曲折迂回的池塘。

⑨薜荔：木本植物，又名木莲，茎蔓生，可以攀附于墙而生长。

⑩晚霭：傍晚时的云气。

⑪桃源：指远离市嚣的山水胜境或遁世避乱的理想之地。典自晋·陶潜《桃花源记》。

⑫眄庭柯：看看庭院里的树枝。典自晋·陶渊明《归去来兮辞》："引壶觞以自酌，眄庭柯以怡颜。"

孟城坳

结庐①古城下，时登古城上。
古城非畴昔②，今人自来往。

【解读】

　　此诗是《辋川集》第一首。《辋川集》是唐代诗人王维所编的自己与好友裴迪在辋川的唱和诗之集成。初唐诗人宋之问颇有文采，曾依附权贵，红极一时，后两度遭贬，被赐死异乡。王维得宋之问辋川别墅于蓝田，有景点二十处。他与裴迪浮舟往来其间，咏啸终日，弹琴赋诗，"与裴迪闲暇各赋绝句"（《辋川集序》），因编集之，号为《辋川集》。每个景点题咏一首，每人二十首，共四十首，全为五言绝句，描绘辋川别墅之幽美景色，表现诗人悠闲超脱的心境，风格清新自然，成为盛唐山水田园诗的代表作品。

　　孟城坳，即孟城口，在辋川风景区内。裴迪这首《孟城坳》，一下一上之间，今非昔比。写景怀古，感慨人生。附王维《辋川集·孟城坳》："新家孟城口，古木馀衰柳。来者复为谁，空悲昔人有。"

【注释】

①结庐：建造房舍。典自晋·陶渊明《饮酒》诗之五："结庐在人境，而无车马喧。"这里用典以"结庐"咏隐居处所或隐居生活。
②畴昔：往日，过去。

华子冈

　　落日松风①起，还家草露晞②。
　　云光③侵履迹，山翠②拂人衣。

【解读】

　　华子冈：蓝田辋川风景区之一，位于秦岭北麓的峣山间，在孟城坳之东。附王维《辋川集·华子冈》："飞鸟去不穷，连山复秋色。上下华子冈，惆怅情何极。"

　　全诗以"还家"为线索。在空间结构上，此诗有一个"上""下""下""上"的方位顺序。第一句中的"松风起"，松树生风，在空间上相对地面来说；是上方。第二句"草露稀"，相对松树来讲，是下方；脚走在路上，第三句"侵

履迹",是下方;第四句"拂人衣",衣服相对鞋子来说,是上方。诗人作为审美主体,前两句由于是感官的真实感受,还停留在自然的层面上,后两句却恍如临仙界。

整首诗有一种轻松的调子,通过诗人对所见所闻的独特感受,向读者展示了一幅有声有色、亦动亦静的艺术画面,渗透着诗人安静祥和、平淡自然的心态和情趣。寥寥二十字,寓诗人独特的感受于寻常的山间景色之中,笔墨疏淡而意蕴超远。

【注释】
①松风:松林之风。
②晞:干;晒干。
③云光:落日的余晖。
④山翠:苍翠欲滴的山色。

文杏馆

迢迢①文杏馆,跻攀②日已屡③。
南岭与北湖,前看复回顾。

【解读】
文杏馆:蓝田辋川风景区之一,在辋口庄西南山中。附王维《辋川集·文杏馆》:"文杏裁为梁,香茅结为宇。不知栋里云,去作人间雨。"

结合王维同题诗,得知文杏馆,是用大的文杏木料作为房梁,用茅草修葺的屋顶。

文杏馆所处地极高,诗人攀登很久才到。站在文杏馆,往南往北,山水一色,"前看复回顾",人在景中,景在心中,物我两忘。这不是一所普普通通的山中建筑物,它是诗人心目中的禅道境界的象征。历经苦难般地"跻攀"后,诗人从尘世中解脱,顿悟参禅,获得精神上的自由。全诗看似平常,却自然简净,值得深细咀嚼。

【注释】

①迢迢：遥远貌。

②跻攀：登攀。"跻"即登，升。

③屡：数也。

斤竹岭

明流纡①且直，绿筱②密复深。

一径通山路③，行歌④望旧岑。

【解读】

　　斤竹岭：蓝田辋川风景区之一，在辋口庄之西的一座土山上。附王维《辋川集·斤竹岭》："檀栾映空曲，青翠漾涟漪。暗入商山路，樵人不可知。"

　　这首诗前两句写斤竹岭的溪流绿竹，第三句由实转虚，第四句暗点主旨，表达隐逸心愿。全诗描绘得远近有致，富有深远感和高远感，虚实结合，禅意自然渗入，境界深远，令人遐想不尽。

【注释】

①纡：回旋。

②筱：小竹子。

③山路：山里的小路。在这里结合王维《辋川集·斤竹岭》第三句"暗入商山路"。"商山"是秦末东园公等四位白首老人避世隐居之处。诗人将意境由实变虚，由现实转化为象征，"山路"，是一条通向超脱尘世的禅道理想境界的路。

④行歌：边行边歌。典自《列子·天瑞》："林类年且百岁，底春被裘，拾遗穗于故畦，并歌并进。孔子适卫，望之于野。顾谓弟子曰：'彼叟可与言者，试往讯之！'子贡请行，逆之垅端，面之而叹曰：'先生曾不悔乎，而行歌拾穗？'林类行不留，歌不辍。"春秋时隐士林类，年百岁，边行边歌，边拾遗穗，自以为乐。这里用作咏隐士。

鹿柴

日夕见寒山，便为独往客。
不知深林事，但有麚麚^①迹。

【解读】

鹿柴，蓝田辋川风景之一，在辋口庄之东南，远望山顶突出断壁，势如老虎。附王维《辋川集·鹿柴》："空山不见人，但闻人语响。返景入深林，复照青苔上。"

全诗第一句采用全景镜头，"日夕""寒山"；第二句由景到人，一个"独"字，凸显了幽雅僻静的环境，更加写出了作者的内心世界；第三句物我两忘；第四句，"但有"猛地一个转折，故意用"麚麚迹"来打破空山的静谧，使人感到意外，又增添几分神秘。诗中描绘了傍晚深林中一种十分幽静的境界，体现了诗人对大自然美的热爱，对善其身的隐士生活的向往。诗意隽永，耐人寻味。

【注释】

①麚麚：泛指鹿类动物。典出《楚辞·诏隐士》："白鹿麚麚兮或腾或倚。"

木兰柴

苍苍^①落日时，鸟声乱溪水。
缘溪路转深，幽兴^②何时已^③。

【解读】

木兰柴，蓝田辋川风景之一，在斤竹岭之西，大约以四周多植木兰树得名，木兰树晚春先叶开花。附王维《辋川集·木兰柴》："秋山敛余照，飞鸟逐前侣。彩翠时分明，夕岚无处所。"

全诗将木兰柴秋天的分散的景物，以自己急切、浓厚的巡游兴致联系在一起。在对苍山、落日、溪水、鸟鸣的描写中，所呈现的是诗人流连山水、恣意遨游的形象。全诗宛如一幅晚暮深山吟游图，生动而饶有意趣。

【注释】

①苍苍：秋日苍翠的山色。

②幽兴：幽雅的兴味。

③已：停止。

茱萸沜

飘香乱椒桂①，布叶间檀栾②。
云日③虽回照④，森沉⑤犹自寒。

【解读】

茱萸沜，蓝田辋川风景区之一，是一个岸边生长着繁茂茱萸的深山池沼。附王维《辋川集·茱萸沜》："结实红且绿，复如花更开。山中傥留客，置此芙蓉杯。"

这首诗第一句写出茱萸沜的芳香；第二句写茱萸沜的美景，茱萸叶之间，摇曳着娟秀、青翠的竹叶，四周林木葱茏，环境荫翳、幽深；第三句巧妙地用光亮反衬，在阴冷色调的画面上添上了一点明亮的暖色调，阴冷给人的印象就更突出，接下来直接导出第四句"森沉犹自寒"，这一句使茱萸沜仿佛具有了人的精神气质。

诗人从自己的禅家思想和审美趣味去感受外物，在写景中创造出很难表现的幽邃、森沉、阴冷的境界，可见作者的艺术手段甚高，概括力甚强。

【注释】

①椒桂：椒与桂，都是芳香的木名，常以比喻贤人。典出桓宽《盐铁

论·刺议》："山林不让椒桂，以成其崇；君子不辞负薪之言，以广其名。"
《楚辞·九叹·逢纷》："椒桂罗以颠覆兮，有竭信而归诚。"

②檀栾：秀美貌。多用来形容竹子，也用作竹子的代称。

③云日：云和日，这里偏指日光。

④回照：光线反射，返照。

⑤森沉：林木繁茂幽深；幽暗阴沉。

宫槐陌

门前宫槐陌，是向敬湖①道。
秋来山雨多，落叶无人扫。

【解读】

宫槐陌，蓝田辋川风景之一，是一条种满宫槐通往敬湖的小路。附王维《辋川集·宫槐陌》："仄径荫宫槐，幽阴多绿苔。应门但迎扫，畏有山僧来。"

这首诗前两句介绍了宫槐陌的大概方位，后两句给人勾勒出一幅禅味十足的图画，极力写出幽栖之寂静。俞陛云《诗境浅说》续编："此作虽仅言秋来落叶，而写萧寥景色，有遁世无闷之意。其《咏白石滩》云：'日落川上寒，浮云淡无色'，皆五言高格也。"

【注释】

①敬湖：蓝田辋川风景区之一，位于辋川南垞与北垞的中间，在今日的关上村和支家湾之间。

临湖亭

当轩弥淼漾①，孤月正裴回②。
谷口猿声发，风传入户来。

【解读】

临湖亭，蓝田辋川风景建筑之一，在何村之北，建在一块大石之上，前临湖水。附王维《辋川集·临湖亭》："轻舸迎上客，悠悠湖上来。当轩对尊酒，四面芙蓉开。"

这首诗将窗外的湖水、水波倒映的月影、谷口的猿啼声和诗人的闲情逸致巧妙地融合一体，在自然中寄深意，于质朴中见情趣。

【注释】

①混漾：波光动荡的样子。

②裴回：同"徘徊"，往返回旋。

南垞

孤舟信①一泊，南垞湖②水岸。
落日下崦嵫③，清波殊淼漫④。

【解读】

南垞，蓝田辋川风景区之一，在辋川欹湖之南。附王维《辋川集·南垞》："轻舟南垞去，北垞淼难即。隔浦望人家，遥遥不相识。"

这首诗将"孤舟""南垞""落日""淼漫"巧妙构图，由近及远，看似写景，其实写人，远离尘世，表达禅悟体验。

【注释】

①信：任意，随便。

②湖：指欹湖。

③崦嵫：山名，神话中日落之处。

④淼漫：水广阔无际。

欹湖

空阔湖水广，青荧①天色同。
舣舟②一长啸，四面来清风。

【解读】

欹湖，湖名，在辋川，因湖地势倾斜得名。欹，倾斜。附王维《辋川集·欹湖》："吹箫凌极浦，日暮送夫君。湖上一回首，青山卷白云。"

这首诗先写湖水广阔，天水合一，再写诗人在空旷的湖面小舟里放声长啸，啸咏声毕，四面清风徐来。以静为基调，但整首诗却反映出一种健康、大气的精神来，不脱盛唐自信气息。

【注释】

①青荧：青白有光泽。
②舣舟：使船靠岸。

柳浪

映池同一色，逐吹散如丝。
结阴既得地，何谢陶家①时。

【解读】

柳浪，唐·王维辋川别墅中的胜景之一，欹湖堤岸上种植的柳树。附王维《辋川集·柳浪》："分行接绮树，倒影入清漪。不学御沟上，春风伤别离。"

这首诗写了柳池一色、柳丝随风、柳叶结阴，从宏观到微观，从远景到近景，由柳思人，不由地使人想到陶渊明。诗人多么想在这美丽的景色中，做一名隐士啊！

【注释】

①陶家：指晋代陶渊明，他的代表作之一是《五柳先生传》。在唐代及以后的诗文中，"五柳先生"成了隐逸高士的代名词。

栾家濑

濑①声喧极浦②，沿涉③向南津④。
泛泛⑤鸥⑥凫⑦渡，时时欲近人。

【解读】

栾家濑，蓝田辋川风景区之一，在临湖亭之西。附王维《辋川集·栾家濑》："飒飒秋雨中，浅浅石溜泻。跳波自相溅，白鹭惊复下。"

结合王维的《辋川集·栾家濑》来分析裴迪这首诗，可知两位诗人披蓑冒雨观看濑景，他们在富于魅力的濑声中兴致极高，目送"濑"奔向"南津"。一川水流，交织成自然的乐章，流动的画意，十分迷人。到第三句鸥凫泛渡，此刻场景变为濑声伴奏，鸥凫泛舞，天趣盎然。诗人控制不住，到底是"欲近人"还是"人欲近"呢？这里的人与自然没有纷扰，只有共存、和谐。诗人已经物我合一。这是一幅令人赏心悦目的画面，具有优美和谐的意境。

【注释】

①濑：湍急之水。水激石间为濑。

②极浦：遥远的水边。

③沿涉：顺流而行。

④津：渡口。

⑤泛泛：漂浮貌。

⑥鸥：鸥科各种类鸟的通称。

⑦凫：野鸭。

金屑泉

萦①淳②澹③不流，金碧④如可⑤拾。
迎晨含素华⑥，独往事朝汲⑦。

【解读】

金屑泉，蓝田辋川风景区泉水之一，位于南垞之东。附王维《辋川集·金屑泉》："日饮金屑泉，少当千馀岁。翠凤翊文螭，羽节朝玉帝。"

这首诗前两句写金屑泉水不算多，但很好，诗人想着怎么去打水；后两句就是打水的方法，早早起床，裹着月光，一个人前往。与王维同游山水，为何想着一个人前往？因为两个人去了，泉水不多，可能会"抢"起来，这更加衬托出泉水很好。全诗结构紧凑，一问一答之中，"含"着纯真有趣的诗意生活。

【注释】

①萦：旋绕。
②淳：同"汀"，水边平地，小洲。
③澹：平静；恬静；恬淡。
④金碧：古代画论词语，指中国画颜料中金粉、石青、石绿的合称，以这三种颜料为主色的山水画称"金碧山水"。
⑤如可：即如何。
⑥素华：白光，指月光。
⑦汲：从下往上打水。

白石滩

跂石①复临水，弄波情未极②。
日下川上寒，浮云③澹④无色⑤。

【解读】

  白石滩，辋水边由白石形成的浅滩，王维辋川别墅二十景之一。附王维《辋川集·白石滩》："清浅白石滩，绿蒲向堪把。家住水东西，浣纱明月下。"

  全诗通俗易懂，诗人太喜欢湖水，不厌其烦地"跂石""临水""弄波"，不知不觉，太阳下山了，湖水寒冷又安静，连云的倒影也一动不动。若要对第四句"浮云澹无色"作进一步的引申解读的话就是，在这山水如画的世界里，一切尘世烦扰于"我"如浮云，不能引起"我"任何神色反映，"我"依然安静、淡定地享受这美好的风景。

【注释】

①跂石：垂足坐于石上。

②未极：未到尽头，未达极点。

③浮云：云在水中的倒影。在这里也可比譬不值得重视的事物，典出《论语·述而》："不义而富且贵，于我如浮云。"

④澹：平静，安定，典出《老子》，"澹兮其若海"。在这里也可引申为恬静，恬淡，典出诸葛亮《诫子书》，"非淡泊无以明志"。

⑤无色：天水一色。在这里也可引申为，无反映于神色。

北垞

南山①北垞下，结宇②临欹湖。
每欲采樵③去，扁舟出菰蒲④。

【解读】

  北垞，蓝田辋川风景区之一，位于辋川欹湖之北。附王维《辋川集·北垞》："北垞湖水北，杂树映朱阑。逶迤南川水，明灭青林端。"

  这首诗写出北垞的地理环境：北垞的山冈尽处，峭壁陡立，壁下就是临欹湖，盖有屋宇，从这里上山砍柴，因有水隔，必须舟渡。山水世界，诗意生活。

【注释】

①南山：北垞阳面的群山。

②结宇：筑造房屋。

③采樵：打柴、采薪。

④菰蒲：茭白与菖蒲，均生于水边。

竹里馆

来过竹里馆，日与道①相亲②。

出入唯山鸟，幽深③无世人。

【解读】

竹里馆在辋川，因馆在竹林而得名。附王维《辋川集·竹里馆》："独坐幽篁里，弹琴复长啸。深林人不知，明月来相照。"

这首诗围绕"竹里馆"的"幽深"特点进行展开，出入只有飞鸟，没有其他人。由景及人，诗人产生共鸣，心情也非常"幽深"，竟"日与道相亲"。全诗格调幽静闲远，仿佛诗人的心境与自然景致已融为一体，构成优美、高雅的意境，传达出诗人宁静、淡泊的心情。本诗语言自然中见诗意，平淡中见高雅之韵。

【注释】

①道：道路，这里引申为禅道。

②相亲：相互亲近，这里也可引申为接近、符合（禅法）。

③幽深：幽静深远。

辛夷坞

绿堤春草合①，王孙②自留玩③。

况有辛夷④花，色与芙蓉⑤乱。

【解读】

辛夷坞,是王维所居的辋川别业中的一个景点,因种满辛夷而得名。附王维《辋川集·辛夷坞》:"木末芙蓉花,山中发红萼。涧户寂无人,纷纷开且落。"

全诗前两句概括性地描述"绿堤春草",春意盎然,诗人身临其境,"玩"味十足。后两句具象化,画面感很强。全诗有静意,但是更多的是动的心理历程。诗人利用辛夷花、芙蓉颜色相似的特征,以一个"乱"字,把这两种花联系起来,其透出的情感是欣喜的。

【注释】

①合:集合;聚集。

②王孙:古代贵族子弟的通称,典出《楚辞·招隐士》,"王孙游兮不归,春草生兮萋萋"。

③玩:赏玩。

④辛夷:落叶乔木。其花初出时尖如笔椎,故又称木笔,因其初春开花,又名应春花。花有紫白二色,大如莲花。白色者名玉兰。紫者六瓣,瓣短阔,其色与形似莲花,莲花亦称芙蓉。

⑤芙蓉:亦作"夫容",荷花的别名。

漆园

好闲①早成性②,果③此谐④宿诺⑤。

今日漆园游,还同庄叟⑥乐。

【解读】

漆园,本是辋川一景。这里的"漆园"还和历史故事有关。《史记·老庄申韩列传》记载,庄子曾做过"漆园吏"这一小官。楚威王派小吏厚币迎庄子为相,庄子笑着对使者说,"子亟去,无污我!我宁游戏污渎之中自快,无为有国者所羁",这就是后世所称道的庄子啸傲王侯的故事。附王维《辋川集·漆园》:"古人非傲吏,自阙经世务。偶寄一微官，婆娑数株树。"

　　此诗的着眼点不在描绘漆园的景物，而在通过跟漆园有关的典故，表明诗人的生活态度。前两句写自己"好闲""成性"，实现了昔日的诺言。后两句写"漆园游"，由现实到梦境，由"漆园"联想到"漆园吏"——庄子，借庄子自喻。这就集中地表现了裴迪隐逸恬退的生活情趣和自甘淡泊的人生态度。此诗用典贴切，蕴藉有致，彼有特色，且与诗人的思想感情、环境经历融为一体，以致分不清是咏古人还是写自己，深蕴哲理，耐人寻味。

【注释】

①好闲：容貌美丽，举止娴雅。

②性：中国伦理思想史范畴，一般指人的本性。

③果：果然，果真。

④谐：办妥，完结。

⑤宿诺：以前的诺言。

⑥庄叟：指庄周。叟，对老人的尊称。庄子，名周，战国时楚（一说宋）之蒙人，道家的重要代表人物，著作为《庄子》。

椒园

　　丹刺①冒②人衣，芳香③留过客④。
　　幸⑤堪⑥调鼎⑦用，愿君垂⑧采摘。

【解读】

　　椒园，是王维所居的辋川别业中的一个景点，因种满花椒而得名。附王维《辋川集·椒园》："桂尊迎帝子，杜若赠佳人。椒浆奠瑶席，欲下云中君。"

　　这首诗表面上是写椒园中的"椒"的颜色、形状、香味以及作用，但第三句中的"调鼎""君"这两个词语的含义，让人不得不多想，辋川风景虽好，但此时的诗人裴迪，毕竟还很年轻，还是想要为国为民有一

番很大的作为的。

【注释】

①丹刺：这里指椒园里的花椒。花椒，别称秦椒，果紫红色，顶端有甚短的芒尖。

②胃：挂，缠绕。

③芳香：香气。

④过客：过路的客人，旅客。

⑤幸：本，正。

⑥堪：适宜，适合。

⑦调鼎：烹调食物。也代指宰相，典出《韩诗外传》："伊尹，故有莘氏僮也，负鼎操俎调五味，而立为相，其遇汤也。"

⑧垂：下垂，低下。

辋口遇雨忆终南山因献王维

积雨①晦②空曲③，平沙④灭浮彩⑤。
辋水去悠悠⑥，南山⑦复何在。

【解读】

这首诗是裴迪有感而发，而不像其他的唱和作品一样受到这样或者那样的限制写成，所以这首诗应该可以反映裴迪的诗歌水平。并且这是现存下来唯一由裴迪先创作王维来答的一首诗。在下着大雨的日子里，站在辋口，看着烟雨迷蒙的大山，望着悠悠远去的辋水，更让人怀恋以前一起在终南山的日子。王维很明白裴迪的想法，答诗为《答裴迪辋口遇雨忆终南山之作》："淼淼寒流广，苍苍秋雨晦。君问终南山，心知白云外。"也就是说，"你一问到终南山，我就知道你的想法了。"两人相处时日甚多，已经达到知己知彼、心领神会的境界了。

【注释】

①积雨：久雨。

②晦：隐藏。

③空曲：空中的曲线，这里喻指高且险之山峰。

④平沙：即平纱，平整的纱帐，这里喻指雨中山里的烟雾。

⑤浮彩：犹色彩。

⑥辋水：一作辋谷水。在今陕西蓝田县南。源出南山辋谷，西北流入灞河。

⑦悠悠：遥远，久远。

⑧南山：指秦岭终南山。

崔九欲往南山①马上口号②与别（一作留别王维）

归山深浅去，须尽丘壑③美。
莫学武陵人④，暂游桃源里。

【解读】

崔九即崔兴宗，盛唐诗人，早年与裴迪、王维隐居唱和，后来出仕为官，官至右补阙，但不久即对官场生活产生厌恶情绪，去官归隐。裴迪为之饯行送别，马上作诗，以劝勉。

前两句是说这次回到山里之后，不论入山深浅，都要饱览山川之秀丽，林木之幽美。这当然是劝勉崔兴宗不要再留恋世俗的生活，把对山水的感情升华到一种与世俗生活相对立的高度。后两句紧依次句而写，化用陶渊明《桃花源记》典故，含蕴深刻，既是劝勉友人坚持初衷，尽享山水之乐，同时暗含这层意思：如果弃隐入仕，以后想再度归隐，怕就难了。这里"暂"字用得极妙，与次句"尽"字相对。次句从正面劝说，结尾二句从反面劝勉。这一正一反，思虑周全，语意婉转，谆谆嘱咐，浓浓友情，溢于字里行间。全诗语言浅显易懂，但立意很深。

【注释】

①南山：即辋川南边的终南山，故诗中说他"归山"。

②马上口号：在马背上顺口吟成诗句。

③丘壑：既指丘陵川壑，也是暗用典故，含劝友人隐逸山林、莫改初衷之意。典出《世说新语·品藻》，"明帝问谢鲲：'君自谓何如庾亮？'答曰：'端委庙堂，使百僚准则，臣不如亮；一丘一壑，自谓过之。'"

④武陵人：指陶潜《桃花源记》中的武陵渔人。

与卢员外象①过②崔处士兴宗③林亭

乔柯④门里自成阴，散发窗中曾不簪⑤。

逍遥且喜从吾事，荣宠从来非我心。

【解读】

　　这首诗是裴迪与王维、卢象、王缙一起拜访崔兴宗，在崔兴宗的林亭里驻留唱诗。卢象有诗《同王维过崔处士林亭》，崔兴宗有诗《酬王维卢象见过林亭》，王维、王缙、裴迪有诗《与卢员外过崔处士兴宗林亭》。裴迪这首诗，首句写隐居所在景物，次句写崔兴宗的散发，后两句写崔兴宗的心理状态。全诗由物到人，由外表到内心，紧紧相扣，人物的孤高傲世的神情呼之欲出，从而赞颂了崔兴宗不合流俗的清异品格。

【注释】

①卢员外象：即卢象，字纬卿，唐代诗人，开元中，与王维齐名，仕为秘书郎，转右卫仓曹掾。

②过：探望；拜访。

③崔处士兴宗：即崔兴宗，诗人，早年隐居终南山，与王维、卢象、裴迪等游览赋诗，琴酒自娱，曾任右补阙，官终饶州长史。

④乔柯：高枝。典出晋代陶潜《杂诗》之十二："年始三五间，乔柯何可倚？"

⑤簪：也称笄，是一种用来固定发髻或冠的首饰，其造型如粗而长的针状，一端有饰物。

西塔寺陆羽茶泉

竟陵①西塔寺②，踪迹尚空虚。
不独支公③住，曾经陆羽④居。
草堂荒产蛤，茶井冷生鱼。
一汲清泠水，高风味有馀。

【解读】

据《天门县志》，支遁曾经在复州竟陵县城西湖之滨的龙盖寺设坛布道。他在那里宣示佛经，并开凿了一口井，名"品字泉""三眼井"，用此泉水烹煮甘醇可口的香茗。四百年后，这龙盖寺正是"茶圣"陆羽被收养的寺院。龙盖寺（唐时已称西塔寺）主持智积禅师在一石桥边抱回一个三岁的幼小孩童，这个孩童就是陆羽。陆羽在寺里长大，研习佛经和茶道，用当年支遁开凿的三眼井中的泉水烹煮香茗。后来，经过多年的努力和钻研，写成了我国茶文化史上最重要的著作《茶经》。由于陆羽的缘故，支遁开凿的这眼泉水，又被称为"陆子泉""文学泉"。

这首诗是裴迪在游湖北竟陵（今湖北天门市）西塔寺时所写。首联写出了西塔寺的位置及大概景象；颈联写了西塔寺两大知名人物，东晋支遁和唐代陆羽；颔联写出西塔寺"荒""冷"具象；尾联却大转折，此时的西塔寺，仍然会使人回味咀嚼当年支遁和陆羽煮茶烹茗的高风余韵。

【注释】

①竟陵：即现在的湖北省天门市。

②西塔寺：天门市最大的佛教寺院，也是江汉平原最古老的寺院，始建于东汉，位于竟陵西湖中的龙盖山上。

③支公：名遁，字道林，俗姓关，陈留人，为晋代高僧，精通佛典，是般若学的六大家之一。西塔寺的成名，开始于晋代支公。

④陆羽：733年—804年，字鸿渐，复州竟陵（今湖北天门）人，一名疾，字季疵，号竟陵子、桑苎翁、东冈子，又号"茶山御史"，是唐代著名的茶学家，被誉为"茶仙"，尊为"茶圣"，祀为"茶神"。

裴達诗

裴達，一作"逵"，误。生卒年不详，河东闻喜（今山西闻喜县）人，唐代宗大历十二年（777年）登进士第。诗二首。

小苑春望宫池柳色

胜游①经小苑，闲望上春城。
御路②韶光③发，宫池④柳色轻。
乍⑤浓含雨润，微澹⑥带云晴。
幂历⑦残烟敛，摇扬⑧落照⑨明。
几条垂广殿，数树影高旌。
独有风尘⑩客，思同雨露⑪荣。

【解读】

唐代宗大历十二年（777年）的省试诗题为《小苑春望宫池柳色》。《文苑英华》卷一八八《省试三》录有裴達《小苑春望宫池柳色》诗，赋同题之作者有：黎逢、张昔、丁位、元有直、杨系、崔绩、张季略、沈回、杨凌。唐代省试诗以五言六韵为主，韵脚与诗的题目是有一定联系的。如《小苑春望宫池柳色》下注"宫限晴字"，皆不题韵。唐代省试诗用韵是十分严格的，如果失韵，就不能通过考试，因此韵律也是十分讲究。还有平仄，也十分严格。

这首诗是典型的宫柳诗。其内涵主要是，通过对宫中柳树处地利之便，得阳气之早，先荣于其他柳树的描摹，表达对宫柳的羡慕之情，并希望自己能够像宫柳一样得到君王的赏识。古诗中太阳往往是君王的象

征，韶光则是君王的恩泽。宫柳因地利之便得君王之赏识，率先吐绿发芽，茁壮成长。此诗以春望小苑开头，从远景写起，天晴气暖，描绘出一番蓬勃向上欣欣向荣之景，歌颂一片太平盛世。写到近景，言下之意也逐渐转到歌咏皇上和推荐自己。"思同雨露荣"明确表现了诗人渴望得到皇帝赏识，有一番作为。

【注释】

①胜游：快意的游览。

②御路：在宫殿、寺庙的踏跺中，中间部分不砌条石，而斜置一行汉白玉石或大理石，上面雕刻龙凤等纹样，以示富丽尊贵，这就叫作御路。御路由辇道演变而来。

③韶光：美好的时光。指春光。

④宫池：宫苑中的池沼。

⑤乍：初，才。

⑥澹：同"淡"。

⑦幂历：覆盖、笼罩貌。

⑧摇扬：摇动飘荡。

⑨落照：落日的余晖。

⑩风尘：喻仕宦之途。

⑪雨露：雨与露，为大自然之精华，能滋长万物，象征恩泽、恩情，多象征皇帝的恩泽。

南至日①太史②登台书云物

圆丘③才展礼④，佳气⑤近初分。

太史新簪笔⑥，高台纪彩云⑦。

烟空⑧和缥缈⑨，晓色⑩共氛氲11。

道泰⑫资⑬贤辅⑭，年丰⑮荷⑯圣君⑰。

恭惟⑱司⑲国瑞⑳，兼用察人文。

应念怀铅㉑客，终朝望碧雾㉒。

【解读】

《唐诗纪事》卷三十二录裴達《南至日太史登台书云物》诗，该诗又见于《文苑英华》卷一八二《省试三》，与其赋同题作者有于伊躬。《唐诗纪事》中记载："伊躬，大历进士，元和间为中书舍人"。

这首诗是唐代省试诗的代表作。唐代省试诗在章法结构上一般有固定的体格：多为六韵，首联破题，颔联承题，颈联转题，四联赋题，五联开拓题意，尾联收束总结。而这首诗在章法上做了一些创新改变：前三联破题，后三联作赋。

唐朝把冬至祭天作为国家重要的祭礼仪式加以重视，从建国之初就将此定为律令，终唐之世冬至祭天这一礼制都不曾发生变化。冬至圆丘祭天是唐代皇帝最重要的职责之一。唐代绝大多数帝王都曾亲自或指派高级官员（即"有司摄事"）赴圆丘祭天。同时，在这一天，部分朝臣必须朝拜皇帝，祝贺圣寿。"太史"往往在这天登台书云物，以辨吉凶否泰。

任何一个朝代任何一个君王，都非常注意冬至日上天给予人世的各种预兆，李唐王朝也不例外。云物如何能体现上天给予的预兆呢？《太平御览》引《易通卦验》对冬至"书云物"作了解释："冬至之日见云送迎从下向来，岁美人民和，不疾疫。无云送迎，德薄岁恶。故其云赤者旱，黑者水，白者为兵，黄者有土功，诸从日气送迎其征也。"以云来云往和云气的颜色来占来年的水旱丰歉，非常郑重其事。

这首诗借节令活动，表现社会繁荣，歌咏圣恩，记录了当时的时事，表达了对来年风调雨顺、国泰民安的美好期盼，在当时特定的社会背景下，具有独特的历史文化价值。

【注释】

①南至日：冬至。

②太史：古官名，主管起草文书、修史，及兼管国家典籍、天文、历法等。唐初改为太史局，肃宗时又改为司天台。

③圆丘：又称圆丘坛，古代皇帝祭天之坛。据古人"天圆地方"之说，坛为圆丘以象征天。唐制规定，每逢登基、冬至、正月上辛及孟夏之时，皇帝都要亲率百官，郊祀昊天上帝于圆丘坛。

④展礼：行礼。

⑤佳气：美好的云气，古代以为是吉祥、兴隆的象征。

⑥簪笔：谓插笔于冠，以备书写。古代帝王近臣、书吏及士大夫均有此装束。

⑦彩云：绚丽的云彩。

⑧烟空：云天，指高空。

⑨缥缈：形容隐隐约约，若隐若现。

⑩晓色：清晨的天色或景色。

⑪氤氲：云雾蒙眬貌。

⑫道泰：指政通人和，太平盛世。道，法律、规则、政策；泰，安定、安宁。

⑬资：凭借。

⑭贤辅：贤明的辅相。

⑮年丰：年景丰收。形容生活幸福，社会太平。

⑯荷：承蒙，蒙受。

⑰圣君：圣明的君主。

⑱恭惟：用作自谦之词，意谓恭敬地思索，私下里认为。惟，思考、意想。

⑲司：掌管，主持。

⑳国瑞：象征国家的吉利征兆，多指国家杰出的人才。

㉑怀铅：谓经常带笔，以备随时记述，指好学。铅，石墨笔，古代书写工具。

㉒雾：雾气；气。

裴谞诗

　　裴谞，字士明，郡望河东闻喜，河南洛阳人。祖父裴无悔，官至袁州刺史。父裴宽，官至礼部尚书，有重名于开元、天宝间。伯、叔有：裴卓，官至岐州刺史；裴坦，官至太平令；裴昌，官至弘农太守；裴歆，官至侍御史、大理正；裴恂，官至河内太守；裴晏；裴京，汝州别驾。

　　谞少时举明经，初仕河南府参军，通达简率，不好苛细。累迁京兆仓曹参军。天宝十四年（755年），安禄山攻陷东都洛阳。东都收复后，迁太子司议郎。后除太子中允，迁考功郎中。拜左司郎中，虔州刺史，历饶、卢、亳三州，入为右金吾将军。建中初，贬阆州司马。俄征为太子右庶子，改千牛上将军。会吐蕃入寇，寻拜吏部侍郎、兼御史大夫，为吐蕃使，不行。无几，转太子宾客、兵部侍郎、河南尹、东都副留守。贞元九年（793年）十一月，以疾终，年七十五，赠礼部尚书。《旧唐书》评云："谞和易为理，庶几近仁也。"子：裴弘仪、裴戡。诗三首。

判误书纸背

这畔①似那畔②，那畔似这畔。
我也不辞③与你判，笑杀门前著靴汉。

又判争猫儿状

猫儿不识主，傍家搦④老鼠。
两家不须争，将来与⑤裴谞。

【解读】

这两首诗的来历，在唐代宰相、诗人郑綮著作的《开天传信记》中有记载，"宽子谓，复为河南尹，素好谈谐，多异笔。尝有投牒，误书纸背。谓判云：'者畔似那畔，那畔似者畔。我不可辞与你判，笑杀门前著靴汉。'又有妇人投状争猫儿，状云：'若是猫儿，即是儿猫。若不是儿猫，即不是猫儿。'谓大笑，判状云：'猫儿不识主，傍我搦老鼠。两家不须争，将来与裴谓。'遂纳其猫儿，争者亦晒"。

这两首诗其实是判文。判文起于诉讼之事，有诉讼必有所判。当判案要求以格式化、规范化的语言文字形式对事情处理情况予以准确记录时，具有文体意义的判文才能形成。在唐代，判文是兼应用性与文学性于一身的特殊文体，颇受朝廷、士人与民间社会的重视。

从一定程度上来说，这两首诗还可称为"花判"。《容斋随笔》卷十《唐书判》："世俗喜道琐细遗事，参以滑稽，目为花判。"就其风格而言，花判之"花"，除了滑稽之外，可能还应该指各色琐细繁复之意。这两首诗文辞俪体又语带滑稽，机智幽默又几近于笑话，反映了唐代以裴谓为代表的官场逸事和文人雅谑之风。

【注释】

①这畔：这里，这边。

②那畔：那边。

③辞：诉讼辩词，即理清乱情，还原真相。

④搦：捕捉。

⑤与：给。

储潭庙（大历三年戊申岁）

江①水上源②急如箭，潭北转急令目眩。

中间十里澄③漫漫，龙蛇若见若不见。

老农老圃④望天语，储潭之神可致雨。

质明⑤斋服⑥躬往奠，牢醴⑦丰洁⑧精诚举。

女巫⑨纷纷堂下儛⑩，色似授兮意似与⑪。

云在山兮风在林，风云忽起潭更深。

气霾祠宇⑫连江阴，朝日不复照翠岑。

回溪□兮棹⑬清流⑭，好风带雨送到州。

吏人雨立喜再拜，神兮灵兮如献酬⑮。

城上楼兮危架空，登四望兮暗濛濛⑯。

不知□兮千万里，惠泽⑰愿兮与之同。

我有言兮报匪⑱徐，车骑复往礼如初。

高垣墉⑲兮大其门，洒扫丹膜⑳壮神居㉑。

使过庙者之加敬，酒食货财㉒而有余。

神兮灵，神兮灵。匪享㉓慢，享克诚㉔。

【解读】

江西省赣县储潭镇是储君信仰的物质载体储君庙的所在地。储潭镇地理位置独特，历史文化底蕴深厚，享有"千里赣江第一镇"的美誉。因为地处江湾边，急转江水回旋成涡，形成涤潭，冲成之物，回旋储集潭中，故名储潭。

储君作为护佑一方百姓的地方神灵，最初"扮演"的是水神的角色，护佑赣江上的来往船只、渔民以及当地百姓。随着社会不断发展，储君原本所具有的水神功能得到了进一步扩展和延伸。首次重要转变出现在唐朝，储君增加了雨神的功能，成为人们祈雨的对象。唐大历三年（768年），储潭出现严重的旱情，"戊申岁季夏闰月，远郊愆阳"。时任虔州（今江西赣州）刺史的裴谞率领官员、百姓到储君庙求雨。

大历朝官临桂县令裴曙《祈雨感应颂并序》中对其堂哥裴谞被贬虔州之事和在虔州的治理，以及储君庙的求雨之行也进行了描述："二年，余从兄自左司郎中诏领虔州牧，不期月而令行，削其烦苛，存乎简易，惟德用义，以康保民。端己而属吏自修，体道而风俗知让。除恶务本……施惠惟勤……原义制事，非礼罕言。尔日也路不拾遗，人归其厚。"

裴谞选择黄道吉日，带上丰厚祭品，率领州县官员以及当地百姓，来到储君庙向储君虔诚祈雨。经过一番繁缛的祈雨仪式之后，裴谞和当

地民众的虔诚之心似乎打动了上苍，第二天一场甘霖便从天而降。这场雨让储潭的旱情得到有效缓解。人们在庆祝这场喜雨到来的同时，认为向储君祈雨得到了应验，这场雨是储君赐予他们的。为了表达内心的感激，人们纷纷到储君庙再次祭拜储君。裴谞也挥毫记录了这场求雨，于是就有了这首诗。当地百姓也将这首诗刻碑，永存庙中。这首诗对裴谞向储潭之神求雨的情景、老农老圃们置备丰盛的供品、"女巫纷纷堂下傩"等祈雨过程和祈雨成功后的欣喜进行了非常细致生动的描写。

【注释】

①江：赣江。

②上源：河流接近发源地的部分。

③澄：水清。

④老圃：老菜农。典出《论语·子路》，"樊迟请学稼。子曰：'吾不如老农。'请学为圃。曰：'吾不如老圃。'"

⑤质明：天刚亮时。

⑥斋服：是指在祭祀之前，沐浴更衣。

⑦牢醴：古代祭祀用的牲品和美酒。

⑧丰洁：亦作"丰絜"，谓俎豆饮食丰盛洁净。典出《左传·僖公五年》，"公曰：'吾享祀丰絜，神必据我。'"

⑨女巫：古代以舞接神、负责占卜祈祷的女官。

⑩傩：同"舞"，舞蹈。

⑪色似授兮意似与：即色授意与，眉目传情，心领神会。色：神色。授、与：给予。

⑫祠宇：这里指神庙。

⑬棹：船桨。这是动词，用桨划船。

⑭清流：清澈的水流。

⑮献酬：敬酒。

⑯濛濛：迷蒙貌。

⑰惠泽：恩泽。

⑱匪：通"非"。

⑲垣墉：垣墙。

⑳丹膜：可供涂饰的红色颜料。比喻君王的恩泽。

㉑神居：神仙所居之处。

㉒货财：财物。

㉓享：祭品，贡品。

㉔享克诚：诚心祭礼，鬼神才肯接纳祭品。

裴度诗

裴度（765年—839年），字中立，河东闻喜（今山西闻喜）人，唐代中期杰出的政治家、军事家、文学家，属河东裴氏东眷道护——欣敬支，高祖裴知机，曾祖裴寔。祖父裴有邻，曾任濮州濮阳县令。父亲裴溆，曾任河南府渑池县丞。

裴度，唐德宗贞元五年（789年）进士，贞元八年（792年）登博学宏词科，贞元十年（794年），参与唐德宗李适在殿廷亲自诏试的贤良方正、能直言极谏科考试，因应对策问的成绩优等，被委任为河阴县尉。贞元十七年（801年），还在河阴县尉任上。后出任浙西李锜幕府。贞元二十一年（805年）前后，裴度与卢坦、李约、李棱等人相继离开浙西幕府。

元和元年（806年）晋升为监察御史，密章奏论德宗宠臣时措语直切，德宗不喜，裴度遂被调出朝廷任河南府功曹。元和二年（807年），被武元衡赏识出任西川节度府掌书记。元和四年（809年），同在西川的柳公绰被任命为吏部郎中，不久，裴度被召回朝中，担任起居舍人。元和六年（811年），以司封员外郎、知制诰，寻转本司郎中。元和七年（812年），出使魏州回朝廷后，拜中书舍人。元和九年（814年）十月改御史中丞，后兼刑部侍郎，奉使蔡州行营，宣谕诸军。元和十年（815年）六月，拜门下侍郎、同中书门下平章事。他支持宪宗削藩，因而与宰相武元衡均遇刺，武元衡遇害，裴度亦伤首。旋即代武元衡为相。后亲自出镇，督统诸将平定淮西之乱。元和十一年（816年），庄宪皇后崩，裴度为礼仪使。元和十三年（818）二月，宪宗为嘉奖裴度，下诏加其为金紫光禄大夫、弘文馆大学士，赐勋上柱国，封晋国公，食邑三千户，复知政事，加授其子及侄女婿等官职。又诏刑部侍郎韩愈撰《平淮西碑》，以示纪念。元和十四年（819年），任检校左仆射、同中书门下平章事、太原尹、北都留守、河东节度使。

长庆元年（821年）秋，穆宗晋升裴度为检校司空，兼任掌管北山诸蕃使。长庆二年（822年）三月，任命裴度为守司徒、扬州大都督府长史，充淮南节度使，进阶光禄大夫。裴度刚被册拜为司徒，徐州奏报武宁军节度副使王智兴驱逐节度使崔群，自称留后。朝廷惊骇，当即命裴度任司徒、同平章事，复知政事，并委派宰相王播接替裴度镇守淮南。五月，裴度贬为左仆射，李逢吉接替裴度为宰相。长庆三年（823年）八月，以左仆射裴度为司空、山南西道节度使，不兼平章事。长庆四年（824年），刚即位不久的唐敬宗下诏恢复裴度兼任同平章事。

宝历元年（825年）十一月，裴度上奏请求到长安朝见敬宗。宝历二年（826年）正月，裴度抵达长安，敬宗待他礼遇隆重优厚，数日后，便命裴度复知政事。不久，兼任度支使。宝历二年（826年）十二月初八，宦官刘克明等谋害敬宗。裴度与宦官王守澄、杨承和、梁守谦、魏从简等密谋，诛除刘克明等人，迎立江王李昂为天子。裴度因功加授门下侍郎、集贤殿大学士、太清宫使，其他职位依旧；因辅佐导引的功勋，进阶为特进。

裴度年高多病，自文宗即位后便上疏恳请辞去军政机要之职，文宗对他的礼遇更加深厚。文宗派御医替他诊断治病，每天让中使前去安抚慰问。大和四年（830年）六月，文宗下诏褒奖裴度，任他为司徒、平章军国重事。九月，裴度以加守司徒、兼侍中、襄州刺史之职，任山南东道节度观察、临汉监牧等使。大和八年（834年）三月，裴度以本官判东都尚书省事，充东都留守。大和九年（835年）十月，升任中书令。十一月，发生"甘露之变"，文宗遭软禁，李训、王涯、贾餗、舒元舆等四宰相亲属、门生受株连者上百人，被投入监狱审讯定罪，并将遭他们流放。裴度上疏朝廷为他们申辩，被保全、救活的有数十家。

自"甘露之变"后，宦官当权，士大夫的道统沦丧。裴度因已到辞官居家的年纪，朝廷纲纪又已败坏，便不再把仕途的进退放在心上。他在东都洛阳的集贤里建立府宅，构筑假山，开凿池塘，竹木丛萃，建有风亭水榭、梯桥架阁，岛屿回环，极尽都城的胜景。另在午桥建造了别墅，栽培花木万株，中起凉台暑馆，名叫"绿野堂"。裴度处理公务之暇，在这里与诗人白居易、刘禹锡整日酣畅宴饮，放声吟唱，纵情谈论，借吟诗、饮酒、弹琴、书法自娱自乐。当时的名士，都与之交游。

每次有名望的人士从东都返回京都，文宗必定首先询问他："你见到了裴度吗？"

开成二年（837年）五月，诏令裴度以本官兼任太原尹、北都留守、河东节度使。诏书发出后，裴度连续上表一再以年迈有病推辞，但不得已而赴任。开成三年（838年）冬，裴度病重，祈请返回东都养病。开成四年（839年）正月，文宗下诏准许裴度返回长安，授官中书令。开成四年（839年）三月初四去世，享年七十五岁，获赠太傅，谥号"文忠"。会昌元年（841年）加赠太师，后配享宪宗庙廷。

纵观裴度一生，一方面，他的政治生涯漫长，政治地位显赫。他曾在德宗、顺宗、宪宗、穆宗、敬宗、文宗六朝为官，并在宪宗、穆宗、敬宗、文宗四朝担任宰相。另一方面，他才能出众，功绩卓著，奖掖后进，唯才是荐，对韩愈、刘禹锡、王建等人多有提拔；同时，反对宦官专权，直言进谏。裴度始终坚持正道，秉承家国情怀，是"元和中兴"的主要缔造者之一。

裴度也是优秀的文学家，主张"不诡其词而词自丽，不异其理而理自新"，反对在古文写作上追求奇诡。他的现存诗歌多为抒情言志之作，语言自然流畅，雅正清简。随着政治地位不断地提升，裴度逐渐成为中唐诗坛的核心人物，当时很多文人雅士，如韩愈、王建、杨巨源、张籍、刘禹锡、白居易、姚合、李郢、张祜等人，都围绕他展开了一系列的诗文创作活动，写下了大量交游诗歌。

《旧唐书》记载有子五人：裴识、裴譔、裴让、裴谂、裴议。《新唐书》记载有子七人：裴譔、裴诩、裴谂、裴调、裴识、裴諴、裴让。现存诗十九首。

郊庙歌辞·享惠昭太子庙乐章·亚献终献

重轮①始发祥②，齿胄③方兴学。
冥然④升紫府⑤，铿尔⑥荐清乐⑦。
奠罍⑧致馨香，在庭纷羽籥⑨。
礼成神既醉，仿佛缑山鹤⑩。

【解读】

郊庙歌辞，是从祭祀礼仪出发，把诗歌、音乐和舞蹈集于一体，用在祭祀天地、宗庙、明堂、社稷等大典时的歌辞，在我国源远流长。早在先秦时期，祈襄已经成为祈福弭灾的重要方式。汉代以后祭祀体系完全确立。到了唐代，官方主导的祭祀等级严明，程序复杂，意识庄重，对祭祀的神灵有着明确规定。唐代的郊庙歌辞空前繁荣。这类歌辞的目的性非常明确，这就是礼赞天地祖先，沟通人神，祈福襄灾，希望得到这些神灵护佑、风调雨顺。

郊庙歌辞在思想内容、表现手法、艺术手段等方面不太突出，但作为记录和反映唐代社会政治生活重大方面的题材之一，郊庙歌辞被深深地打上了文化传统、礼仪制度、伦理道德、帝王意志、社会思潮、时代气息等要素烙印，并对当时的政治、经济、法制等方面产生了重大影响，有着不可替代的认识价值。

唐代国家祭礼按祭祀对象区分，主要有四类：天神曰祀，地祇曰祭，人鬼曰享，文宣王与武城王曰释奠。惠昭太子李宁，宪宗李忱长子，元和四年（809年）立为皇太子，死于元和六年（811年）十二月，年仅19岁，谥"惠昭"。对太子的祭祀，是唐代平时庙祭的一类。太子是储君，是未来的皇帝。但是有些太子由于某些原因不能成为皇帝，还有一些亲王死后被追谥为太子。在唐代，皇太子被建庙祭享的有让皇帝李宪、隐太子李建成、章怀太子李贤、懿德太子李重润、节愍太子李重俊、文敬太子李谭，以及此诗中的惠昭太子李宁。他们活在后人心中，是一个时代历史的见证者。

《享惠昭太子庙乐章》这组乐章有请神、登歌、迎俎酌献、送文舞出、迎武舞入、亚献终献、送神；相对应的作者是归登、杜羔、李逢吉、孟简、裴度、王涯。这首诗是诗人裴度为祭祀惠昭太子李宁"亚献终献"环节而创作，人神对话，祈愿寄哀，生动展示了郊祀典礼盛况。

这首诗可以归结为礼文学作品，其文化传承价值首先体现在史学意义上，对了解唐代社会思想文化的变迁、唐代礼制，具有很高的史料价值；其次表现在唐代文学研究上，这些礼文学作品不仅是唐代文学研究的直接对象，而且是研究唐代文学创作的重要参考文献；再次，礼文学博学典美的贵族文化审美特质丰富了唐代文化的审美特征，可由此观照中国传统主流文化的审美精神；最后，这些礼文学作品以文学独特的审美形式传递了中国传统的道德意识和思想。

【注释】

①重轮：日、月周围光线经云层冰晶的折射而形成的光圈，古代以为祥瑞之象，这里喻指帝王。

②发祥：显现吉利的征象，这里谓帝王生长、创业。

③齿胄：指太子入学与公卿之子依年龄为序。典出王融《三月三日曲水诗序》："出龙楼而问竖，入虎闱而齿胄。"李周翰注："公卿之子为胄子。言太子入学，以年大小为次，不以天子之子为上，故云齿胄。齿，年也。"

④冥然：玄默貌。

⑤紫府：道教称仙人所居。典出晋·葛洪《抱朴子·祛惑》："及到天上，先过紫府，金床玉几，晃晃昱昱，真贵处也。"

⑥铿尔：形容声音洪亮。

⑦清乐：指清雅的音乐。

⑧奠觯：周时礼制，主人敬的酒客人饮毕，则置杯于几上；客人回敬主人，主人饮毕也须这样做。

⑨羽籥：古代祭祀或宴飨时舞者所持的舞具和乐器。羽，指雉羽。籥，一种编组多管乐器。

⑩缑山鹤：相传东周时周灵王（姬泄心）的太子王子乔于缑山乘鹤成仙，后用作歌咏仙家之典。

夏日对雨

登楼逃盛夏，万象①正埃尘②。
对面雷嗔③树，当街雨趁④人。
檐疏蛛网重，地湿燕泥新。
吟罢清风起，荷香满四邻。

【解读】

首联描写了盛夏炎热干旱、尘土笼罩万物的酷暑难耐的景象，表达了对雨的渴求，为下面写雨做铺垫。颔联运用了拟人的手法，将雷电击树说成发怒，将雨淋湿人说成雨追人，形象生动，富有生活气息和情趣。颈联写了蛛网挂满水珠，燕子欢快筑巢。尾联写清风吹来，荷香四溢。全诗紧扣"夏日对雨"，运用对比、拟人等艺术手法将一系列意象自然串联，景物的描写细腻而清新，字里行间透露出诗人雨后的轻松、惬意之情，具有一种清幽的意境。

这首诗堪称写景佳作，历代文人多有评论。元代方回非常欣赏此诗，说它"句句清切"，并指出"嗔"字，"趁"字尤见夏雨之快，说明裴度艺术技巧纯熟。对此，清代纪昀也认为"三句粗犷"，足见其魅力及影响。

【注释】

①万象：道家术语，宇宙内外一切事物或景象。

②埃尘：灰尘。

③嗔：生气，怪罪。

④趁：追逐；赶。

白二十二侍郎有双鹤留在洛下予西园多野水长松可以栖息遂以诗请之

闻君有双鹤，羁旅①洛城东。

未放归仙去，何如乞老翁。

且将临野水②，莫闭在樊笼③。

好是长鸣④处，西园白露⑤中。

【解读】

白二十二，即白居易，用数字作名字，在唐朝已形成风气，那些数字名则是表示同曾祖兄弟的长幼次序，即所谓"以行第系于名者"。侍

郎，为中国官制名称，隋唐之时，于京城内设吏、户、礼、兵、刑、工六部，掌管国家政务。其中，每部一名之侍郎为辅佐尚书主官之事务实际执行者，相当于今部会次长。唐文宗即位后，白居易被召回升迁做刑部侍郎。洛下，即洛阳城。

这首诗是诗人裴度向白居易"乞双鹤"。全诗围绕"乞双鹤"做出详细的解释。由鹤到人，展开联想，从某种意义上说，诗人以鹤自喻，表达自己对政治的失望，厌倦官场，想过一种轻松、闲适的生活。白居易则作有《答裴相公乞鹤》："警露声音好，冲天相貌殊。终宜向辽廓，不称在泥涂。白首劳为伴，朱门幸见呼。不知疏野性，解爱凤池无。"和《送鹤与裴相临别赠诗》："司空爱尔尔须知，不信听吟送鹤诗。羽翮势高宁惜别，稻粱恩厚莫愁饥。夜栖少共鸡争树，晓浴先饶凤占池。稳上青云勿回顾，的应胜在白家时。"由此可见，裴度、白居易之间十分友好，感情十分深厚。

【注释】

①羁旅：长久在他乡作客。
②野水：指非经人工开凿的天然水流。
③樊笼：关鸟兽的笼子。
④长鸣：唇簧气鸣乐器，唐代"长鸣角"的简称。
⑤白露：秋天的露水。

窦七中丞①见示②初至夏口③献元戎④诗，辄⑤戏和之

出佐青油幕⑥，来吟白雪篇⑦。
须为九皋鹤⑧，莫上五湖船⑨。
故态⑩君应在，新诗我亦便。
元侯⑪看再入，好被暂流连⑫。

【解读】

唐文宗大和四年（830 年），元稹任武昌节度使，又一次奏请多年老

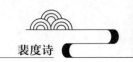

朋友窦巩为自己的副使。窦巩，字友封，排行七。元稹与窦巩在武昌的时间虽然不长，但也留下了许多文坛佳话。窦巩有诗《忝职武昌初至夏口书事献府主相公》云："白发放囊鞬，梁王爱旧全。竹篱江畔宅，梅雨病中天。时奉登楼宴，闲修上水船。邑人兴谤易，莫遣鹤支钱。"元稹自然不会毫无反应以辜负老朋友的好意，有《戏酬副使中丞见示四韵》次韵酬和，诗云："莫恨暂囊鞬，交游几个全？眼明相见日，肺病欲秋天。五马虚盈枥，双蛾浪满船。可怜俱老大，无处用闲钱。"

元稹不仅酬和，而且还把窦巩的原诗与自己的酬和之篇寄给了在河南尹任上的白居易。白居易与元稹、窦巩都是多年的老朋友，自然马上以《戏和微之答窦七行军之作（依本韵）》酬和，诗云："旌钺从囊鞬，宾僚礼数全。夔龙来要地，鵷鹭下辽天。赭汗骑骄马，青娥舞醉仙。合成江上作，散到洛中传。陋巷能无酒，贫池亦有船。春装秋未寄，谩道有闲钱。"

窦巩也把自己与元稹的唱和之作寄给了在京城任职的裴度与令狐楚。裴度与令狐楚分别有诗酬和窦巩。裴度的酬和诗就是这首《窦七中丞见示初至夏口献元戎诗，辄戏和之》，诗中表示，希望元稹与窦巩都能很快回京任职。李逢吉这几年的所作所为已使裴度意识到，自己的真正政敌不是元稹而是李逢吉、李宗闵、牛僧孺等人，因而才能在诗中有"元侯看再入"的话语，但酬诗只是步韵而不是次韵。

【注释】

①中丞：官名。汉代御史大夫有两丞，一称中丞，在殿中兰台，掌图籍秘书，外督部刺史，内领侍御史，受公卿奏事，举劾按章。后御史大夫改称大司空，而中丞则外出为御史台率，即后来的御史大夫之任。自东汉至北齐（魏、晋、宋、齐、梁、陈、北齐），中丞均为御史台长官（率、长）。隋避国讳，改中丞为大夫，唐沿隋制，以大夫为台长，中丞为副。

②见示：敬辞，对方把某物给自己看。

③夏口：又称沔口，为夏水（汉水）入长江之口。三国吴黄武二年（223）在大江东岸、今湖北武汉市黄鹄山（俗称蛇山）东北筑城，因名夏口。

④元戎：唐代节度使别称。

⑤辄：表示前后两个动作紧接着发生，可译为"就""便"。

⑥青油幕：涂以青油的帐幕，即青油布帐篷。喻指军中幕僚。典出《宋书·刘穆之传》："朱修之三世叛兵，一旦居荆州，青油幕下，作谢宣明面见向，使斋师以长刀引吾下席。"

⑦白雪篇：以白雪为喻，称颂友人的赠诗。

⑧九皋鹤：借典咏隐士，这里用以比喻名声远扬。典出《诗经·小雅·鹤鸣》："鹤鸣于九皋，声闻于野。"汉·毛氏《传》："皋，泽也。言身隐而名著也。"东汉·郑玄注："皋，泽中水溢出所为坎，自外数至九，喻深远也。鹤在中鸣焉，而野闻其鸣声，兴者，喻贤者虽隐居，人咸知之。"

⑨五湖船：借典指功成身退或弃官归隐。典出东汉·赵晔《吴越春秋》卷十《勾践伐吴外传》，"二十四年，九月丁未，范蠡辞于王曰：'臣闻主忧臣劳……幸赖宗庙之神灵，大王之威德，以败为成，斯汤武克夏商而成王业者，定功雪耻，臣所以当席日久。臣请从斯辞矣。'越王恻然，泣下沾衣，言曰：'……公位乎，分国共之；去乎，妻子受戮。'范蠡曰：'臣闻君子俟时，计不数谋，死不被疑，内不自欺。臣既逝矣，妻子何法乎？王其勉之，臣从此辞。'乃乘扁舟，出三江，入五湖，人莫知其所适。"

⑩故态：即狂奴故态，形容士人狂放不羁，傲世独行。

⑪元侯：周称诸侯之长为元侯。后泛指重臣大吏。

⑫流连：耽于游乐而忘归。

酬张秘书因寄马赠诗

满城驰逐①皆求马，古寺闲行独与君。
代步②本惭非逸足③，缘情④何幸枉高文⑤。
若逢佳丽⑥从将换，莫共驽骀⑦角出群。
飞控⑧著鞭能顾我，当时王粲⑨亦从军。

【解读】

据《旧唐书·地理志一》："河东节度使，治太原府，管兵五万五千人，马万四千疋。"太原又称并州，并州的马是比较出名的。据《旧唐书》卷十六载："（元和十五年九月）戊午，加河东节度使……裴度守司空、门下侍郎、同平章事。"裴度在太原任职时，远道赠马一匹，给在长安任秘书郎之职的张籍。面对一位位尊贵显的丞相如此"轻富贵重清才"，张籍当然认为这是一种殊荣，便写下了《谢裴司空寄马》一诗："騄耳新驹骏得名，司空远自寄书生。乍离华厩移蹄涩，初到贫家举眼惊。每被闲人来借问，多寻古寺独骑行。长思岁旦沙堤上，得从鸣珂傍火城。"

韩愈、白居易、元稹等好友闻讯齐来相马，于是都写了诗向张籍祝贺，并且表达了自己的羡慕之情。

韩愈的诗为《贺张十八秘书得裴司空马》："司空远寄养初成，毛色桃花眼镜明。落日已曾交辔语，春风还拟并鞍行。长令奴仆知饥渴，须着贤良待性情。旦夕公归伸拜谢，免劳骑去逐双旌。"

白居易的诗为《和张十八秘书谢裴相公寄马》："齿齐膘足毛头腻，秘阁张郎叱拨驹。洗了颔花翻假锦，走时蹄汗蹋真珠。青衫乍见曾惊否，红粟难赊得饱无。丞相寄来应有意，遣君骑去上云衢。"

元稹的诗为《酬张秘书因寄马赠诗》："丞相功高厌武名，牵将战马寄儒生。四蹄苟距藏虽尽，六尺须头见尚惊。减粟偷儿憎未饱，骑驴诗客骂先行。劝君还却司空著，莫遣衔参傍子城。"

裴度也有自己的答诗，就是这首《酬张秘书因寄马赠诗》。从诗中可以得知，当时许多人都来向裴度求当地的名马，但裴度只赠送给了张籍，因为裴度非常欣赏张籍的学识与为人，希望张籍能够为国家建功立业。同时，裴度谦虚地表示自己的马并非骏马，而是作为代步工具的普通马匹，表明了骏马不愿与劣马为伍的想法，也就是说，裴度因不愿与小人同流合污，才被君主弃置冷落。尽管赠马这一行为单纯代表裴度对张籍青睐有加，但是诗歌中含蓄表达了因为不愿与皇甫镈、程异同朝为官，而被宪宗调离长安的遭遇。

然后，李绛、张贾又来和裴度的诗。

李绛的和诗为《和裴相国答张秘书赠马诗》："高才名价欲凌云，上驷光华远赠君。念旧露垂丞相简，感知星动客卿文。纵横逸气宁称力，驰骋长途定出群。伏枥莫令空度岁，黄金结束取功勋。"

张贾的和诗为《和裴司空答张秘书赠马诗》："阁下从容旧客卿，寄来骏马赏高情。任追烟景骑仍醉，知有文章倚便成。步步自怜春日影，萧萧犹起朔风声。须知上宰吹嘘意，送入天门上路行。"

这件远道赠马以及众人和诗的事，发生在元和十五年（820 年）。从这里，我们也看到了以裴度为中心的中唐文坛的缩影。

【注释】

①驰逐：奔跑追逐。

②代步：以车船马等代替步行。这里指马。

③逸足：骏马快步。典出《文选》卷十七，东汉·傅武仲（毅）《舞赋》："良骏逸足，跄捍凌越。"唐·李善注："逸，疾也。"

④缘情：抒发感情。这里借指作诗。

⑤高文：高明出色的诗文。

⑥佳丽：美女。

⑦驽骀：劣马。典出《楚辞》战国·楚·宋玉《九辩》："却骐骥而不乘兮，策驽骀而取路。"

⑧控：驾驭，控制。

⑨王粲：字仲宣，"建安七子"之一，东汉末曾依附荆州刘表，后归曹操，官至侍中，以诗赋著称。后世常用以借指诗人、才士或幕宾。典出《三国志》卷二十一《魏书·王粲传》："王粲字仲宣，山阳高平人也……年十七……之荆州依刘表。表以粲貌寝而体弱通侻，不甚重也。表卒。粲劝表子琮，令归太祖。太祖辟为丞相掾，赐爵关内侯……后迁军谋祭酒。魏国既建，拜侍中。博物多识，问无不对。时旧仪废弛，兴造制度，粲恒典之……著诗、赋、论、议垂六十篇。建安二十一年，从征吴。二十二年春，道病卒，时年四十一。"

真慧寺（五祖道场）

遍寻真迹①蹑②莓苔③，世事④全抛不忍回。
上界⑤不知何处去，西天⑥移向此间来。

岩前芍药⑦师亲种，岭上青松⑧佛手栽。
更有一般⑨人不见，白莲花⑩向半天⑪开。

【解读】

真慧寺（五祖道场），即五祖寺，位于湖北省黄梅县城东十二公里的双峰山上。双峰山，又名东山、冯茂山，因此五祖寺原名东山寺或双峰寺。寺由佛教禅宗五祖弘忍于唐咸亨年间（670年—674年）创建，明万历、清咸丰年间重建。传说弘忍在此传法，并选六祖慧能为衣钵传人，后人遂称为五祖寺。寺内重门曲径，花阴竹影，十分幽静。寺周围遍布名胜，著名的有十方佛塔、释迦多宝如来佛塔、飞虹桥等。寺后三公里是白莲峰，峰顶有白莲池，相传为弘忍手植白莲之处。此诗写游五祖寺所见，表示对禅宗一代宗师的景仰。

另外，在中唐处处充满矛盾的现实环境里，裴度有时也会寻求宗教所能给予的心理调节或安慰。这首诗，便流露出了这种思想。对裴度这样一位伟大的政治家来说，以此排遣心中的积郁，是完全可以理解的。这样也表现出诗人不与世俗同流合污的高洁品质。

【注释】

①真迹：佛教名词，指一切事物的真实性质、真实状况，是真正如实、常住不变的存在，与"法性""佛性""实相""法界""性空""无为""真性""真实""法身"等属同类概念。在佛教哲学中，它被看作是无生灭变化的永恒真理、最高本体。

②蹋：本义是踩踏，有意识地踩踏。

③莓苔：青苔。

④世事：佛教指尘世间的事情。尘俗之事，与佛门之事相对称。

⑤上界：天界，仙界。道教、佛教所指神仙居住的地方。

⑥西天：佛教名词，佛教徒所向往的西方极乐世界的略称。

⑦芍药：植物名，多年生草本。初夏开花，花大而美，与牡丹花相似，名色繁多，供观赏，根入药。芍药花色乳白、淡黄、浅红，朴素秀美，象征纯洁。

⑧青松：苍翠的松树。松树冬夏常青，枝干挺拔，经常成片生长。中国

传统文化一直把它视为高洁、坚强的象征。

⑨一般：一种；一番。

⑩白莲花：指弘忍法师手植白莲一事。千百年来，莲花一直是佛教文化的象征。 一种说法是此与释迦牟尼降生的传说有关，说是得道后的释迦牟尼在传教说法之时，就坐"莲花座"，坐姿亦成"莲花坐姿"，即两腿交叠，足心向上。另一种说法是此与印度的爱莲风气有关，在古印度很多人喜爱莲花，莲花的自然美特别是出淤泥而不染的风格，完全可以用来象征佛教的理想。

⑪半天：半空中。

中书即事

有意①效承平②，无功答圣明③。
灰心④缘忍事⑤，霜鬓⑥为论兵⑦。
道⑧直⑨身还在，恩深⑩命转轻⑪。
盐梅⑫非拟议⑬，葵藿⑭是平生⑮。
白日⑯长悬照，苍蝇⑰谩⑱发声。
高阳⑲旧田里，终使谢⑳归耕㉑。

【解读】

这首诗，刘禹锡、张籍等人有和作。其中刘禹锡的和诗是《奉和司空裴相公中书即事通简旧僚之作》。从刘禹锡的和诗标题中，可以推断这首诗大概写在宝历二年（826年）左右。长庆三年（823年），裴度为司空。宝历二年（826年）正月，裴度抵达长安，敬宗任命裴度复知政事。宝历二年（826年）十二月初八，宦官刘克明等谋害敬宗。裴度与宦官王守澄、杨承和、梁守谦、魏从简等密谋，诛除刘克明等人，迎立江王李昂为天子。裴度因功加授门下侍郎、集贤殿大学士、太清宫使，其他职位依旧；因辅佐导引的功勋，进阶为特进。

对于这几年的宦海浮沉，裴度以诗歌《中书即事》表达了自己的心路历程。第一、二句，诗人回顾当初他任职镇州四面行营招讨使，有意

为朝廷平息战乱，只可惜并没有为皇帝和百姓缔造一个平稳繁荣的盛世，辜负了众人的期望。第三、四句，诗人回顾自己不断地出镇，如亲自出镇督统诸将平定淮西之乱，尔后出任河东军节度使、北山诸蕃使、淮南节度使、山南西道节度使等，功勋卓著，却受到君主的冷落，的确曾经有过灰心丧气的时刻。可是一旦朝廷有需要，国家有难，他就会挺身而出，即使满头霜鬓，依然率兵冲锋陷阵。第五、六句写出了诗人追求的理想，即品德高尚正直，身体仍还健康，为了报答深厚的皇恩，不惜牺牲生命。第七、八句，诗人将殷商时期辅佐殷商高宗武丁安邦治国的卓越政治家、军事家傅说当作自己为官的榜样，始终愿作朝廷的良臣，如同葵藿向日一样，对朝廷赤胆忠心，为君主分忧解愁。第九、十句，将小人比作苍蝇，纵使困难重重，小人当道，但太阳依旧悬挂碧空，光明正道一定会战胜黑暗邪恶，同时寄希望于皇帝，亲贤臣，远小人。其实，这些年以来，诗人不断地向朝廷荐引李德裕、李宗闵、韩愈等名士，重用李光颜、李愬等名将，保护刘禹锡等人。在这期间，诗人也遭遇了很多"苍蝇"的"发声"：宪宗朝时，诗人遭皇甫镈、元稹的构陷排挤；穆宗朝时，诗人遭到李逢吉辈所谓"八关十六子"的朋党打击，他们甚至造作谣言说诗人"非衣小儿坦其腹，天上有口被驱逐"，意指诗人讨平吴元济，居功自大，有政治野心。最后两句，意指诗人为国为民鞠躬尽瘁，忠诚一生，如果朝廷不再启用自己，那么诗人将退隐田园。诗人到了晚年，眼见朝廷日非，宦官自"甘露之变"后挟君擅权，衣冠涂炭，自己回天乏力，遂在东都集贤里及午桥创亭园林泉以自适，与诗人白居易、刘禹锡等人宴饮终日，高歌放言，以诗酒琴书自乐。但其自乐之余，仍念念不忘朝廷之事、国家安危。

　　整首诗里，诗人表达了对朝廷的忠直，对国家和人民的热爱，对小人的不屑，对自己置身不顾，意指"大不了归耕旧田"。家国情怀，溢满全诗。

【注释】

①有意：有意图，有愿望。

②承平：太平，治平相承。

③圣明：皇帝的代称。

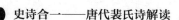

④灰心：心意寂静如死灰，不为外界所动。

⑤忍事：以忍耐态度对待各种事情。

⑥霜鬓：斑白的鬓发。

⑦论兵：是指研究军事和兵法。

⑧道：指道路，引申为仁道、理想、思想、准则、规律等。

⑨直：耿直、正直。

⑩恩深：指帝王的恩惠深厚。

⑪命转轻：不顾惜自己的生命。

⑫盐梅：咸盐和酸梅，均为调味所需，用以喻指国家所需的贤才。典出《尚书·说命》下："若作和羹，尔唯盐梅。"此为殷高宗命傅说为相之辞。后来诗文中常以盐梅指宰相或职位权力相当于宰相的人。

⑬拟议：指草拟；多指事先的考虑。这里指筹划政事。

⑭葵藿：指葵与藿，均为菜名。这里单指葵。葵性向日。古人多用以比喻下对上赤心趋向。这里比喻忠于国家和君主。

⑮平生：一生。

⑯白日：太阳。

⑰苍蝇：为蝇类昆虫的泛称。这里借喻小人。

⑱谩：徒劳无益地，徒然。

⑲高阳：即嵩阳，嵩山的南面。山南叫阳。

⑳谢：辞去，告辞。

㉑归耕：指辞官回家种田。语见《吕氏春秋·赞能》："子何以不归耕乎，吾将为子游。"《汉书·夏侯胜传》亦云："学经不明，不如归耕。"

中和节诏赐公卿尺（贞元八年宏词）

阳和①行庆赐②，尺度③及群公④。

荷宠⑤承佳节，倾心立大中⑥。

短长思合制，远近贵攸同⑦。

共仰⑧财⑨成德⑩，将酬分寸功⑪。

作程⑫施有政⑬，垂范⑭播无穷。

愿续南山寿⑮，千春奉圣躬⑯。

【解读】

据《唐会要》记载，贞元五年（789年）正月，德宗下诏，自此以后，以二月一日为中和节，内外官司休假一天。并命令文武百官在这一天进农书，司农进献谷种，而王公贵族上春装，士民百姓互相赠送尺和刀，村社做中和酒，祭祀五方神中的勾芒神，聚会宴乐，以此名为"飨勾芒，祈年谷。"

这一内容丰富的节日，取代了正月晦日，而与上巳及重阳并称新的"三令节"。在这一众多节俗节物所组成的中和节里，中和尺是一项别具特色的重要内容。德宗在创立中和节的诏敕中，要求布衣百姓彼此之间以刀尺为礼物互相赠送。

中和节颁尺习俗，多从度量方面着眼，凸显这一节物的文化内涵。这其实是有文化依据的。《礼记·月令》："日夜分则同度量，钧衡石，角斗甬，正权概。"这段文字说的是二月由于昼夜平分，可以用来校正度量衡。也就是说，中和节，是在以《礼记》为代表的传统礼乐文化基础上，吸收了前代玄宗时期的典章制度——成书于开元二十七年（739年）的《唐六典》而重新制定的，只是与前代"赐尺状"所表述的不同，德宗时中和节赐尺的含义着重于天子对于度量衡标准的掌控。

贞元八年（792年），陆复礼、李观和裴度同登博学宏词科，试题为《试中和节诏赐公卿尺诗》。对这一节日赐尺的行为，诗人们不约而同地从天子治理四方的角度阐发。因为尺度是长短的标准，亦可联想到法度、制度，所以诗人由此生发联想，寓意皇上赐尺给臣子，象征用统一标准来治理天下，使之规范。以尺之长短合制，比拟远近方圆在乎一致。

【注释】

①阳和：借指春天。

②庆赐：赏赐。

③尺度：计量长短的标准，尺码。

④群公：即群公卿，群臣。

⑤荷宠：蒙受恩宠。

⑥大中：指无过与不及的中正之道。典出《易·大有》："大有，柔得尊位，大中而上下应之，曰大有。"王弼注："处尊以柔，居中以大。"高亨

注:"象大臣处于尊贵之位,守大正之道。"

⑦攸同:相同。攸,文言语助词,无义。

⑧共仰:受世人敬仰。

⑨财:通"裁",裁成,裁制。

⑩成德:盛德。典出《易·乾》:"君子以成德为行。"

⑪寸功:微小的功绩。

⑫作程:立法度,做准则。《文选》陆倕《新刻漏铭》:"配皇等极,为世作程。"李善注,"《吕氏春秋》曰:'后世以为法程。'高诱曰:'程,度也。'"

⑬有政:指有善政。

⑭垂范:垂示范例,树立典范。

⑮南山寿:比喻人的寿命像山那样长久。南山指秦岭终南山。《诗经》中有:"如月之恒,如日之升,如南山之寿,不骞不崩。"

⑯圣躬:指圣体,代指皇帝。

至日①登乐游园

阴律②随寒改,阳和③应节生。

祥云④观魏阙⑤,瑞气⑥映秦城⑦。

验炭⑧论时政⑨,书云⑩受岁盈。

晷⑪移长日至,雾敛远霄清。

景暖仙梅动,风柔御柳倾。

那堪⑫封得意⑬,空对物华⑭情。

【解读】

乐游园,地在唐代长安城区东南面的升平坊,今西安大雁塔东北曲江池北面的那段高地是乐游园的旧址。乐游园地处长安城区最高位置,四望宽敞,是长安城中一个风景非常优美的浏览胜地。每逢"三令"节,乐游园"幄幕云布,车马填塞,虹彩映日,馨香满路,朝士词人赋诗,翌日传于京师"(韦述《西京新记》)。这首诗写了诗人在阴气消散、阳气初生的阴阳转化的冬至这一天登原俯瞰长安城,只见祥云满天,瑞气绕城，寒雾已敛，天空晴朗，阳气发动，景暖风柔，梅花与杨柳都已开始萌芽，万物都呈现出欣欣向荣之势。诗中还提及了唐代冬至"验炭"的习俗。"冬至悬土炭"的习俗由来已久，是至日的民间习俗。在冬至前三日，悬土炭于天平木杆两端，让两边轻重刚好平衡，到了冬至日，阳气至，炭那边就会重，而夏至阴气重，土就会重，这充满了古人的朴素智慧。全诗洋溢着诗人的"得意"，却又"空对物华"，彰显出傲骄与惋惜相融合的大唐情调。

【注释】

①至日：这里指冬至。

②阴律：阴气。

③阳和：阳气。

④祥云：象征祥瑞的云气。

⑤魏阙：古代宫门外的高大建筑物（公布法令的地方）。典出《庄子·让王》："身在江海之上，心居乎魏阙之下。"后用以借指朝廷。

⑥瑞气：是瑞应之气，泛指吉祥之气。

⑦秦城：这里指长安。

⑧验炭：指的是古人"冬至悬土炭"的习俗。《史记》载："冬至，短极，悬土炭。"

⑨时政：犹时令，按岁时节令制定的有关农事的政令。典出《左传·文公六年》："不告闰朔，弃时政也，何以为民？"

⑩书云：古时人观天象变化迹象以附会为世事的预兆，每于春分、秋分、夏至、冬至及四时之立日，登台望云，书于简册，附会吉凶，称为书云。后用以称冬至、夏至。典出《左传·僖公五年》："公既视朔，遂登观台以望而书，礼也。凡分、至、启、闭，必书云物，为备故也。"晋·杜预注："分，春秋分也。至，冬夏至也。启，立春、立夏。闭，立秋、立冬。云物，气色灾变也。"

⑪晷：日影。

⑫那堪：怎么忍受。

⑬得意：因如愿以偿而感到满意。

⑭物华：美好的景物。

奉酬中书相公①至日②圆丘③摄事合于中书后阁宿斋移止于集贤院④叙怀见寄之作

翼亮⑤登三命⑥，谟猷⑦本一心。

致斋⑧移秘府⑨，祗事⑩见冲襟⑪。

皓月⑫当延阁⑬，祥风⑭自禁林⑮。

相庭方积玉，王度⑯已如金。

运偶唐虞⑰盛，情同丙魏⑱深。

幽兰⑲与白雪⑳，何处寄庸音㉑。

【解读】

这是一首唱和诗。元和六年（811年），裴垍因病罢相，唐宪宗遂将李吉甫从淮南召回，再次任命他为中书侍郎、同平章事，加授金紫光禄大夫、集贤殿大学士、监修国史、上柱国，进爵赵国公。元和八年（813年），时任宰相、监修国史等职的李吉甫移居集贤院时作诗为《癸巳岁吉甫圆丘摄事合于中书后阁……呈集贤院诸学士》，诗中叙述诗人的职业生活"庙斋兢永夕，书府会群仙"，集贤院的环境是"粉壁连霜曙，冰池对月圆"。这一年，裴度为中书舍人，作此诗相唱和，表达了知遇之恩和报国之志。

【注释】

①中书相公：唐代中书省官员，常常用"同三品"或"同平章事"以任宰相，因汉魏以来拜相者必封公，故称。此处指李吉甫。

②至日：冬至。

③圆丘：又称圆丘坛，古代皇帝祭天之坛。据古人"天圆地方"之说，坛为圆丘以象征天。唐制规定，每逢登基、冬至、正月上辛及孟夏之时，皇帝都要亲率百官，郊祀昊天上帝于圆丘坛。

④集贤院：官署名。唐置集仙殿，玄宗改为集贤殿，掌国家图籍，搜求整理民间图书，置集贤学士、直学士、侍读学士、修撰官等官，以宰相

一人为学士知院等，常侍一人为副知院事，掌刊辑校理经籍。

⑤翼亮：辅佐。

⑥三命：第三次高升。

⑦谟猷：谋略。

⑧致斋：行斋戒之礼。

⑨秘府：宫廷中收藏图书秘籍的地方。

⑩祗事：恭敬事奉；敬于其事。

⑪冲襟：指旷淡的胸怀。

⑫皓月：明月。

⑬延阁：古代帝王藏书之所。

⑭祥风：预兆吉祥的风。典出《尚书大传》卷五："王者德及皇天则祥风起。"

⑮禁林：皇家园林。

⑯王度：王者的德行器度。典出《左传·昭公十二年》："思我王度，式如玉，式如金。"孔颖达疏："思使我王之德度，用如玉然，用如金然，使之坚而且重，可宝爱也。"

⑰唐虞：是唐尧与虞舜的并称，亦指尧与舜的时代，古人以为太平盛世。典出《论语·泰伯》："唐虞之际，于斯为盛。"

⑱丙魏：丙吉、魏相的并称。两人均为汉宣帝时丞相，以知大体、为政宽平名重当时。典出《汉书·魏相丙吉传》："孝宣中兴，丙魏有声。"

⑲幽兰：古琴曲名，又名《猗兰》，相传是孔子所作的琴谱。

⑳白雪：春秋时楚国的歌曲名。借指高雅的音乐。典出宋玉《对楚王问》。

㉑庸音：常音，喻指平庸的文辞和言论。晋·陆机《文赋》："故踸踔于短垣，放庸音以足曲。"

太原题厅壁

危事①经非一，浮荣②得是空。
白头官舍里，今日又春风。

【解读】

以题壁的形式即兴创作诗，是古代独特而又常见的写作形式，特别是唐宋时，几乎随处可见。题壁诗，指题写于山崖、寺壁、驿亭、邸舍、桥头等地的诗，有着独特的载体形式和独特的美学价值。

裴度分别在唐宪宗、唐文宗时期两度出镇太原。开成二年（837年）五月，裴度第二次被任为北都留守、河东节度使兼太原尹，开成四年（839年）病卒。以文章书生入仕的裴度文采不凡，这首诗是诗人在官署厅壁题写的，当作于开成三年（838年），诗人有着极高的文学素养和精神境界，题诗抒怀，以言其志。

这首诗看似信手拈来，意蕴却超拔高迈，得到历代文学史家和评论家的推崇。第一句诗说危险的事情多次经历过。第二句的意思是，阅历已深，已见到荣华富贵如浮云，到头来一场空的结局。后面两句，指裴度在元和十四年（819年）曾任职太原，这次又任职太原，故说"又春风"，可是现在"白头"了，往事历历在目，感慨万千。这时裴度已经七十多岁了，且有疾患，但文宗还是让他为朝廷卧镇北门。这次赴任太原，是受朝廷重托，与元和年间诗人为皇甫镈等所构而出贬太原完全不同。

【注释】

①危事：危险的事情，指战事。
②浮荣：表面上的光彩，虚荣。

溪居

门径俯①清溪，茅檐古木②齐。
红尘③飘不到，时有水禽④啼。

【解读】

大和八年（834年）三月，裴度以本职兼任东都尚书省职务，充任东都留守。大和九年（835年）十月，升任中书令。十一月，发生"甘露之变"。之后，宦官当权，士大夫的道统沦丧。裴度因已到辞官居家的年纪，朝廷纲纪又已败坏，不再把仕途的进退放在心上。他在东都的集贤里建立府宅，构筑假山，开凿池塘，竹树荟萃，建有风亭水榭、梯桥架阁，岛屿四环，极尽都城的丽色佳境。另在午桥建造了别墅，栽培花木万株，其中修建了一座歇凉避暑的亭阁，名叫"绿野堂"。引入清水灌注其中，导引分流贯通有序，两岸景物交相映衬。

　　《溪居》这首诗是作者晚年居于寓所，感于生活与经历所作。首句是写别墅的大环境：门前有路径相通，门外有清流一道。这是极为幽雅的去处。第二句是写别墅的小环境：茅屋为舍，古树参天。这是极为简朴高洁的去处。第三句，实中带虚，既写出了别墅远绝尘嚣的妙境，也隐含着诗人飘然出世的逸情。作者从激烈的政治斗争漩涡中脱身出来，休憩在这绝尘脱俗的所在，感到生理和心理两方面的轻松与解脱。末句"时有水禽啼"是写实。在这人迹罕至的地方，众生自在，人鸟同乐，不时传来水禽安然的啼声，此起彼落，使得这幽僻的所在不致凄冷，而是充满生气。

　　这首诗用欣赏的口吻描绘自己乡间别墅的幽雅环境。诗写得清淡脱俗，格调超逸高古，不事雕琢而神韵自佳。

【注释】
①俯：向下。
②古木：年代久远的树木。
③红尘：指世俗社会。
④水禽：水鸟。

喜遇刘二十八

病来佳兴①少，老去旧游②稀。
笑语纵横③作，杯觞④络绎⑤飞。

【解读】

刘禹锡在同宗同辈兄弟姊妹之间排行为第二十八，所以称他为刘二十八。大和八年（834年），刘禹锡调任汝州（治所在今河南省汝州市）刺史，十月，移同州（治所在今陕西省渭南市大荔县）刺史，兼御史中丞，充本州防御、长春宫等使。这年三月裴度移任东都留守，十月，新加中书令衔；白居易为太子宾客分司，九月，代杨汝士为同州刺史，辞疾不拜，十月，改受太子少傅分司东都，进封冯翊县开国侯。刘禹锡代白居易出为同州刺史，从汝州赴同州途经洛阳时，与裴度、白居易、李绅相会，作有《喜遇刘二十八偶书两韵联句》及《刘二十八自汝赴左冯涂经洛中相见联句》。这首诗就是裴度当时作的两韵联句，表达了对国家和人民的热爱、对朋友关心牵挂之情，描绘自己"病""老"在身，心有余而力不足，无可奈何，不得不"笑语纵横""杯觞络绎"，壮志未酬，身先病老，苦中作乐。

【注释】

①佳兴：饶有兴味的情趣。

②旧游：昔日交游的友人。

③纵横：本义是竖和横互相交错，这里指无所顾忌、雄健奔放。

④杯觞：酒杯。

⑤络绎：连续不断，往来不绝。

送刘

不归丹掖①去，铜竹②漫云云。
惟喜因过我，须知未贺君。

【解读】

这首诗是《刘二十八自汝赴左冯涂经洛中相见联句》中裴度第一次作的联句。这联句活动，是裴度专为款待刘禹锡而召集的，另包括白居易、李绅共四人参与。全诗第一、二句，诗人表达了自己爱民忧国却倦于宦海，第三、四句，对刘禹锡即将赴任同州刺史表达了由衷的喜悦之情，同时富于政治经验的裴度已预感到朝廷可能会发生祸乱，对刘禹锡的热情泼了一点点冷水，发出"未贺君"之感叹。

【注释】

①丹掖：宫殿。

②铜竹：犹铜符，铜印。古代地方长官所佩。

再送

频年①多谑浪②，此夕任③喧纷④。

故态⑤犹应在，行期⑥未要闻。

【解读】

这首诗是《刘二十八自汝赴左冯涂经洛中相见联句》中裴度第二次作的联句。这首诗当是整场联句活动的高潮，全诗将时势、抱负、离别融合在一起，表面上是写多年的人生作风，今晚"任喧纷"，尽情欢耍，保持"故态"，不闻"行期"，似有"今朝有酒今朝醉"的感觉；实质上是写多年来为国为民奔走奋斗，这种爱国忧民的"故态"，不管经历什么样的风浪，"犹应在"，一直在路上，哪有什么"行期"？这是裴度对刘禹锡的离别赠语，同时也是对自己的勉励。

【注释】

①频年：多年，连年。

②谑浪：戏谑放荡。

③任：听凭，任凭。

④喧纷：纷扰。

⑤故态：旧日或平素的举止神态。

⑥行期：出行的日期。

凉风亭睡觉

饱食缓行①新②睡觉，一瓯③新茗④侍儿⑤煎。
脱巾⑥斜倚绳床⑦坐，风送水声来耳边。

【解读】

　　裴度晚年在处理公务之暇，借吟诗、饮酒、品茶、弹琴、书法自娱自乐。这首诗就是裴度晚年时期在洛阳生活的一个特写：每日斜倚绳床，写字读诗，看侍儿扇炉火勤煎茶，观铛中蟹眼先鱼眼后，端上来抿一口，好水好茶，舒心舒肺。全诗风格朗畅闲放，将诗人悠然自得之意刻画得淋漓尽致，读来骨子里全都是闲适随意。看似生活轻松悠闲，却多少有些政治上的无奈忧伤。

【注释】

①缓行：徐步，慢走。
②新：新近，刚刚。
③瓯：盆盂类瓦器。
④新茗：新茶。
⑤侍儿：使女，女婢。
⑥脱巾：脱下巾服。
⑦绳床：唐代自印度传入，为倚背垂足之坐，如椅子。

雪中讶诸公不相访

忆昨雨多泥又深，犹能携妓①远过寻②。
满空乱雪花相似，何事居然无赏心。

【解读】

　　刘禹锡于大和九年（835年）十二月抵达同州（今陕西省大荔县），在同州刺史任上不满一年，便于开成元年（836年）秋因患足疾，迁太子宾客，分司东都，得与裴度、白居易等人欢聚于洛阳，频繁兴办"文酒之会"。有一年冬天，雪急难行，刘禹锡、白居易等人没有接到裴度发出的邀请，所以他们都没有前来赏雪。雪中的绿野堂美不胜收，大家却这样错失了观赏的机会，裴度于是作《雪中讶诸公不相访》一诗，询问众人不来赏雪的原因。裴度写的这首诗中的"诸公"，就包括刘禹锡、白居易等人。刘禹锡和了一首《答裴令公雪中讶白二十二与诸公不相访之什》，白居易和了一首《酬令公雪中见赠讶不与梦得同相访》。

　　这首诗写"雨多""泥深""雪花"的天气，本以为游山玩水胜过平常，哪知道一个"乱"字下发出了"无赏心"的感叹？原因除了"诸公不相访"，更深层次的是"何事"。看似随意的一问，竟让人不得不联想到当时的形势——"雨多""泥深""乱雪"。这些自然现象词语，画面感强，意象丰富，寄托感情。诗人虽远在洛阳身在"野"，却无时无刻不在关注着国家和人民的命运。

【注释】

①携妓：典出南朝·宋·刘义庆《世说新语·识鉴》，"谢公在东山畜妓。简文曰：'安石必出。既与人同乐，亦不得不与人同忧。'"刘孝标注，"宋明帝《文章志》曰：'安纵心事外，疏略常节，每畜女妓，携持游肆也。'"后以"东山携妓"写文人携妓出游或写潇洒的归隐生活。此处"携妓"，指游山玩水，逍遥倜傥。
②寻：寻常，平常。

傍水闲行

闲余①何处觉身轻，暂脱朝衣②傍水行。
鸥鸟亦知人意静，故来相近不相惊。

【解读】

宝历二年（826年）十二月初八，宦官刘克明等谋害敬宗，裴度与宦官王守澄、杨承和、梁守谦、魏从简等密谋，诛除刘克明等人，迎立江王李昂为天子。裴度因功加授门下侍郎、集贤殿大学士、太清宫使，其他职位依旧；因辅佐导引的功勋，进阶为特进。在裴度的力主下，蹉跎于东都洛阳的刘禹锡终得返回朝廷任主客郎中，兼集贤殿学士。大和元年（827年），白居易至长安任秘书监，配紫金鱼袋，换穿紫色朝服（三品以上官员所用的服色）。大和二年（828年），白居易转任刑部侍郎，封晋阳县男。

这首诗大概作于大和二年（828年），白居易作《和裴相公傍水闲行绝句》、刘禹锡作《和裴相公傍水闲行》以唱和。"鸥鸟"是具有丰富积淀的意象，"海上鸥鸟""鸥鹭忘机"都是备承诗家青睐的典故，李白《鸣皋歌送岑征君》一诗有句："白鸥兮飞来，长与君兮相亲。"杜甫《奉赠韦左丞丈二十二韵》一诗中的鸥鸟则是另一种壮美的姿态："白鸥没浩荡，万里谁能驯？"这首诗此处取"鸥鸟"一典，则赋予它切合自身特殊身份和特殊需求的意蕴：鸥鸟深知诗人"难得浮生半日闲"，只想独自傍水闲行，而不欲受到任何打扰，所以只是悄悄飞近他、默默观察他，不敢有丝毫惊动他的举止。这就既揭示了诗人自己此际求静求安的心声，又表现了鸥鸟的深通人情和善解人意。整个作品诗情画意，富含哲理。

【注释】

①闲余：闲暇。
②朝衣：旧时高级官员穿的朝服。

厅事①之西，因依墉②壑③为山数仞④，有悬水⑤焉·予理戎⑥之暇，聊以息宴·此相国张公之所作也·缅怀高致，时濯尘缨⑦，即事寄言，而赋斯什

奇峰⑧似天作⑨，半倚增城隅⑩。

何处通泉脉⑪，潺湲⑫竟朝晡⑬。

挂石悬一带，洒荷散千珠。

固宜⑭赏高人，何为对武夫？

鼓鼙⑮时铿鍧⑯，吏卒亦喧呼⑰。

愧尔来我所，顾我非尔徒。

乃是风流相，昔尝居此都。

能移造化⑱力，雅与山水俱。

多惭受成者，得此聊自娱。

【解读】

　　这首诗在《全唐诗》中没有收录，在《分门纂类唐歌诗》第三册"天地山川类"卷三十二有收录。这首诗写"庭室"周边的山水风景，以及由此引发的感情流露。第一、二句，宏观角度来写，突出"奇峰"的"天作"特征。由山到水，接下来四句，"悬一带""散千珠"，写出了瀑布的壮美。然后由景到人，由画面到声音，"缅怀高致""时濯尘缨"，景、物、情、"高人"及"我"融为一体："泉脉"只有流在"奇峰"上，才更壮丽；"我"只有站在"高人"上，才更"风流"。

【注释】

①厅事：官府办公处。

②墉：城墙，泛指墙壁。

③壑：山谷，山沟。

④仞：古代长度单位，八尺为一仞。

⑤悬水：瀑布。

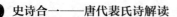

⑥理戎：治理军队，带兵打仗。

⑦尘缨：指官吏所戴冠帽，缨为系带。

⑧奇峰：奇特的山峰。

⑨天作：犹天造，天生，谓自然形成。

⑩城隅：城角，多指城根偏僻空旷处。

⑪泉脉：伏流的泉水。以其似人体脉络，故称。

⑫潺湲：水徐流貌。

⑬朝晡：朝时（辰时）至晡时（申时）。

⑭固宜：原本应该。

⑮鼓鼙：大鼓和小鼓，古代军中常用的乐器。因借以指军旅之事。

⑯铿鍧：钟鼓声相杂，场面宏大。

⑰喧呼：喧闹，呼喊。

⑱造化：自然界的创造化育者，也指天地、自然界。

句四则

句

两人同日事征西，今日君先奉紫泥①。

【解读】

柳公绰（765 年－832 年 5 月 6 日），字宽，小字起之。京兆府华原县（今陕西省铜川市耀州区稠桑乡柳家塬）人。唐朝名臣、书法家，太子太保柳公权之兄。元和二年（807 年）十月，宰相武元衡罢相为剑南西川节度使，任命柳公绰与裴度为节度判官。柳公绰后来先于裴度入朝任吏部郎中，裴度特地赠诗作别。赠诗已佚，现只存这两诗句。

【注释】

①紫泥：古人以泥封书信，泥上盖印。皇帝诏书则用。后即以指诏书。

句

待平贼垒①报天子，莫指仙山示武夫。

【解读】

元和九年（814年），淮西节度使吴元济叛乱，宪宗派兵进讨，久未平息。朝中大臣或主和，或主战，争论不休。元和十二年（817年），宰相裴度力排众议，主张进讨。宪宗听从裴度，并命其亲自督战。裴度当即委任刑部侍郎马总为宣慰副使，太子右庶子韩愈为行军司马，司勋员外郎李正封、都官员外郎冯宿、礼部员外郎李宗闵等人任判官及书记等职。当征淮西路过女几山（河南府福昌县西南三四十里，今河南省宜阳一带）时，裴度题诗，但诗已佚，只存诗句："待平贼垒报天子，莫指仙山示武夫。"韩愈随即唱和《奉和裴相公东征途经女几山下作》："旗穿晓日云霞杂，山倚秋空剑戟明。敢请相公平贼后，暂携诸吏上峥嵘。"

【注释】

①垒：军营的墙壁或防守的建筑物。

题南庄

野人①不识中书令②，唤作陶家③与谢家④。

【解读】

这是裴度《题南庄》的诗句，白居易也唱和《和裴令公南庄绝句》："陶庐僻陋那堪比，谢墅幽微不足攀。何似嵩峰三十六，长随申甫作家山。"

【注释】

①野人：古代指平民百姓。
②中书令：官名，隋唐时期为中书省长官。
③陶家：陶潜。
④谢家：谢灵运。

句

君若有心求逸足^①，我还留意在名姝^②。

【解读】

开成三年 (837 年) 春，白居易向裴度求马。裴度诗云："君若有心求逸足，我还留意在名姝。"白居易则答曰："安石风流无奈何，欲将赤骥换青娥。不辞便送东山去，临老何人与唱歌。"可见，裴度与白居易间深厚的友谊，已无话不说，不分彼此，他们在忘情笑骂打趣中分享了友情的快乐。

【注释】

①逸足：指骏马。
②名姝：著名的美女。

裴次元诗

　　裴次元（？—820年），河东解县（今山西运城）人，出身河东裴氏洗马裴，父裴荐（官至主客员外郎）。唐代贞元四年（788年）中进士，同年又举贤良方正科。复以制策、宏词同日敕下，并为敕头，为时人所称颂。初官吏部员外郎、司封郎中。贞元十八年（802年）授京兆尹。元和六年（811年）二月十一日，以太府卿出为福建都团练观察处置使（简称福建观察使）兼御史中丞。元和八年（813年）率众在莆田水南红泉界筑堰储水，垦田322顷，岁收数万斛，以赡军储。倡修镇海堤，为把饱受海水侵灌的壶公洋开发成南洋平原做出了卓越的贡献。民众感其德，在红泉界立庙祀之。同年十一月初七日，拜授河南尹。元和九年（814年）充东都副留守。元和十年（815年）授江西观察使。元和十五年（820年）八月初六日卒于任所。谥"成"，赠工部尚书。三子：裴处道、裴处范、裴处权（官至礼部郎中）。诗三首。

南至日①隔仗②望含元殿③炉香

冕旒④初负扆⑤，卉服⑥尽朝天。
旸谷⑦初移日，金炉⑧渐起烟。
芬馨⑨流远近，散漫入貂蝉⑩。
霜仗⑪凝逾白，朱栏映转鲜。
始看浮阙⑫在，稍见逐风迁。
为沐⑬皇家庆，来瞻羽卫⑭前。

【解读】

贞元四年（788年），诗人参加省试，写下了这首试律诗《南至日隔仗望含元殿炉香》，结果中进士。试律诗有个特征，一般为五言六韵十二句。

南至日，就是冬至。在唐代，冬至不仅以其本身节气含义的特殊性而受到重视，而且由于其占据着特殊的时间节点又与历法的制定息息相关，人们重视天象历法继而也就重视着这个占据着极为重要位置的冬至。此外，由于重农思想的推动及阴阳观念与儒家孝道的影响，冬至更是倍受重视。

唐代在冬至节要举行各种各样的活动以示庆贺。朝廷最大的典礼就是祭天，唐朝把冬至祭天作为国家重要的祭礼仪式加以重视。冬至除了祭天还要举行朝贺与宴会，这也不亚于祭天之礼，同样要讲究很多的礼数，进行一系列烦琐的准备工作，礼仪性之强也是历朝所不能比拟的。节日庆典时的规模亦宏大无比，充分显示了大唐盛世的综合国力，也算是天子与民同乐的一种表现。在庆典之时，往往会发布一些敕书和诏令，以体现统治者在广施德政，显示其体恤民情之意。当然其所做的这一切也都是为了维护自己的统治。

这首诗写冬至这天，含元殿前朝会的场面，歌咏了唐朝的辉煌与繁荣，歌颂了皇恩皇德，特别是最后两句，暗藏了诗人的愿望、理想和抱负。同时，整首诗体现了唐时期的时令文化，再现了唐朝时期冬至节的风俗文化。

【注释】

①南至日：冬至。

②仪仗队：卫队。《新唐书·仪卫志上》："凡朝会之仗，三卫番上，分为五仗，号衙内五卫。"

③含元殿：属于大明宫的前朝第一正殿，也是唐长安城的标志建筑，建成于龙朔三年（663年），毁于僖宗光启二年（886年），其间逢元旦、冬至，皇帝大多在这里举行大朝贺活动。

④冕疏：古代礼冠中最尊贵的一种。外面黑色，里面朱红色，冠顶有板，称为"延"，后高前低，略向前倾。延的前端垂有组缨，穿挂着玉珠，

叫作"旒"。天子的冕十二旒，诸侯九，上大夫七，下大夫五。历代之制大略相同，南北朝之后只有皇帝用冕。在这里，代指皇帝。

⑤负扆：扆，户牖间画有斧纹的屏风。天子背扆面向南接受臣下朝见，称为负扆。

⑥卉服：用草织的衣服。又代指百姓。

⑦旸谷：古代传说中太阳出来的地方。这里借指东方。

⑧金炉：金属铸造的香炉，用以蒸香。

⑨芬馨：芳香。

⑩貂蝉：貂尾与蝉羽为古代显官冠上的饰物，因以代指显官之冠服。

⑪霜仗：闪耀着寒光的仪仗。

⑫阙：本为宫殿、祠庙、陵墓前的建筑物，左右各一，这里指含元殿的重要护卫建筑翔鸾、栖凤两阙。亦用来代指宫殿，或宫殿式的建筑。

⑬沐：动词，受润泽，蒙受。

⑭羽卫：指皇家的仪仗。

律中应钟①

律②穷方数寸③，室暗在三重。
伶管④灰先动，秦正⑤节已逢。
商声⑥辞玉笛⑦，羽调⑧入金钟。
密叶翻霜彩⑨，轻冰⑩敛水容⑪。
望鸿⑫南去绝，迎气北来浓。
愿托无凋性，寒林自比松。

【解读】

在古代，"候气"不但在皇家天文事业上，就是在日常文化生活中也起着不可忽视的作用。"候气"是一种实验，是一套与节气、音律有关的实验装置，同时也是一种文化现象。据历代史书记载，典型的候气实验是这样做的：建一所特殊的上圆下方、有三重墙的密室，外墙门朝南、中墙门朝北、内层门又朝南，人要像走迷宫似的才能走到最里层，这样

可以最大限度地防止室外流动空气的干扰。另外，各墙所有的缝隙都要堵死抹实，内层的墙、天花板还要铺上缇幔——一种不透气的厚布，因此这间屋子被称作"缇室"。取12根律管埋在内室地下（律管是用竹管或金属管制成的定音器具），口与地面平齐（有的时代也有斜放在案桌上的）。这些律管最长的9寸，最短的4.5寸，按黄钟、大吕、太簇、夹钟、姑洗、仲吕、蕤宾、林钟、夷则、南吕、无射、应钟十二音律排列，十二音律其实就相当于今天的七度音按半音阶排列，即C、#C、D、#D、E、#E、F、G、#G、A、#A、B。律管的位置也是有讲究的，12根律管需按照子、丑、寅、卯、辰、巳、午、未、申、酉、戌、亥十二辰的方位分别埋好，代表十二个月。然后在管腔内填充葭莩灰，所谓"葭莩灰"，是一种芦苇茎中的薄膜烧成的灰，最后把管口用芦苇膜虚虚地盖住，实验装置即安放完毕。下一步是等候每月中气的到来——所以这项工作叫"候气"。据说，到了冬至日交节的时刻，其中最长的9寸黄钟律管中的灰，就会在地气的作用下冲破芦苇膜喷出来，以后每到一个中气交节时刻，对应的律管就会有同样的现象发生，12个中气过完，12支律管也顺次飞一次灰。明白了这套实验装置和程序，我们对这首诗中的"数寸""室暗""三重""伶管""灰"就好理解了。

这是一首试律诗，前半部分介绍有关律历一体和候气的知识，点了诗题，正是应钟十月；后半部分描写了十月所处的环境：枯叶如霜凋落，流水变成薄冰，大雁往南飞，北方的气候越来越冷了。最后两句，写出了诗人的寄托，愿世间没有凋零，整个树林都像松树一样四季常青。

【注释】

①应钟：古代乐律十二律的第十二律，管长四寸七分，律长四寸二十七分寸之二十，与十月相应，古人以十二律与十二月相配，每月以一律应之。

②律：音乐术语。指乐音的音高标准，乐音的有关法则或规律。

③寸：进行律学计算时所采用的振动体（管或弦）的长度数值。"律寸"通常为具体数据，多指管长。

④伶管：借指律管，相传黄帝遣乐官伶伦自昆仑山采竹制成了律管。

⑤秦正：指夏历十月。正，一年的开始。秦以夏历十月为正月。

⑥商声：五声（宫、商、角、徵、羽）之一。五声配以四时，商属秋。阮籍《咏怀诗》有："素质游商声，凄怆伤我心。"欧阳修《秋声赋》："商声主西方之音，夷则为七月之律。"商声是代表秋天的音调，夷则是七月的音律。

⑦玉笛：笛子的美称。

⑧羽调：乐律名称。一般指燕乐二十八调的调类名称，与宫调、商调、角调三种调类并列而言，泛指七羽。另外，作为燕乐二十八调的调名，羽调也可指七羽之一的黄钟调（黄钟调又名"羽调"）。

⑨霜彩：霜的色彩。指寒霜。亦作"霜采"。

⑩轻冰：薄冰。

⑪水容：水流之态势。

⑫鸿：大雁。

赋得亚父碎玉斗

雄谋①竟不决，宝玉将何爱。
倏尔②霜刃③挥，飒然④春冰碎。
飞光⑤动旗帜，散响惊环⑥珮⑦。
霜浓绣帐前，星流锦筵⑧内。
图王业已失，为虏言空悔。
独有青史⑨中，英风⑩冠千载。

【解读】

这是一首试律诗，也是贞元诗坛试律诗的代表之作，是中唐以来近体声律意识高度发达并以之反观"齐梁诗"声病特征思维下的产物。

贞元时，裴次元、孟简、何儒亮三人都作了《赋得亚父碎玉斗》。诗的主要内容来自典故"亚父碎玉斗"。亚父即范增，项羽尊敬他，好像自己的父辈一样。在鸿门宴上，项羽不听亚父计谋，放走了刘邦。刘邦让张良赠亚父玉斗一双，亚父掷而碎之。整首诗再现了历史典故，又不拘泥于典故，从典故中延伸，寄托了诗人的雄心壮志，希望为国为民，干出一番大业，垂名青史，千载流传。

【注释】

①雄谋：宏大的谋略。

②倏尔：迅速貌。

③霜刃：锋利雪亮的刀口。

④飒然：忽然，倏然。

⑤飞光：闪耀光辉。

⑥环：璧的一种，圆形，中心有孔。

⑦珮：玉佩，佩带的饰物。

⑧锦筵：指美盛的筵席。

⑨青史：指史籍。古人用竹简记事，竹色青，故曰青史。

⑩英风：英武的气概或崇高的威望。

冶山二十咏·遗留诗句

望京楼·二句

积高①依郡城②，迥拔③凌霄汉④。

天泉池·四句

□⑤鳞息枯池，广之使涵泳⑥。
疏凿⑦得蒙泉⑧，澄明⑨睹明镜。

【解读】

　　冶山，位于今福州市屏山东麓。据《淳熙三山志》卷一记载，"（唐）元和八年（813年），刺史裴次元于其南辟为球场，即山为亭，作诗题于其壁，自为《序》，大略云：'场北有山，维石岩岩。峰峦巉峭耸其左，林壑幽邃在其右。是用启涤高深，必尽其趣；建创亭宇，咸适其宜。勒为二十咏，有望京山、观海亭、双松岭、登山路、天泉池、玩琴台、筋竹岩、枇杷川、荻芦冈、桃李坞、芳茗原、山阴亭、含清洞、红蕉坪、越壑桥、独秀峰、笕笃坳、八角亭、椒磐石、白土谷诗各一章，章六句。'"

到大中十年（856年），刻在亭壁上的诗已无存者。刺史杨发访于邑客，得其本，为镌诸碑阴而识之。其后，碑石埋洇。今天遗存下来只有《望京楼》二句及《天泉池》四句。《望京楼》二句，彰显了望京楼的雄伟壮观，而在《天泉池》四句中，再现了天泉池水的甘甜、清澈、明净。

【注释】

①积高：至高，最高。

②郡城：郡治的城垣。

③迥拔：高耸挺拔。

④霄汉：霄，云；汉，天河。指天宫极高处。

⑤□：因诗句题在山亭上，有缺字，后抄补有"游""鱼"等字。

⑥涵泳：潜游。

⑦疏凿：亦作"疎凿"，指开凿。

⑧蒙泉：山下流出的泉水，味美甘洌，饮之聪明，犹如启蒙幼童般滋养万物。

⑨澄明：清澈、明净。

裴交泰诗

裴交泰,生卒年不详。唐德宗贞元年间诗人。诗一首。

长门怨

自闭长门①经几秋,罗衣②湿尽泪还流。
一种蛾眉③明月夜,南宫歌管④北宫愁。

【解读】

《长门怨》是乐府旧题。《长门怨》诗缘于汉武陈皇后故事。

中国第一部纪传体断代史《汉书》卷九十七上,《外戚传》载:"孝武陈皇后,长公主嫖女也……初,武帝得立为太子,长主有力,取主女为妃,及帝即位,立为皇后。擅宠骄贵,十余年而无子,闻卫子夫得幸,几死者数焉。上愈怒,后又挟妇人媚道,颇觉,天光五年,上遂穷治之……使有司赐皇后策曰'皇后失序,惑于巫祝,不可以承天命,其上玺绶,罢退居长门宫'……后数年,废后乃薨。"

又南朝梁武帝长子萧统主持的《文选》记载:"孝武皇帝陈皇后,时得幸,颇妒。别在长门宫,愁闷悲思。闻蜀郡成都司马相如,天下工为文,奉黄金百斤,为相如文君取酒,因于解悲愁之辞。而相如为文以悟主上,陈皇后复得亲幸。"司马相如作《长门赋》,后人因其赋而为《长门怨》。可见,《长门怨》乐府曲辞本为失宠的陈皇后所作,它的思想内容包含了失宠之幽怨和希冀重新获宠。到了唐代,《长门怨》主题随着时代的发展而发生了较明显的变化。

这首诗属于代言体,即男性诗人代女性发声的作品。第一句:"闭长门"，点明失宠；"几秋"，说明失宠时间很长。第二句写失宠后的痛苦，"尽"与"还"，凸显内心无限痛楚。三四句，以欢愁之境对比写：同在明月之夜，同是"蛾眉"，但"南宫歌管"彻夜，欢乐无比；"北宫愁"，冷冷清清，愁雾笼罩。从艺术写作手法来分析：诗人用"秋""月"等凄清冷寒的意象成功构建了幽怨孤寂的意境，并且在诗中作了细致的细节描写（比如第二句诗）以及传神的心理刻画（比如第四句诗），塑造了一显一隐双重人物形象。"显"方面，即一显人物形象——失宠的宫女；一显人物关系——失宠的宫女与皇帝。

由于士人的怀才不遇与宫女失宠有着极大的相似性，因此在这"显"的后面有"隐"：怀才不遇的士人。于是，此诗通过对宫女失宠的细腻描写来委婉地表达自己壮志难酬的感慨。正是士人与失宠宫女有着相似的被弃遭遇，才使得跨越时空的两种人物的命运紧紧地关联在一起。所以，诗人在诗中不再对君王抱有幻想，不再对君权顶礼膜拜，字里行间呈现出了失望、不满，甚至是愤怒。出现这样的情绪，与中晚唐的时代氛围有关，也与诗人终身未及第的生平经历有关。无论是在对女性命运还是对于自身命运的关注方面，这首诗都体现了诗人积极干预社会生活的现实精神。

【注释】
①长门：汉长门宫之省称，指冷宫。
②罗衣：轻软丝织品制成的衣服。
③蛾眉：比喻女子弯曲细长的眉毛，代指美女。
④歌管：歌声与乐器声。

裴杞诗

裴杞，生卒年、籍贯皆不详。郡望河东闻喜（今山西闻喜）。唐德宗贞元九年（793年）登进士第。同年进士三十二人，有柳宗元、刘禹锡等人。诗一首。

风光草际浮

澹荡①和风至，芊绵②碧草长。
徐吹遥扑翠，半偃③乍④浮光⑤。
叶似翻宵露⑥，丛疑扇夕阳。
逶迤⑦明曲渚⑧，照耀满回塘⑨。
白芷⑩生还暮，崇兰⑪泛更香。
谁知揽结⑫处，含思⑬向余芳⑭。

【解读】

这首诗是诗人贞元九年（793年）的省试诗。省试诗，指唐代举子参加进士科考试时，依照所出题目和规定格式所作的诗。"省试"一词，由主持进士科考试的衙门尚书省而得名。考试原由吏部考功员外郎主持，自唐玄宗开元二十四年（736年）后改由礼部侍郎负责。由于吏部与礼部均属尚书省，遂将此考试称为省试，又称礼部试、省闱、礼闱。

这首省试诗是命题作文，题目出自南北朝谢朓的《和徐都曹出新亭渚诗》："日华川上动，风光草际浮"。这首诗符合省试诗的格式，五言律诗，六韵十二句，每句五字，押平声韵，中间八句对仗工整，每联内部平仄相间，各联之间粘对严格。

　　这虽然是命题作文，但诗人运用拟人等修辞手法，不仅将被描写的事物变得生动、形象，也使作者的思想感情更加鲜明，如次联"徐吹遥扑翠，半偃乍浮光"，诗人用了"扑"这个动词，非常生动形象地表现了风吹细草之景，又有拟人化含义，表现了风的渴望、急切之状。另外，这首诗还含有用典，这不仅能够表现出诗人深厚的经学和史学功底，还能起到升华主题、提升文化底蕴的作用，如第五联"白芷生还暮，崇兰泛更香"，用《楚辞》意象，特写"白芷""崇兰"两种香草，从而赋予自然的草以高洁的品质，增加了作品的文化韵味。

【注释】

①澹荡：舒缓荡漾。

②芊绵：草木茂密繁盛。

③偃：仰卧，倒伏。

④乍：正；恰。

⑤浮光：水面的反光。

⑥宵露：即"霄露"，云露，露水。

⑦逶迤：曲折而绵长的样子。

⑧曲渚：曲曲折折的水中小块陆地。

⑨回塘：环曲的水池。

⑩白芷：草本植物，开白花，根有香气，可供药用。

⑪崇兰：丛兰，丛生的兰草。

⑫揽结：采摘系结。

⑬含思：犹含情。

⑭余芳：余留的香气。

裴淑诗

裴淑，字柔之，生卒年不详，河东闻喜（今属山西）人。父亲裴郧，贞元中任涪州刺史。裴郧祖父裴安期，父亲为裴后已，兄弟为裴郁、裴邠、裴郿、裴郜。元和十年（815年），与元稹结婚，此时元稹三十七岁。婚后生三女一子，三女为小迎、道卫、道扶，元稹卒时犹未成年；一子年最幼。诗一首。

答微之

侯门①初拥节②，御苑③柳丝新。
不是悲殊命④，唯愁别近亲。
黄莺迁古木⑤，朱履⑥从清尘⑦。
想到千山外，沧江⑧正暮春⑨。

【解读】

唐朝大臣、诗人、文学家元稹（779年—831年），字微之，河南洛阳人，贞元九年（793年）明经及第。元和元年（806年）四月，元稹和白居易同登才识兼茂明于体用科。长庆三年（823年），元稹调任会稽，出任浙东观察使兼越州刺史。大和三年（829年）九月，元稹入朝为尚书左丞。大和四年（830年）正月，元稹被迫出为检校户部尚书，兼鄂州刺史、御史大夫、武昌军节度使。夫人裴淑难同往，元稹便诗赠夫人："穷冬到乡国，正岁别京华。自恨风尘眼，常看远地花。碧幢还照曜，红粉莫咨嗟。嫁得浮云婿，相随即是家。"裴淑在西京（今西安）以此诗作答。大和五年（831年）七月二十二日，元稹暴病，一日后便在镇署去世，时年五十三。

整首诗景中有情，愁中有勉，哀而不伤。裴淑回赠元稹的诗中，体现了其顾大局、识大体，丈夫离开京城出任一方，这是朝廷的诰书，虽有离愁别绪，但想着丈夫能为国效力、为民谋福，能步步高升，足以慰藉。让诗人放心不下的，是那"千山外""沧江正暮春"的人，毕竟这个时候，元稹已经五十多岁了。贤妻形象，夫妻情深，跃然纸上。

【注释】

①侯门：泛指豪门贵族之家。

②拥节：执持符节。亦指出任一方。

③御苑：皇家的园林。

④殊命：特殊恩宠的诰命。

⑤黄莺迁古木：典出《诗经·小雅·伐木》："伐木丁丁，鸟鸣嘤嘤。出自幽谷，迁于乔木。"原意为鸟儿（黄莺）从深谷飞上乔木，后用来贺人升迁或迁居。

⑥朱履：红色的鞋，古代贵显者所穿。

⑦清尘：车后扬起的尘埃。亦用作对尊贵者的敬称。

⑧沧江：指江流。江水呈苍色，故称。

⑨暮春：春末，指农历三月。

裴通诗

裴通，生卒年不详，郡望河东闻喜（今山西闻喜），字文玄，礼部尚书裴士淹之子。元和（806年—820年）中尝游越（今浙江绍兴一带）。后任户部员外郎、金部郎中。穆宗长庆元年（821年）为少府监，除检校左散骑常侍兼御史大夫出使回鹘。敬宗宝历（825年—827年）中任汝州刺史。文宗（827年—840年）时自国子祭酒改詹事。著《易书》一百五十卷，已佚。诗一首。

王右军①宅

寂寂②金庭洞③，清香④发桂枝。
鱼吞左慈⑤钓，鹅踏右军池⑥。
此地常无事，冲天⑦自有期。
向来逢道士，多欲驾文螭⑧。

【解读】

晋永和十一年（355年），东晋书圣王羲之称病弃官离郡，携妻带子游遍东南山水，来至剡县（今浙江省绍兴市嵊州市）金庭。他为秀山丽水所动，乐而筑室于背靠瀑布山、前抱五姥峰、左临香炉峰、右临卓剑峰的金庭观。他在这里度过了以文会友、安逸恬淡的晚年生活。东晋升平五年（361年）五月初十，书圣仙逝，归葬于瀑布山麓。

王羲之翰墨之美，历代推崇，寻访王羲之遗踪的名人雅士纷至沓来。唐代穆宗朝官少府监、大和时国子祭酒裴通，于元和二年（807年）三月，曾与二三道友到剡东王右军旧宅游览，并写了著名的《金庭观晋右

军书楼墨池记》及《王右军宅》诗文。

这首诗围绕"王右军宅"来写周边的景物以及想象王羲之生活的场景，寥寥几句，就把王羲之在金庭过清闲生活的情景描绘得淋漓尽致。

【注释】

①王右军：即晋朝王羲之。因他曾任右将军，故称"王右军"。

②寂寂：寂静无声。

③金庭洞：位于今浙江嵊州市城东南的金庭山上，又叫金庭崇妙之天，是道教的二十七小洞天，也属道门所谓赤城丹霞第六洞天者。

④清香：清淡的香味。

⑤左慈：东汉末方士，字元放，东汉时庐江（今属安徽）人，葛玄师，居天柱山，得《石室丹经》，通气功，有特异功能，尝断谷一月而颜色不变。史称其能于空盘中钓出鲈鱼。曹操欲捉而杀之，他隐身而去，不知所向。

⑥鹅踏右军池：即鹅在池里嬉戏。王羲之从小就喜欢看鹅，逗鹅嬉戏。成年以后，更嗜好养鹅，他在自家院子里专门修建了两个水池子，一个用来刷洗笔砚，一个用来养鹅。

⑦冲天：直向天空。典自王羲之好友孙绰《天台山赋》"王乔控鹤以冲天"。王乔是周灵王泄心的太子，名子晋。周人奉黄帝之裔后稷为祖，帝居姬水，故而姓姬。王乔不愿继承王位，随浮丘公学仙。昔传王乔羽化后，随浮丘公翔云天台山中。从此在天台山华顶建道场，从姬姓分源王氏，为我国王氏之始祖。华顶道场后为道家二十七洞天。

⑧文螭：有文采的螭龙。螭龙寓意美好、吉祥。

裴大章诗

裴大章，生卒年、籍贯皆不详。唐宪宗元和五年（810年）登进士第。诗一首。

恩赐魏文贞①公诸孙旧第②以导直臣③

邢茅④虽旧锡⑤，邸第⑥是初荣。
迹⑦往伤遗事，恩深感直声⑧。
云孙⑨方庆袭⑩，池馆忽春生。
古甃⑪开泉井，新禽绕画楹⑫。
自然垂带砺⑬，况复⑭激忠贞。
必使千年后，长书竹帛⑮名。

【解读】

这是唐代元和五年科举考试试题。这首诗的写作背景分析如下：当年，唐太宗感于魏徵之功为其营造殿堂，到魏徵五代孙时宅第已几经分割。当唐宪宗准备造访魏家宅邸时，却发现其早已易主。白居易等众臣建议由朝廷亲自买回宅第并赐还魏氏后人，这样做的目的在于"劝忠臣""事出皇恩，美归圣德"。唐宪宗采纳了建议。裴大章这首诗对此予以赞誉。皇帝的赏赐行为犹如一则政治宣传，既显示了隆恩，又能激励忠贞，这样必将国运长久，留史美名。

【注释】

①魏文贞：即魏徵，贞观名臣，知无不言，敢于直谏，史以"诤臣"称之，是唐太宗称为"以人为镜，可以明得失"者，卒谥"文贞"。

②旧第：旧宅。

③直臣：正直而敢谏诤之臣，即贤臣。

④邢茅：邢姓、茅姓是以国为姓氏。邢，邢氏，侯爵，周公之第四子，受封于邢，今邢州治龙冈，是其故地也。僖公二十五年，卫灭之，子孙以国为氏。茅，茅氏，周公之后也，今济州金乡是其地，子孙以国为氏。

⑤锡：同"赐"，赐赏。

⑥邸第：王侯府第。

⑦迹：循实考察。

⑧声：声望，名望，名誉。

⑨云孙：八代之后的孙辈。

⑩袭：继承。

⑪甃：井壁。

⑫楹：旧时房屋的厅堂一般有四柱，后两柱中间及两旁安装板屏或砌砖墙，前两柱四周空无依傍，故称前部柱子为楹。

⑬带砺：出自《史记·高祖功臣侯者年表序》，"封爵之誓曰：'使河如带，泰山若厉。国以永宁，爰及苗裔。'始未尝不欲固其根本，而枝叶稍陵夷衰微也。"又唐·颜师古注《汉书·高惠高后文功臣表序》引应劭："封爵之誓，国家欲使功臣传祚无穷也。带，衣带也。厉，砥厉石也。河当何时如衣带，山当何时如厉石，言如带厉，国犹永存，以及后世之子孙也。"带砺，通常用来比喻国基坚固，国运长久。

⑭况复：何况，况且。

⑮竹帛：竹简与白绢，古时无纸，用以书写文字，指称史书。

裴澄诗

裴澄，生卒年不详，出身河东裴氏东眷裴，河东闻喜（今山西闻喜）人。祖父裴纲，官至蔡州刺史。父裴璩，官至河南少尹。德宗朝登进士第。贞元十一年（795年）为国子司业，官至苏州刺史。诗一首。

春云

漠漠①复溶溶②，乘春任所从。
映林③初展叶，触石④未成峰。
旭日消寒翠，晴烟⑤点净容。
霏微⑥将似灭，深浅又如重。
薄彩⑦临溪散，轻阴⑧带雨浓。
空余负樵⑨者，岭上自相逢。

【解读】

这是一首试律诗。试律诗一般为五言六韵十二句。王力在《汉语诗律学》中提到，"自中唐以后，试帖诗都是五言排律，而且都是限定用十二句的"。这首诗描写了春云的质感、形状、色彩，以多种视角展现了其忽起忽灭、变幻不定的特点。从云起到云散，作者以"春云"为载体，借景咏物抒怀，以"岭上自相逢"，表达自己出仕的愿望。这和其他直白的表达相比，更能表现出诗歌本身含蓄委婉的艺术张力。

【注释】

①漠漠：云烟密布的样子。

②溶溶：宽广的样子。

③映林：日光照射在树林里。

④触石：谓山中云气与峰峦相碰击，吐出云来。语出《公羊传·僖公三十一年》："触石而出，肤寸而合，不崇朝而徧雨乎天下者，唯泰山尔。"

⑤晴烟：晴空中的烟云。

⑥霏微：雾气飘溢的样子。

⑦薄彩：薄薄的云彩。

⑧轻阴：微阴的天色。

⑨负樵：背柴。隋朝王通《中说·魏相》："吾闻礼於关生，见负樵者几焉；正乐於霍生，见持竿者几焉。吾将退而求诸野矣。"

裴航诗

裴航，生卒年不详，唐代长庆间（821年—824年）秀才。诗一首。

赠樊夫人诗

向为胡越①犹怀想，况遇天仙②隔锦屏③。
倘若④玉京⑤朝会去，愿随鸾鹤⑥入青冥⑦。

【解读】

　　这首诗记载在裴铏所作小说《传奇·裴航》里。小说讲的是秀才裴航下第，游于鄂渚，老朋友崔相国赠钱二十万，远挈回京的途中，在湘汉遇见国色樊夫人，欲以此诗挑之。樊夫人诗答婉拒："一饮琼浆百感生，玄霜捣尽见云英。蓝桥便是神仙窟，何必崎岖上玉清。"裴航后经过蓝桥驿时，遇见了樊夫人诗中所提到的美女云英，欲与之结成婚姻。女方祖母提出需要得到玉杵臼捣药百日，方可娶此女。于是裴航归京后，不思举业，但求玉杵臼于坊曲、闹市、喧街，皇天不负苦心人，数月后果然在虢州一家药铺里买到了。女方祖母肯定了他的信义，将云英嫁给了他。而裴航则于婚后发现自己竟娶了神仙为妻，并得云英饵以绛雪、琼英之丹，超为上仙。

　　在小说文体兴起和独立的唐代，小说类作品的一个普遍的写作技巧就是对虚构性的遮掩。中国的叙事作品最早是在史传中成熟起来的，因而唐代小说在虚构技巧还远远没有作为合理的文学叙事功能得到受众普遍的认同和接受之前，会积极构建作品的尽可能真实的外壳以致"信使"的效应。小说《传奇·裴航》正是在裴航及其诗作《赠樊夫人诗》这一

真实的基础上，展开艺术再创造，让读者更信以为真。这正符合文艺创造原则：源于生活，又高于生活。

【注释】

①胡越：汉时，胡、越两族分别生息于中国南、北边地，比喻疏远。

②天仙：天上的神仙，比喻美女。

③锦屏：锦绣的屏风。

④倘若：假如。

⑤玉京：本为道家称天帝所居之处。亦泛指仙都或借指帝京。典出晋·葛洪《枕中书》，"真书曰：'……元始天王，在天中心之上，名曰玉京山，山中宫殿，并金玉饰之……'真记曰：'元都玉京，七宝山，周回九万里，在大罗之上。'"《魏书·释老志》："道家之原，出于老子。其自言也，先天地生，以资万类，上处玉京，为神王之宗。"

⑥鸾鹤：古代神话传说中的神仙常乘鸾、鹤，借以咏仙家。典出南朝·宋·汤惠休《楚明妃曲》："骖驾鸾鹤，往来仙灵。"

⑦青冥：青空，青天；青山高处。

裴羽仙诗

裴羽仙,生卒年不详,唐朝裴悦之妻。诗二首。

哭夫二首(时以夫征戎轻入被擒音信断绝作诗哭之)

一

风卷平沙①日欲曛②,狼烟③遥认犬羊群④。

李陵⑤一战无归日,望断胡天⑥哭塞云⑦。

二

良人⑧平昔⑨逐蕃浑⑩,力战⑪轻行⑫出塞门⑬。

从此不归成万古⑭,空留贱妾怨黄昏⑮。

【解读】

唐代边疆辽阔,边境不宁,大批青年男子到边疆服役,或久戍不归,或战死沙场,其时间之长、生活之苦、牺牲之多,对广大将士来说,是一种严峻的考验;对家中的思妇来说,其不仅要承受相思之苦、离别之恨,还要时时牵挂身处边关的"良人"的冷暖安危。

这两首诗是诗人在得知远在边疆保家卫国的丈夫"被擒音信断绝"之后泪流满面写出来的。两首诗的第一、二句,都写丈夫及其他边关将士决战沙场,奋勇杀敌。第一首诗的一、二句,用边关特有的意象,写出边关特有的大场面。第二首的一、二句,具体写到"良人"的英勇作为。想象丰富,使人如临其境。两首诗的第三、四句,写出了"夫征戎轻入被擒音信断绝"的两种不同结果:一种是"良人"像"李陵"那样活着却"无归日"，只能"望断胡天哭塞云"；一种是"良人""不归成万古"，思妇只能独自"怨黄昏"。无论哪种结果，都使人悲怆而涕下。生死相对，虚实结合，写出了夫妻感情至深，也从客观方面抨击了战争的无情。

【注释】

①平沙：指广阔的沙原。

②曛：日落时的余光。引申为黄昏、昏暗。

③狼烟：古代边防报警时燃烧狼粪升起的烟，后指战火。

④犬羊群：对强敌的称呼，表示了对敌人的藐视。

⑤李陵：公元前134年—公元前74年，字少卿，陇西成纪（今甘肃天水市秦安县）人。西汉名将，匈奴名将，飞将军李广长孙，李当户的遗腹子。善骑射，爱士卒，颇得美名。天汉二年（公元前99年）奉汉武帝之命出征匈奴，率五千步兵与八万匈奴兵战于浚稽山，最后因寡不敌众兵败投降。由于汉武帝误听信李陵替匈奴练兵的讹传，夷其三族，其母弟妻子皆被诛杀，致使李陵彻底与汉朝断绝关系。后来单于把公主嫁给李陵，李陵也被且鞮侯单于封为坚昆国王，做了右校王。汉武帝死后，汉昭帝即位。李陵少时同僚霍光、上官桀当政，派人劝李陵回国，李陵"恐再辱"，拒绝回大汉，遂于公元前74年老死匈奴。

⑥胡天：指胡人地域的天空；亦泛指胡人居住的地方。

⑦塞云：边塞的云彩。

⑧良人：古代女子称丈夫。

⑨平昔：往昔。

⑩蕃浑：吐谷浑与吐蕃。泛指我国西北部的少数民族。

⑪力战：指努力奋战。

⑫轻行：轻装疾行。

⑬塞门：边关、边塞。

⑭万古：死亡的婉辞。

⑮黄昏：傍晚，日落到夜晚之间的这段时间，也可比喻人的晚年。

裴潾诗

裴潾，生年不详，河东闻喜（今山西闻喜县）人。少笃学，善隶书。以门荫入仕。元和初年（806年），累迁右拾遗，转左补阙。元和十二年（817年），擢起居舍人。大约元和十四年（819年），贬江陵令。大约穆宗长庆元年（821年），为兵部员外郎，又迁刑部郎中。转考功、吏部二郎中。敬宗宝历初年（825年），任给事中。文宗大和四年（830年），调任汝州刺史，兼御史中丞，赐紫。后来因为违法杖死人命，贬左庶子，分司东都。大和七年（833年），迁左散骑常侍，充集贤殿学士。这期间，裴潾曾收集历代文章，续后梁昭明太子的《文选》，编成30卷《大和通选》，并音义、目录一卷。大和八年（834年），转刑部侍郎，不久改华州刺史。大和九年（835年），复拜刑部侍郎。开成元年（836年），转兵部侍郎。开成二年（837年），加集贤院学士，判院事。寻出为河南尹，入为兵部侍郎。开成三年（838年）四月，去世，赠户部尚书，谥曰"敬"。其一生历仕宪宗、穆宗、敬宗、文宗四朝，《旧唐书》称"以道义自处，事上尽心，尤嫉朋党，故不为权幸所知"。

前相国赞皇公早葺平泉山居暂还憩旋起赴诏命作镇浙右辄抒怀赋四言诗十四首奉寄

一

动复有原，进退有期。
用在得正①，明以知微②。
夫惟哲人③，会且有归。

静固胜热④，安每虑危⑤。
将憩于盘⑥，止亦先机⑦。

【解读】

这是十四首中的第一首，起总领作用。诗人纵观前相国赞皇公李德裕过往，为报效国家，宦海浮沉。全诗歌颂李德裕是位"得正"的"哲人"，为国为民"安每虑危"，并且宽慰李德裕"动复有原，进退有期"，此次赴浙西，"会且有归"，归来便在这平泉山居好好休息，"止亦先机"。

【注释】

①得正：谓得正道。

②知微：犹知几。谓有预见，看出事物发生变化的隐微征兆。

③哲人：敬辞，明达事理、聪慧过人的人。

④静固胜热：善于守静的人一定能战胜酷热。语出《道德经》："躁胜寒，静胜热，清静为天下正。"

⑤安每虑危：平安的时候，要常考虑到可能发生的危险。语出《荀子·仲尼》："故知者之举事也，满则虑嗛，平则虑险，安则虑危。曲重其豫，犹恐及其祸，是以百举而不陷也。"

⑥盘：这里指李德裕的平泉山庄。平泉山庄的地形，当是环两山之间的空谷地带，形如盘状。

⑦先机：关键的时机；决定未来形势的时机。

二

植爱在根，钟福有兆①。
珠潜巨海，玉蕴昆峤②。
披室生白③，照夜成昼。
挥翰④飞文⑤，入侍⑥左右。
出纳⑦帝命，弘兹在宥⑧。

【解读】

这首诗歌颂了李德裕有着"爱""福"的情怀，有着"珠""玉"般的德才。李德裕是国家民族的希望，积极入世，"入侍左右"，效忠朝廷。

【注释】

①钟福有兆：集聚幸福有预示。钟，集聚。兆，预示。语出魏晋陆机《君子行》："福钟恒有兆，祸集非无端。"

②玉蕴昆峤：玉蕴藏在昆仑山。典出秦·李斯《上书秦始皇书》："今陛下致昆山之玉，有随、和之宝。"

③披室生白：打开空屋子，可以接纳更多的阳光，显得亮堂。披，打开。室，空屋子。形容一种清澈明朗的境界。语出《庄子·人间世》："虚室生白，吉祥止止。"

④挥翰：运笔，指书写。

⑤飞文：写文章。

⑥入侍：入朝奉侍。

⑦出纳：谓宣布帝王旨意为出，下情上达为纳。

⑧在宥：谓任物自在，无为而化。多用以赞美帝王的仁政、德化。语出《庄子·在宥》："闻在宥天下，不闻治天下。在之也者，恐天下之淫其性也；宥之也者，恐天下之迁其德也。"

三

历难求试，执宪①成风②。
四镇咸乂③，三阶以融。
捧日④柱天⑤，造膝⑥纳忠⑦。
建储⑧固本，树屏息戎。
彼狐彼鼠，窒穴扫踪。

【解读】

这首诗简要叙述了李德裕的作为：虽门荫入仕，但李德裕为避父居相位之嫌，朝官外出，历经艰难，这就是诗中说的"历难求试"。长庆二年（822年）做到了御史中丞，为官正派，这就是诗中说的"执宪成风"。之后又外出地方担任浙西观察使、义成军节度使、西川节度使、淮南节度使等地方长官，治理每个地方都很有成就，深受人民的爱戴，这就是诗中所言的"四镇咸义"。大和七年（833年），李德裕担任宰相，对朝制进行改革，朝廷上下一片圆融，这就是诗中说的"三阶以融""捧日柱天"；任用人才，引进李回、郑覃、沈传师、韦温、王质等人，包括诗人裴潾，也在这一年入朝，迁左散骑常侍，充集贤殿学士，这就是诗中所说的"造膝纳忠"。到诗人写此诗时，李德裕为官历经唐宪宗、唐穆宗、唐敬宗、唐文宗等朝，对每一位君主都忠心耿耿，这就是诗中所说的"建储固本"。李德裕破除朋党，将李宗闵之党杨虞卿、杨汝士、杨汉公、张元夫、萧澣等人外放地方为官，这就是诗中所说的"彼狐彼鼠，窒穴扫踪"。诗中"树屏息戎"，可以用李德裕在四川的经历来说明：大和三年（829年）十一月，南诏入侵西川，十二月，南诏陷成都府，大掠成都物资、人口而去。大和四年（830年）十月，李德裕由义成军节度使改为西川节度使。李德裕到任后，着手整顿边防。他用一个月的时间对当地的山川、城邑、道路、关隘进行调查研究，并绘制与南诏、吐蕃有关的军事地图。同时，李德裕又遣使入南诏，请求南诏遣返被俘工匠。南诏遂将俘获的僧道、工匠四千余人放回唐朝。他治理西川两年，西拒吐蕃，南平蛮蜒，境内安宁，民生略有恢复。综上所述，全诗实事求是地歌颂了李德裕的政绩。

【注释】

①执宪：唐代中执宪省称，即御史中丞别名。

②成风：形成风气。

③义：治理；安定。

④捧日：忠心报君。旧时以日喻帝王。典出《三国志·魏书·程昱传》裴松之注引《魏书》："昱少时常梦上泰山，两手捧日。昱私异之，以语荀彧。及兖州反，赖昱得完三城。于是彧以昱梦白太祖，太祖曰，'卿当终为吾腹心'。昱本名立，太祖乃加其上'日'，更名昱也。"

⑤柱天：撑天，支天。

⑥造膝：指靠近皇帝身边。喻指大臣面见皇帝。典出东汉·应劭《风俗

通义》卷四《过誉》："谨按《礼》，谏有五，风为上，戆为下。故入则造膝，出则诡辞，善则称君，过则称己。"

⑦纳忠：献纳忠心。

⑧建储：指确立君位继承人。

四

我力或屈①，我躬②莫污。

三黜③如饴④，三起⑤惟惧。

再宾⑥为宠，一麾⑦为饫⑧。

昔在治繁⑨，常思归去。

今则合契⑩，行斯中虑⑪。

【解读】

这首诗写了李德裕多年的宦海浮沉，"三黜""三起"，不论"再宾"，还是"一麾"，纵使"我力或屈"，也必须"我躬莫污"。过去努力"治繁"，心神疲惫，并且"常思归去"，但家国情怀依旧，现在仍然"行斯中虑"，不计个人得失，愿为国为民鞠躬尽瘁。这首诗写出了李德裕虽为官多年，历经坎坷，但报国之志永恒。

【注释】

①屈：竭；穷尽。

②我躬：我自己，我自身。

③三黜：谓三度或多次被罢官。指贤良之士官场失意，屡遭排斥。

④饴：用米、麦制成的糖浆，糖稀。

⑤三起：三次或多次被重用。

⑥宾：官名，相传始于远古，治国之八政之一。掌诸侯朝觐接待礼仪之事。典出《尚书·洪范》："八政：一曰食，二曰货，三曰祀，四曰司空，五曰司徒，六曰司寇，七曰宾，八曰师。"郑玄曰："宾，掌诸侯朝觐之官，《周礼》'大行人'是也。"

⑦一麾：一面旌麾。借指朝官出为外任。

⑧饫：饱，饱足，饱食。

⑨治繁：把芜杂的地方加以治理。治，治理。繁，芜杂。

⑩合契：融洽，意气相投。

⑪行斯中虑：行为经过思考。语出《论语·微子》："谓柳下惠、少连，'降志辱身，言中伦，行中虑，其斯而已矣'。"

五

有凤自南，亦翙①其羽。

好姱佳丽②，于伊之浒③。

五彩④含章⑤，九苞⑥合矩。

佩仁服义⑦，鸣中律吕⑧。

我来思卷⑨，薄言⑩遵渚⑪。

【解读】

　　这首诗将李德裕比作"凤"，并引用有关"凤"的典故，将"凤"的优点一一展开，最后落到"我来思卷，薄言遵渚"。诗人实际上想表达：德才兼备的前相国赞皇公李德裕不应被贬到地方为官，而应在朝廷为国家发挥更大的作用。

【注释】

①翙：振翅声。

②好姱佳丽：美好秀丽。语出《楚辞·九章·抽思》："有鸟自南兮，来集汉北。好姱佳丽兮，牉独处此异域。"

③浒：水边。

④五彩：青、黄、红、白、黑五种颜色，泛指颜色多。

⑤含章：包藏美质。语出《周易·坤卦》："六三，含章可贞。或从王事，无成有终。"

⑥九苞：指凤，传说凤有九种特征。典出《论语摘衰圣》："凤有六像、九苞。六像者，一曰头像天，二曰目像日，三曰背像月，四曰翼像风，五曰足像地，六曰尾像纬。九苞者，一曰口包命，二曰心合度，三曰耳听达，四曰舌诎伸，五曰彩色光，六曰冠矩朱，七曰距锐钩，八曰音激扬，九曰腹文户。"

⑦服义：穿着得其所宜；行事合乎仁义。典出《国语·周语上》："施三服义，仁也。"

⑧律吕：音乐术语，六律和六吕的合称。后也泛指乐律或音律。

⑨卷：卷合；隐藏；隐退。

⑩薄言：句首语助词，无实义。

⑪遵渚：（鸿雁）循着水中小洲飞翔。这里比喻前相国赞皇公李德裕不应被贬浙西，而应在朝廷发挥更大的作为。典出《诗经·豳风·九罭》："鸿飞遵渚，公归无所，于女信处。"

六

凿龙①中辟，伊原②古奔③。
下有秘洞，豁④起石门。
竹涧⑤水横⑥，松架雪屯。
岫⑦环如壁，岩虚⑧若轩⑨。
朝昏含景⑩，夏清冬温⑪。

【解读】

这首诗写了平泉山庄所处的河南洛阳伊川一带的风景。从空间上远、近的视角，到时间上一天、一年四季的维度，短短几句，呈现出异彩纷呈的画面。

【注释】

①凿龙：指龙门山。在今河南省洛阳市南，即伊阙。即平泉山庄所在地。

②伊原：伊水源泉。伊水，在河南省西部，源出伏山，后入洛河。

③古奔：自古奔腾。

④豁：裂开；割裂。

⑤竹涧：竹林环绕的山涧。

⑥水横：水流纵横交错。

⑦岫：山穴；峰峦。

⑧虚：大山丘。

⑨轩：古代一种有围棚或帷幕的车；有窗的长廊或房屋。

⑩含景：谓日光照临。

⑪夏清冬温：夏天凉快，冬天温暖。

七

南溪①回舟，西岭望竦②。

水远如空，山微③似巃④。

二室峰连，四山骈耸⑤。

五女乍欹⑥，玉华独踊⑦。

云翔日耀，如戴如拱。

【解读】

这首诗继续写平泉山庄所处的伊川一带的风景，但这次是从景中人自身的所见来描述平泉山庄的地貌。第一、二句点明"望"的地点，接下来，全部写的是"望"的所得。全诗运用拟人、比喻等修辞手法，将平泉山庄一带的地貌特征描写得活灵活现。

【注释】

①南溪：平泉山谷中的一条溪流。

②竦：耸立，这里指耸立的山峰。

③微：微小；隐约。

④巃：指云气蒸腾的样子。

⑤骈耸：并列耸立。

⑥欹：倾斜。

⑦踊：本义往上跳，引申为高出，超过。

八

飞泉①挂空，如决天浔②。

万仞③悬注④，直贯⑤潭心。

月正中央，洞见浅深。

群山无影，孤鹤时吟。

我啸我歌，或眺或临。

【解读】

这首诗写了平泉山庄的夜景。"飞泉""潭心""月""群山""孤鹤"，远近交融，音影忽现，宁静自由。最后一句将"我"引入，这个"我"，从某种意义上来说，指的是李德裕。李德裕宦海浮沉，虽有抱负，但也有疲倦之时，平泉山庄确实是一个很好的自由的归宿。"我啸我歌，或眺或临"，此时此刻，人景如一，彼此和合。

【注释】

①飞泉：从峭壁上的泉口喷射而出的泉水。

②天浔：犹天涯。

③万仞：形容极高。仞，八尺。

④悬注：倾流而下；从高处下注。

⑤直贯：径直穿过。

九

鸟之在巢，风起林摇。

退翔城颠，翠虬①扪天②。

雨止雪旋，亦息于渊。

人皆知进，我独止焉。

人皆务明，我独晦③焉。

邈④矣其山，默⑤矣其泉。

【解读】

这首诗前半部分写平泉山庄在风雪天气中的景色。由景及人，后半部分写了"人"遇到这种风雪天气怎么处理，"我"又怎么处理。从另外一层面来说，是将风雪天气比作当时的政治环境，"人"的处理方式是"进"和"明"，"我"的处理方式是"止"和"晦"。这样引出最后一句，山还是那座山，"邈矣"；泉还是那眼泉，"默矣"：不为所动，宁静致远。

【注释】

①翠虬：青龙的别称。典自汉·扬雄《解难》："独不见翠虬绛螭之将登

虏天，必笙身于苍梧之渊。"

②扪天：以手摸天。形容到达了极高的地方。典自战国·楚·屈原《楚辞·九章·悲回风》："上高岩之峭岸兮，处雌蜺之标颠。据青冥而撼虹兮，遂倏忽而扪天。"

③晦：昏暗，不明显。

④邈：遥远；高远；超卓。

⑤默：冒出，涌现。

十

寝丘①之田，土山之上。
孙既贻谋②，谢亦遐想③。
俭则为福，华④固难长。
宁若我心，一泉一壤。
造适⑤为足，超然⑥孤赏。

【解读】

这首诗由平泉山庄上的"田"与"土山"开始，进而引用典故，发出感叹："俭则为福，华固难长！"这是对生活的态度，也是对平泉山庄的态度——"俭"，保持常心，哪怕"一泉一壤"，也"超然孤赏"！

【注释】

①寝丘：春秋时楚地名，以贫瘠著称。典自《史记·滑稽列传》："（楚庄王）乃召孙叔敖子，封之寝丘四百户，以奉其祀。"

②贻谋：指父祖对子孙的训诲。典自《诗·大雅·文王有声》："诒厥孙谋，以燕翼子。"

③遐想：悠远地思索或想象。典自《晋书·谢安传》："尝与王羲之登冶城，悠然遐想，有高世之志。"

④华：浮华；奢华。

⑤造适：谓寻访。

⑥超然：超脱的样子。

十一

其风自西，言发帝庭①。

飘彼黄素②，堕于山楹③。

公拜稽首④，靡敢受荣。

宸严⑤再临，俾⑥抚⑦百城。

恋此莫处，星言⑧其征。

【解读】

这首诗前四句，写了皇帝的任命诏书将李德裕送回了平泉山庄。结合史实，开成元年（836年），李德裕由滁州刺史迁太子宾客分司东都，回到洛阳，居住在平泉山庄。虽是闲职，但李德裕还是很高兴的，因为平泉山庄虽然已建多年，但其在平泉山庄的居住时间并不长。纵观李德裕一生，在平泉山庄也就居住过几次，总时长不超过一年。因而诗人发出"公拜稽首，靡敢受荣"的感叹。最后四句，讲的是李德裕再次接受任命，这次是赴润州出任浙西观察使。因此即使李德裕非常留恋平泉山庄，任命在身，也只能"星言其征"！

【注释】

①帝庭：指朝廷。

②黄素：指诏书。因写于黄绢，故称。

③山楹：指山中房屋。楹，房柱。

④稽首：古时一种表示最恭敬的跪拜礼，叩头至地，头在地上停留较长一段时间。

⑤宸严：形容帝王的威严，亦喻指君王。宸，皇帝居住的地方，引申为王位或帝王。

⑥俾：遵从；顺从；

⑦抚：安抚；治理。

⑧星言：星焉。谓披着星星。表示起得早。

十二

公昔南迈^①，我不及睹。
言旋旧观^②，莫获安语。
今则不遑^③，载鶱^④载举。
离忧莫写，欢好曷^⑤叙。
怆^⑥矣东望，泣涕如雨。

【解读】

这首诗写了李德裕即将南行赴任，可是当时诗人在长安有职在身，无法抽空前往相送，虽劝诫自己"离忧莫写，欢好曷叙"，但还是强忍不住泪水，"东望"洛阳遥遥送别。

【注释】

①南迈：南行；南征。
②旧观：原先的印象、观感。
③遑：空闲；闲暇。
④鶱：（鸟）向上飞的样子。
⑤曷：疑问代词，怎么、什么。
⑥怆：悲伤。

十三

山嵇^①之旧，刘卢^②之恩。
举世莫尚，惟公是敦^③。
哀我蠢蠢^④，念我谆谆^⑤。
振此铩翮^⑥，扇之腾翻。
斯德未报，祗誓子孙。

【解读】

这首诗以"山嵇""刘卢"的典故，来比作诗人和李德裕的关系。李德裕在诗人心中，就是"尚"和"敦"，是伯乐，是恩公。诗人只有继

续努力，为国家效力来报恩，但该恩情厚重，还要告诫子孙后代一起来报答。

【注释】

①山嵇：指相知极深的朋友。"山嵇"为"竹林七贤"中的三国魏·山涛及嵇康的合称，两人虽政见各一，但私交很深，康遭害，其子得到山涛援引。这里用典比喻诗人与李德裕相交之深。

②刘卢：晋代刘琨、卢谌的并称。刘琨、卢谌都是河北人，刘琨的妻子与卢谌的母亲是亲姐妹，姐妹俩同出清河崔氏。永嘉五年（311），西晋京城洛阳被汉赵军攻陷。卢谌随父卢志逃离洛阳，前往北方投靠姨父并州刺史刘琨。刘琨死后，卢谌为了替刘琨正名而奔走。这里用典比喻诗人与李德裕感情深厚。

③敦：推崇，崇尚。

④蠢蠢：骚乱貌；形容愚笨的样子。语出《左传·昭公二十四年》："今王室实蠢蠢焉，吾小国惧矣。"

⑤谆谆：忠谨诚恳貌。

⑥铩翮：翅膀被摧毁。典出《文选》卷二十一南朝·宋·颜延年（延之）《五君咏五首·嵇中散》："鸾翮有时铩，龙性谁能驯。"这里用"铩翮"以喻自己不得意。诗谓自己由于受到李德裕之鼓励才振作起来。

十四

> 迢迢①秦塞②，南望吴门③。
> 对酒不饮，设琴不援④。
> 何以代面⑤，寄之濡翰⑥。
> 何以写怀⑦，诗以足言。
> 无密玉音⑧，以慰我魂。

开成元年九月，相公以太子宾客分司东都，九月十九日达洛下安居于平泉别墅，潾辄述公素尚，赋四言诗，兼述山泉之美，未及刻石。其年十一月二十一日除浙西观察使宠兼八座亚相之重，十二月四日发，赴任。开成二年，潾自兵部侍郎除河南尹，乃于河南廨中自书于石，立于

平泉之山居。开成二年九月二十五日，河南尹裴潾题。

【解读】

这是十四首中的最后一首。此刻，在长安的诗人，面对"迢迢秦塞""南望吴门""酒不饮""琴不援"，想着"怎么来送别即将赴任浙西观察使的李德裕呢？"只有写诗。写了这些诗句，还添加了最后一句，希望能得到李德裕的回复，这样就可以安慰灵魂。再一次写出了两人深厚的感情。

总体来看，裴潾作这四言十四首诗都是送给李德裕的。

李德裕（787 年— 850 年），字文饶，赵郡赞皇（今河北赞皇县）人。因为是赞皇人，时人敬称之为赞皇公。唐德宗贞元三年（787 年），李德裕生于西京万年县安邑坊，父亲李吉甫时任太常博士。元和六年（811年）正月，李吉甫再次拜相。元和八年（813 年），李吉甫仍居相位，宪宗下诏赠其父官，并予其一子官，李德裕即以荫补校书郎。裴潾此时已在朝为官，两人相处从善。李德裕因父居相位，避嫌辞校书郎之职，出外为方镇幕府从事。

元和十二年（817 年），应张弘靖之辟，李德裕为河东节度使掌书记；裴潾尝上疏重申李德裕之父李吉甫"奏罢"宦竖任使职之议，得到宪宗赏识，迁起居舍人。元和十四年（819 年）五月，李德裕随张弘靖入朝，除监察御史。元和十五年（820 年），闰正月，李德裕充翰林学士，得穆宗信用；二月，又加屯田员外郎。穆宗长庆元年（821 年）三月，李德裕为考功郎中，依前知制诰、翰林学士。长庆二年（822 年），正月二十九日加翰林学士承旨，二月四日迁中书舍人，二月十九日改御史中丞，出院。九月，德裕由御史中丞出为润州刺史、浙西观察使（注：第一次出任）。

敬宗宝历元年（825 年），李德裕仍在浙西观察使任，并开始着手在洛阳伊川建山庄，即平泉山庄。大和三年（829 年）李德裕八月前仍在浙西观察使任。八月，为兵部侍郎，裴度欲荐以为相，而李宗闵因得宦官之助，由礼部侍郎拜相。九月，乃出李德裕为义成军节度使。大和四年（830 年）十月，李德裕由义成军节度使，改为西川节度使。大和六年（832 年），李德裕十二月前仍在剑南西川节度使任。十二月乙丑，牛

僧孺罢相，出为淮南节度使，丁未，李德裕为兵部尚书。

大和七年（833年）二月，李德裕以兵部尚书守本官同中书门下平章事（注：宰相，所以此诗标题为相国），进封赞皇县伯；七月，拜中书侍郎，集贤殿大学士。同年，裴潾入朝，迁左散骑常侍，充集贤殿学士。大和八年（834年）十月，李宗闵为相，李德裕罢执政，出为山南西道节度使。未行，又改为兵部尚书。十一月，终为李宗闵等所排斥，复出为浙西观察使（注：第二次出任）。

大和九年（835年）四月，李德裕由镇海军节度使改授太子宾客分司，未行，即于同月因所谓对文宗"大不敬"而贬为袁州长史。开成元年（836年）春，李德裕仍在袁州长史任；三月壬寅（初三日），李德裕改除滁州刺史；七月李德裕由滁州刺史迁太子宾客分司东都；九月中抵达洛阳，居住于平泉别墅；十一月二十一日授浙西观察使，十二月初四赴任（注：第三次出任）。

就是这次李德裕赴任浙西观察使时，尚在长安任兵部侍郎的裴潾没办法亲身当面相送，只好以诗"奉寄"。开成二年（837年）三月，裴潾出为河南尹；九月，将去年所作寄奉李德裕赴浙西诗十四首刻于石，列于平泉山居。

【注释】

①迢迢：形容路途遥远。

②秦塞：秦地。塞，山川险阻之处。秦中自古称四塞之国，故称"秦塞"。

③南望吴门：指极目远望。典自东汉思想家王充《论衡·书虚》，"传书或言：颜渊与孔子俱上鲁太山。孔子东南望，吴阊门外有系白马。引颜渊，指以示之，曰：'若见吴阊门乎？'颜渊曰：'见之。'孔子曰：'门外何有？'曰：'有如系练之状。'孔子抚其目而正之，因与俱下。下而颜渊发白齿落，遂以病死。"

④援：持；弹；拉。

⑤代面：代替面谈。

⑥濡翰：蘸笔书写。

⑦写怀：抒发情怀。

⑧玉音：对人言辞的敬称。

白牡丹

长安豪贵①惜春残②，争赏先开紫牡丹。
别有玉杯③承露冷，无人起就月中看。

【解读】

在唐代，观赏牡丹成为富贵人家的一种习俗。三月十五日，长安两街看牡丹的人多，车马若狂。当时慈恩寺元果院牡丹花最先开，而太平院的牡丹花最后开。诗人裴潾就到太平院赏花，在墙壁上题写了此诗。大和中（831年左右），唐文宗驾幸此寺，恰好看见墙壁上的诗，于是吟诵很久，并且叫随从嫔妃背诵。等他们回到宫内，这首诗后宫佳丽都能吟诵。

当时很多富贵人家都喜欢大红大紫的牡丹，并且"惜春残"地来"争赏"，这衬托了花开之盛。可诗人却倾心于白牡丹，因为白牡丹犹如"露冷"与"月"那样冰清玉洁，超尘脱俗，幽雅高尚。这首诗前后对比，写出了诗人的道德情怀，以及借白牡丹寄托自己高洁的志向。

【注释】

①豪贵：有权势的富贵人家。
②春残：春天将尽。
③玉杯：牡丹的一种，即白牡丹。参考宋·范成大《浪淘沙》词："别有玉杯承露冷，留共君看。"自注："玉杯，官舍中牡丹绝品也。"

裴休诗

　　裴休（791年—864年），字公美，祖籍河东闻喜（今山西闻喜），河内济源（今河南济源）人，唐朝中晚期政治家、书法家、诗人。出身河东裴氏东眷裴。祖先因宦从河东迁移至洛阳一带，后又散居于洛阳附近的济源等地。高祖裴希庄，曾祖裴抗，祖父裴宣。父亲裴肃，贞元中自常州刺史兼御史中丞、越州刺史、浙东团练观察等使。母亲博陵崔氏。兄裴俦，弟裴俅。

　　唐穆宗长庆二年（822年），裴休从乡赋入京城登进士第。唐文宗大和元年（827年），从地方官辟召为监察御史。大和二年（828年）闰三月，又中贤良方正、能直言极谏科，首冠贤良，授左拾遗。大和三年至四年（829年—830年），任左拾遗。大和五年（831年），右补阙。大和六年（832年），右补阙充史馆修撰，修国史。大和七年至开成元年（833年—836年），史馆修撰，修国史。开成二年至四年（837年—839年），任绵州刺史。开成五年（840年），回京任中书舍人。武宗会昌元年至三年（841年—843年）出任江南西道观察使、洪州刺史。会昌三年至大中元年（843年—847年）任潭州刺史、湖南观察使。宣宗大中二年至三年（848年—849年）迁宣州，任宣歙观察使、宣州刺史。大中四年（850年）回京，任礼部侍郎，知贡举。十月迁户部侍郎。大中五年（851年）二月，户部侍郎充盐铁转运使，随后迁刑部侍郎，再转兵部侍郎。大中六年（852年）正月，由兵部侍郎迁礼部尚书，仍充盐铁使，时阶正议大夫。八月，以本官同平章事，阶如故。大中七年（853年），礼部尚书，同平章事，充盐铁使。大中八年（854年）十一月，罢盐铁使职。大中九年（855年）二月，迁中书侍郎，兼户部尚书；七月前进阶金紫光禄大夫；七月，充集贤殿大学士。大中十年（856年）十月，罢相。以同平章事衔出任检校户部尚书，出宣武军节度使、汴州刺史，散官如故。年末分司东都。大中十一年（857年），太子太保、分司东都。十二月，迁潞州刺史。大中十二年（858年），潞州大都督府长史、御史大夫，充昭义节度、潞磁邢洺观察使。大中十三年（859年）十月，加检校吏部尚书，转任太原尹、北都留守、河东节度观察等使。大中十四年（860年）八月，以本官兼凤翔尹，充凤翔陇右节度使。十一月，改咸通元年。咸通二年（861年）二月，由凤翔陇右节度使入迁户部尚书。咸通三年（862年），任户部尚书。咸通四年（863年），任吏部尚书。十一月二十三日已至荆南，任节度使。咸通五年（864年）末，由荆南节度使迁太子少师，卒，享年七十四岁，追赠太尉。子：裴弘、裴羽。

裴休博学多能，工于诗画，擅长书法。他是唐代中晚期儒家传统文化与佛家思想相结合的典型代表，位居高官，躬身礼佛，融儒家思想与佛教义理于一体，是一位"外为君子儒，内修菩提行"的朝官。诗十首。

题沩潭

沩潭①形胜②地，祖塔③在云湄④。
浩劫⑤有穷日⑥，真风⑦无坠时。
岁华⑧空自老，消息⑨竟谁知。
到此轻尘虑⑩，功名自可遗。

【解读】

这首诗题为《题沩潭》，又为《题沩潭寺》。沩潭寺，位于江西靖安县城东北二十公里的石门山内的宝珠峰下，沩潭之滨，故有"石门古刹"之称。唐贞元元年（785年），马祖曾多次率徒来此。马祖圆寂后，舍利藏于本寺。贞元七年（791年）左仆射权德兴奉德宗圣旨前来为马祖建舍利塔。裴休与沩潭寺结缘，缘于任职洪州刺史（豫章郡）、江西观察使期间，奉旨主持重修马祖塔，赐塔名为"大庄严塔"，又颁赐"宝峰"匾额，遂易名"宝峰寺"，沿用至今。

这首诗第一联用"形胜地"写出了"沩潭"的优越地理位置，用"云湄"写出了"祖塔"的雄伟壮观；第二联，以"浩劫"与"真风"穿越时空的对比，突出了佛法对社会的作用；第三联对"岁月自老"与"消息谁知"发出疑问，进一步引发了关于时间、人生、世界等方面的哲学思考；尾联给出了答案——"轻尘虑"则"功名可遗"。这也从另外一个层面说出了，泐潭此地，气势灵奇，得天独厚，实为一处清净修行之乐土。整首诗一气呵成，结构严谨，景、情、理完美融合。

【注释】

①泐潭：潭名，在今江西省靖安县境内。泐潭寺，初名"泐潭寺""法林寺"，唐宣宗赐寺额"宝峰"，故又称"宝峰寺"或"宝峰禅寺"。

②形胜：地理形势优越便利。

③祖塔：指佛塔。

④云湄：指云际，云表。

⑤浩劫：历时长久的劫数。佛教把天地形成到毁灭叫一劫。

⑥穷日：尽日；终日。

⑦真风：淳朴的风俗。亦指淳朴的风范。

⑧岁华：时光，年华。

⑨消息："消"指消亡；"息"指增长。指天地万物不断消亡和发生的过程。

⑩尘虑：凡俗的思想、念头。

赠黄檗山僧希运

曾传达士①心中印，额有圆珠七尺身。

挂锡②十年栖蜀水③，浮杯④今日渡漳滨⑤。

一千龙象⑥随高步⑦，万里香华⑧结胜因⑨。

拟欲事师⑩为弟子，不知将法付何人。

【解读】

黄檗希运（？—约850年），唐代僧人，是中国禅宗史上的重要人物。据《宋高僧传》卷二十、《景德传灯录》卷九载，为福州闽县人，生来就相貌殊异，额间隆起如珠，音辞朗润。少年投江西洪州高安县黄檗山寺（在今江西宜丰西北）出家。曾游天台及长安，依南阳慧忠示意，回到江西参拜百丈怀海禅师，见面后立即大开眼界，得百丈所传心印。后住黄檗山，弘法时高唱直指单传之心要，一时声誉弥高，四方学子云集，门风、禅风大盛于江南。唐玄宗大中四年（850年）入寂。敕谥"断际禅师"。

裴休最早结识并来往的高僧即为黄檗希运禅师。当时裴休初中进士，到大安寺行香礼佛，认识了黄檗希运禅师。自此之后，裴休无论做京官还是地方官，都与黄檗希运禅师保持密切的交往。会昌二年（842年），时任洪州刺史、江西观察使的裴休在钟陵（今江西进贤县）迎请黄檗禅师上山，将其安置于龙兴寺，以便早晚向黄檗禅师问道。在这期间，裴休还将黄檗禅师与自己的日常对话编辑为《黄檗山断际禅师传心法要》。大中二年（848年），裴休到宛陵（今安徽宣城）为官，又将黄檗禅师请到开元寺居住，以便就近随时问道。裴休又将这个时期两人的相互问道纪录为《黄檗断际禅师宛陵录》。

这首是裴休呈送给黄檗禅师的诗。诗中写到黄檗希运禅师的外貌、学法、传法，以及诗人表示自己要以黄檗希运禅师为师，深入学习佛法奥义。当时唐武宗发难佛教，裴休"事师"学法，挺身而出，以重臣之身，出而翼护，故佛教史上称述其"懋绩钜勋，不可及也"。黄檗禅师随即应和一首："心如大海无边际，口吐红莲养病身。虽有一双无事手，不曾只揖等闲人。"

【注释】

①达士：通达灵悟之人。

②挂锡：佛家语，西天比丘，出行必持锡杖；至室中，锡杖不得着地，要挂在壁上，故称僧之游历叫"飞锡"，投寺寄宿叫"挂锡"。

③蜀水：即蜀江，又名锦江，俗称锦水，是赣江的支流，发源于江西省宜春市西北慈公锡杖山，向东流经万载、宜丰、上高、高安，由新建县汇入赣江。

④浮杯：又称杯渡，即乘杯渡河，谓僧人云游渡水。典出南朝·梁·慧皎《高僧传》卷十一。

⑤漳滨：指人有疾卧病或生涯寂寞困窘。典出《文选》刘桢《赠五官中郎将四首》（其二）："余婴沉痼疾，窜身清漳滨。自夏涉玄冬，弥旷十余旬。常恐游岱宗，不复见故人。所亲一何笃，步趾慰我身。"

⑥龙象：佛家语，称诸阿罗汉中，修行勇猛有最大力者为龙象。水行龙力最大，陆行象力最大，故以龙象相称。后因以名高僧。

⑦高步：阔步，大步；超群出众。

⑧香华：佛教语，指供养佛前的香和花。

⑨胜因：善缘。

⑩事师：拜某人为师或以师礼相待。

题铜官山庙

浔阳①贤太守，遗庙②古溪③边。

树影入流水，石门当洞天。

幡花④凝宝座⑤，香案⑥俨⑦炉烟。

若到千年后，重修事宛然⑧。

【解读】

　　铜官山，位于安徽省铜陵市市中心东南方向2千米处，海拔495.7米，为黄山余脉终点，山脊构造呈东北与西南走向，距长江直线距离6千米。铜官山自古以来以产铜著称于世。铜官山麓有灵佑王庙。灵佑王庙即保胜侯庙。据史书记载，此庙建于南朝萧齐年间（479年—502年）。相传晋朝浔阳（今九江）太守张宽，为政贤明，死后为神，乘铁船顺江来到铜官山下，人们建庙以奉祀。

　　到了唐朝贞元年间，时任浙东观察使的裴休之父裴肃，认为自己征讨浙东叛军能取得胜利，是已死的浔阳太守张宽的英灵帮助了他。为感恩张宽的功绩，裴肃向朝廷保奏替张宽请功，称"张神'阴有助战功'"。朝廷为表彰张宽，册封"张神"为保胜侯，修庙供奉祭祀。

　　这是诗人来铜官山庙题赠的一首诗。第一联写出浔阳太守张宽的典故传说，以及祭祀张宽的庙宇位置；第二联写到铜官山庙的外部景色；

第三联写铜官山庙的内部布置；尾联写出了诗人的希望——此庙在千年后当有人不断地重修，并久传。诗人的希望没有落空，铜官山庙历代都有重修。清代诗人、曾任铜陵县令的单履中唱和了一诗《和裴相国题铜官山保胜侯庙韵》："闻道寻阳守，灵昭冶监边。神兵消敌焰，铁舫拄吴天。泽溥铜官雨，香连石耳烟。洁斋修祀典，怀古思悠然。"

【注释】

①浔阳：古县郡名，治所在今江西九江一带。

②遗庙：犹古庙。

③古溪：铜官山上著名的泉叫惠泉，泉水成溪，称为惠溪，在铜官山庙侧，流十余里入江，今不存。据乾隆《铜陵县志》载："在铜官山灵佑王庙后，清冽不减，惠泉即惠溪源。"

④幡花：亦作"幡华"，供佛的幢幡彩花。

⑤宝座：指神佛的座位。

⑥香案：放置香炉、烛台的长条形桌子。

⑦俨：庄重；恭敬。

⑧宛然：真切貌；清晰貌。

白鹿寺释迦①瑞相②诗

无相③无亏④有相圆，多生檀越⑤种因缘⑥。
三千境⑦见阎浮⑧土，丈六身⑨留兜率天⑩。
绀⑪目辉腾沧海⑫月，玉毫⑬光射宝炉烟。
道人⑭参到非非处⑮，不是丹霞⑯破佛禅。

【解读】

白鹿寺始建于唐宪宗元和年间（806年—820年），位于湖南益阳资江南岸白鹿山，古木参天。相传广慧禅师云游至此，建一茅庵，聚众弘法时，曾现白鹿含花献佛之奇观。此事唐皇获悉，查实准奏建寺，差人监修殿宇，"赐白鹿禅寺"。约三十年后，朝廷高官裴休兼任江陵尹、荆

南节度使时，曾来益阳小住时日，护法心切，对白鹿寺施行扩建，使白鹿寺更具规模，成为当时益阳最大的一座寺庙。益阳人民为了纪念裴休，修建了裴公亭。

　　这首诗是诗人裴休在湖南益阳白鹿寺修建之后写的。第一联写立"释迦瑞相"的缘由；第二联写整个佛身及其寓意；第三联写佛身特征；尾联写"道人"拜见"释迦瑞相"禅悟境界。整首诗佛教语多，内涵丰富，表现了诗人弘法护法、参禅悟道、以道益人的思想格局。

【注释】

①释迦："释迦牟尼"的省称，佛教始祖。亦称释迦文佛、世尊。释迦，族姓，能仁之义；牟尼，寂寞之义。即释迦族的隐修者。公元前563年，生于中印度迦毗罗卫国，其父为该国的净饭王，母名摩耶。释迦牟尼于其二十九岁的那一年入雪山苦行六年，出山后，在迦耶山菩提树下，得悟世间无常和缘起诸理。此后，他周游四方，化导群类，凡四十余载。公元前483年于其八十岁时示寂于拘尸那伽城跋陀河边娑罗双树间。

②瑞相：佛教语，谓象征吉瑞之兆的相貌。

③无相：佛教名词。与"有相"相对。"相"指现象的相状和性质，亦指认识中的表象和概念，即"名相"。"无相"指摆脱世俗之有相认识所得之真如实相。据鸠摩罗什译的《金刚经》："凡所有相，皆是虚妄；若见诸相非相，则见如来。"《涅槃经》卷三十："涅槃名为无相"。故"无相"即是"涅槃"，是"法性"。中国佛教禅宗特别以"无相"作为教义的重要内容。《坛经》宣称，"我这此法门"，先立"无相为体"。把"无相"作为"无念""无住"的对象，"外离一切相，名为无相；能离于相，即法体清净。"

④无亏：没有减少或损失，圆融，不偏执。

⑤檀越：佛家语，即梵语陀那钵底、施主，寺院僧人对施舍财物给佛门的施主的尊称。

⑥因缘：佛教名词，指得以形成事物、引起认识和造就"业报"等现象所依赖的原因和条件。事物赖以存在的各种关系中，主要条件叫作"因"，辅助条件叫作"缘"。

⑦三千境：即三千界，三千大千世界。佛教认为以须弥山为中心，以铁

围山为外界，是一小世界。一千个小世界合为小千世界，一千个小千世界合为中千世界，一千个中千世界合为大千世界，总称为"三千大千世界"。《五灯会元》卷二十，天童昙华："三千大千世界一切众生，悉皆欢喜。"后世常略作"大千世界"。

⑧阎浮：即"阎浮提"。佛经所称"四大洲"之一，位于须弥山南方咸海中。据称印度、中国等东方诸国均在此洲，故后世以"阎浮提"指人间世界。敦煌本《坛经》："譬如大龙，若下大雨，雨于阎浮提，如漂草叶；若下大雨，雨于大海，不增不减。"亦作"阎浮"或"南赡部洲"。

⑨丈六身：高约一丈六尺的身体，指佛身，佛化身中的小身。

⑩兜率天：梵文 Tusita 的音译，亦译"兜率陀""睹史多"等，意译"妙足""知足"。六欲天之四。谓在夜摩天之上三亿二万由旬，其一昼夜相当于人间四百年。此天居者彻体光明，能照耀世界。佛经说，此天有内、外两院，外院是欲界天之一部分，内院是弥勒寄居于欲界的"净土"。

⑪绀：黑里透红的颜色。

⑫沧海：大海，因水深呈青苍色，故称。

⑬玉毫：佛光。

⑭道人：得道之人，禅悟者；唐时也指僧人。

⑮非非处：佛教用语，"非想非非想处"的略称。为无色界第四天。指非一般思维所可了解的境界。《首楞严经》卷九："识性不动，以灭穷研；于无尽中，发宣尽性；如存不存，若尽非尽；如是一类，名为非想非非想处。"

⑯丹霞：即丹霞天然，石头希迁的弟子。《景德传灯录》卷十四载，"后于慧林寺遇天大寒，师取木佛焚之。人或讥之，师曰：'吾烧取舍利。'人曰：'木头何有！'师曰：'若尔者，何责我乎！'"丹霞之举，意在反对单纯的偶像崇拜，提倡"自心是佛""心外无别佛"。

太平兴龙寺诗

麟台①朝士②辞书府③，凤阙④禅宗⑤出帝京⑥。
归到双林⑦亲惠远⑧，行过五老⑨访渊明⑩。

白衣⑪居士⑫轻班爵⑬，败衲⑭高僧⑮薄世情⑯。

引得病夫⑰无外想，一身师事⑱竺先生⑲。

【解读】

东林寺，位于江西庐山北麓，西林之东 500 米，南面香炉、经右、天池诸峰，北倚分水岭、东林山，面积 300 亩，距九江市区 12 公里。东晋太元十一年（386 年）由江州刺史桓伊资助，慧远兴建。慧远创设莲社，大兴净土宗风，讲学、著述 30 余年，影响深远，名震中外。因此，唐太宗敕赐增修此寺，并号"太平兴龙寺"，列为中国佛教八大道场之一。

裴休曾多次到江西庐山东林寺游览，有时还陪同儿子一起来，除了题诗，还题字。南宋著名爱国诗人陆游《入蜀记》载："神运殿本龙潭，深不可测，一夕，鬼神塞之，且运良材以作此殿，皆不知实否也。然神运殿三字，唐相裴休书，则此说亦久矣。"

这是裴休参访东林寺之后写的诗。第一联写到"辞书府""出帝京"的事情；第二联点明"辞书府""出帝京"的目的是到江西庐山"亲惠远""访渊明"；第三联进一步点明背后的缘由——"轻班爵""薄世情"；尾联引出诗人的感慨，想罢官归隐留在东林寺拜师修佛。整首诗写出了当时东林寺的感召力强、香火旺盛、规模宏远、僧侣众多，同时反映了当时唐朝佛教的兴盛以及诗人自己修行佛禅的心愿。

【注释】

①麟台：唐代秘书省一度称麟台。典自唐·杜佑《通典》卷二十六《职官八·秘书省》："天授初，改秘书省为麟台。"

②朝士：朝廷之士。泛称中央官员。

③书府：指中书省或秘书省。

④凤阙：汉代宫阙名，后泛指宫殿、朝廷。

⑤禅宗：中国佛教宗派之一，因主张以禅定概括佛教的全部修习而得名，又自称"传佛心印"，以用参究的方法彻见心性本源为主旨，亦称佛心宗。

⑥帝京：京都，京城。

⑦双林：指释迦牟尼涅槃处，出自《洛阳伽蓝记·法云寺》。借指寺院。这里指庐山的西林寺、东林寺。

⑧慧远：即慧远大师（334年—416年），法名释慧远，俗姓贾，男，山西雁门郡楼烦县人，今山西省原平市大芳乡茹岳村人，历史上著名高僧之一，是佛教宗派净土宗的开山祖师、创始人之一，庐山白莲社创始者。

⑨五老：即五老峰，位于庐山牯岭东南9公里。五峰屹立，山峦重叠，形如五位老人并坐，故名。

⑩渊明：即陶渊明（352或365年—427年），名潜，字渊明，又字元亮，自号"五柳先生"，私谥"靖节"，世称靖节先生，浔阳柴桑（今江西省九江市）人。东晋末至南朝·宋初期伟大的诗人、辞赋家。

⑪白衣：古代指给官府当差的人。唐代社会最重进士科，进士及第者有"白衣公卿"之誉。

⑫居士：未做官的士人。

⑬班爵：名位爵禄。

⑭败衲：穿着破旧衣服的僧人。

⑮高僧：佛教称谓，对德行高的僧人的尊称。

⑯世情：世俗的人情。

⑰病夫：这是诗人自谦词，佛家认为，修行在于去病，若无病，则是健康之人，正常健康的是佛菩萨。

⑱师事：拜某人为师或以师礼相待。

⑲竺先生：指佛教创始人释迦牟尼，因释迦为古天竺（今印度）人，故称。

白水洞飞泉

灵泉①何太高，北斗②想可挹③。

凌④日五色⑤云，直逼千仞⑥急⑦。

白虹下饮涧⑧，寒剑倚天立⑨。

闪电不得瞬⑩，长雷无敢蛰⑪。

万丈石崖圻⑫，一道林峦湿。

险逼飞泻坠，冷心山鬼泣⑬。

须当截海去，浊浪⑭不相入。

【解读】

　　白水洞飞泉，又称白水溪瀑布、罗溪三叠，位于现在的湖南省益阳市桃江县。裴休在湖北、湖南为官的时候，曾经多次到湖南益阳小住，修禅游访。当游览到罗溪山谷时，见到白水洞飞泉，不由赞叹大自然的鬼斧神工。

　　这首诗把白水洞飞泉的特征都写出来了：高、急、白、寒、勇、锋、大、险、冷、清。通过夸张、比喻、拟人等修辞手法，把"飞泉"写得栩栩如生。由景及人，诗人联想到自己的处境，表达了与浊恶势力誓不两立、一生保持清廉、绝不肯依附庸俗的决心。

【注释】

①灵泉：对泉水的美称。

②北斗：星宿名，由七星组成酒斗之形，位于正北，故名北斗。

③把：舀。

④凌：升高；超越。

⑤五色：指青、黄、赤、白、黑五种颜色；也泛指多种颜色。

⑥千仞：古代一仞等于八尺或七尺，千仞形容极高或极深。

⑦急：急速。

⑧白虹下饮涧：化用张正见诗语，将山间瀑布比作来饮涧水的白虹。典出南朝·陈·张正见《游匡山简寂馆》："三梁涧本绝，千仞路犹通。即此神山内，银榜映仙宫。镜似临峰月，流如饮涧虹……"

⑨寒剑倚天立：把瀑布比作倚靠在天边的长剑。形容瀑布极高，气势磅礴。

⑩瞬：眨眼。

⑪蛰：躲藏。

⑫坼：裂开。

⑬山鬼：山中的鬼神。

⑭浊浪：浑浊的浪头。

书留化城寺壁

平生①志在野云深②，建立精蓝③大用心。
须远买园充圣地④，袛⑤陁⑥施树不收金。
鸣钟⑦息息三途⑧苦，阁上常听万籁⑨音。
为报往为游玩者，园林常住莫相侵。

【解读】

2008 年 5 月，在河南省济源市五龙口镇化成村发现一座元代大型石碑——"重修延庆化成寺碑"。该碑中"奏置化成寺表"的年款为"大唐咸通四年十二月二十三日""疏文二道"之一落款"十一月二十七日□休疏"。虽人名有所缺损，但此化成寺应为宰相裴休表奏之后受唐懿宗李漼授权建造。《旧唐书》《新唐书》《济源县志》均记载：裴休生于济源，幼年在济源别墅读书。该"别墅"究竟何处，史籍均无明确交代。唯《济源县志》载："化成寺，在枋口内三里，即唐相裴休读书处，唐咸通四年奉敕建"。

裴休写奏表时间为咸通四年（863 年）十二月，其时裴休已 73 岁高龄。化成寺修建之后，年事已高的裴休回到家乡济源踏访，并题赠了诗《书留化城寺壁》。而裴休去世于咸通五年末，因此大概推断这首诗应作于咸通四年至咸通五年末。

从整首诗来看，裴休写出了自己的平生之志以及修建化成寺的"大用心"，并且对在化城寺安度晚年寄有深情，同时对前来游玩者提出了厚望。

【注释】

①平生：一生；终生。
②云深：指云雾缭绕。
③精蓝：佛寺。
④圣地：神圣的境地。

⑤祇：恭敬。

⑥陁：山坡。

⑦鸣钟：敲钟。

⑧三途：途，同“涂”；三涂，即三恶道。佛教认为作恶的人的去向有三条道：地狱道、畜生道、饿鬼道。三条道的总名称“三涂”。

⑨万籁：自然界发出的种种细微的声响。

送子出家（拟题）

一

含悲①送子入空门②，朝夕应当种善根③。
身眼莫随财色染，道心④须向岁寒⑤存。
看经念佛依师教，苦志明心报四恩⑥。
他日忽然成大器⑦，人间天上犹称尊。

【解读】

裴休送子出家的因缘是皇子重病，看尽天下名医均不奏效，有高僧点拨：远离红尘，可得性命。裴休闻知，便决定让儿子裴文德代皇子出家，一来解皇上之忧，尽臣子之忠；二来可使自己的孩子解脱红尘之苦；三来也了却自身入佛门修行之愿。对此举动，皇上大为感动，以重礼相待。裴休亲自送子入住沩山密印寺。住持灵祐闻讯大喜，曰：“宰相之子代皇子出家，功德无量，出家敝寺，为山门大壮颜色。”遂赐号“法海”。

我们在前面介绍裴休生平传记的时候，提到裴休有子二人：裴弘、裴弢。现在这里却出现了裴文德，为什么？可能存在两种情况：①裴文德是裴休的儿子，是裴弘或裴弢的化名；②裴文德是裴休的儿子，属于佛门弟子，在史书或者家谱上就没有记载。

在笃信佛教的裴休看来，出家是一件很荣幸的事，但其还是内心充满了不舍之情，“含悲”显得非常真实。无论如何，裴休仍是苦口婆心地劝诫儿子要常怀善念，种下善根，切忌身在佛门，心随世间之财色名利，辜负了自己出家修道之本意。在修道方面，应当有坚韧不拔的精神、坚

贞不屈的品行。勉励儿子立大志、成大器，修行证果，报答国主恩、父母恩、师长恩、众生恩。

【注释】

①含悲：怀着悲痛或悲伤。

②空门：指佛教，因佛教认为世界一切皆空。

③善根：佛教语，梵语意译，谓人所以为善之根性。善根指身、口、意三业之善法而言，善能生妙果，故谓之根。

④道心：参悟道法之心。

⑤岁寒：年老。

⑥四恩：佛教用语，指四种恩德。据《释氏要览》中，说法有二：①父母恩、众生恩、国主恩、三宝恩；②父母恩、师长恩、国主恩、施主恩。

⑦大器：大才，能够担当大任者。

二

江南江北鹧鸪啼，送子忙忙出虎溪①。
行到水穷山尽处，自然得个转身时。

【解读】

在江南江北鹧鸪啼鸣的时节，裴休陪同儿子裴文德到江西庐山东林寺参访，诗中是以"虎溪"代指庐山东林寺。后两句"行到水穷山尽处，自然得个转身时"，颇具禅机，于山穷水尽的绝境之时，自然会得个峰回路转的消息。与其说这是在鼓励儿子在修道的路上坚持不懈，不如说这是裴休在参禅悟道中的心得体会，所谓"行至水穷处，坐看云起时"。

裴文德堪称大器，没有辜负父亲的一片苦心。他在离开庐山之后，又来到江苏镇江的泽心寺修禅。当时建于东晋时期的泽心寺濒临倾毁，破烂不堪。法海发誓要修复寺庙，为表决心，他燃指一节，身居山洞，开山种田，筹资修庙，并精研佛理。一次，法海在修寺挖土时意外挖到一批黄金，他不为金钱所动，将其上交镇江太守李琦。李琦将此事上奏皇上，唐宣宗深为感动，敕令将黄金发还给法海修复庙宇，并为此寺敕名金山寺。从此泽心寺改名金山寺，裴休的儿子法海禅师也成了金山寺的一代祖师。

【注释】

①虎溪：水名，在江西庐山下。传说晋·释慧远居庐山东林寺，送客不过溪。一日与陶潜、道士陆敬修共话，不觉逾此，虎辄骤鸣，三人大笑而别。借指寺庙。这里代指庐山东林寺。

赞圆觉①

众生诸佛尘沙德，同蕴光明大藏中。

觉心②平等遍十方③，迷人颠倒生分别。

法王④有法名圆觉，流出真如⑤及涅槃⑥。

无明⑦无体如空华⑧，觉心既显无明灭。

黄朝境寂身心净，初结菩提⑨广大缘。

须依圆照廓情尘，方是如来⑩本因地。

是故众等汝当知，随顺文殊⑪因地法。

一切众生虚妄境，皆生圆觉妙心中。

如彼空华实不生，从空有故从空灭。

翳除华灭空元净，知显尘消觉圆□。

幻心⑫只向觉心生，莫于觉外求离幻。

日轮当午群阴灭，觉体今明众幻除。

幻除觉满觉非空，莫疑是幻还修幻。

是故众等汝当知，随顺普贤修幻法⑬。

如来净觉离纷染，求证先依戒定门⑭。

妄身无体妄心空，幻心灭故幻尘灭。

镜磨垢尽青黄显，智照情空物我融。

唯有圆明⑮大觉心，根尘⑯器界⑰皆清净。

虞泉⑱日没山阿暗，灵腑心昏梦幻劳。

深观人法二俱空，悟取众生本成佛。

是故众等汝当知，依此修持免迷闷。

如来妙觉⑲圆明体，烦恼真如本不分。

始终生灭若循环，皆是轮回妄中见。

岸移月运俱旋复，镴尽金成镴不生。

浮心巧见执疑情，终不能游寂灭海。

黄朝净念如来境，先断轮回根本心。

若将圆觉妄中观，觉随妄转何由辨。

是故众等汝当知，莫于圆觉生三或。

一切众生无始际，皆因婬欲受诸身。

将知累劫⑳久轮回，只缘贪爱为根本。

纷纷欲境多违顺，杳杳迷途厌死生。

若除渴爱断轮回，便于圆觉能开悟。

日光虽盛浮云蔽，觉性常圆二部昏。

若欲安心妙觉城，依愿修行断诸障。

是故众等汝当知，常将慧日为心镜。

大觉圆明离诸相，无有轮回及圣凡。

众生菩萨㉑二皆空，功用妄中显差别。

净心起解凡中信，觉体生心圣外贤。

照觉双忘十地人，真妄俱融始成佛。

黄昏境物皆虚寂，正是收心在观时。

若希观世证菩提，一切境中离虚妄。

是故众等汝当知，早超凡位成真智㉒。

【解读】

　　这首诗共84句，是裴休现存最长的一首诗，也是一首佛教赞颂诗，保存于《圆觉经道场修证仪》末尾。这首诗是作为结尾赞颂《圆觉经道场修证仪》的，不见于其他史籍。

　　这首诗，裴休的署名身份为"金紫光禄大夫守中书侍郎兼户部尚书同中书门下平章事集贤殿大学士"。《唐大诏令集》中《魏暮监修国史等制》中记："金紫光禄大夫中书侍郎兼户部尚书同中书门下平章事……食邑五百户裴休……休可守本官充集贤殿大学士……大中九年七月七日。"这里就明确了裴休充集贤殿大学士时间为大中九年七月七日，而结合裴

休的生平经历，裴休罢相是在大中十年十月，所以推断这首诗应写于大中九年七月后、大中十年十月之前，为裴休中晚年时期所作。

这首诗反映了裴休对佛教的信仰不限于义理和历史，还包括了宗教仪式等宗教内容。这也是对《旧唐书》《新唐书》中所记裴休中晚年"梵呗为乐"的一种呼应。这首赞偈诗也是裴休在宗密去世后对宗密怀念的见证。

【注释】

①圆觉：佛教语，指佛家修成圆满正果的灵觉之道。

②觉心：佛教语，谓能去迷悟道的心。

③十方：佛教称东、西、南、北、东南、西南、东北、西北、上、下十个方位为"十方"。亦泛指各处。

④法王：佛教对释迦牟尼的尊称。也借指高僧。

⑤真如：佛教称事物的真实状况和性质。认为用语言和思维等表达事物的真相不免有所增减，唯有"真如"，才能反映事物的本质。

⑥涅槃：佛教用语，指脱离一切烦恼，超脱生死的境界。

⑦无明：亦名"痴"，无有智慧之意。佛教称不明佛教道理的世俗认识。

⑧空华：又作"空花"。佛教中指眼病者视觉中出现的闪烁不清的繁花的虚影，比喻虚妄的假象和幻想，常说"梦幻空花"。

⑨菩提：源于梵文，指对佛教"真谛"的觉悟。

⑩如来："如"即真如，指佛所说的绝对真理。意指循真如之道来，而成圆满正觉。佛教创始人释迦牟尼常用以自称。

⑪文殊：文殊师利或曼殊室利的略称，亦称妙吉祥、妙德等。佛教大乘菩萨，为释迦牟尼佛的左胁侍，专司"智慧"。

⑫幻心：佛教语，指凡心。佛家谓心识缘境而生，无实如幻，故称。

⑬幻法：佛教语，指一切虚幻的事物。

⑭定门：佛教语，定慧二门之一。指禅定之法门。

⑮圆明：佛家功法术语，即圆满明净，指人的真性、自性。佛家认为人身六识百骸皆浊，惟有真如本性圆满明净，而练功能使真性显现，则禅修可进入高级境界。

⑯根尘：指"六根"（眼、耳、鼻、舌、身、意）的感觉意识与"六尘"（色、声、香、味、触、法）。

⑰器界：佛教术语，国土为入众生之器物世界，故称。

⑱虞泉：即虞渊，传说中日落的地方。

⑲妙觉：佛教指佛果的无上正觉。

⑳累劫：连续数劫，谓时间极长。

㉑菩萨："菩提萨埵"的略称，意译为"觉有情""道众生""道心众生"，指修持大乘六度、慈悲为怀、利益众生，以求成就佛果的修行者。

㉒真智：佛教语，亦称"根本智"，指冥符佛家真理的智慧。

裴乾馀诗

裴乾馀，生卒年不详，籍贯不详，唐宪宗元和十五年（820年）登进士第。诗一首。

早春残雪

霁日①雕琼彩②，幽庭③减夜寒。

梅飘余片积，日堕晚光残。

零落④偏依桂，霏微⑤不掩兰。

阴林⑥披雾縠⑦，小沼⑧破冰盘⑨。

曲槛⑩霜凝砌⑪，疏篁⑫玉碎⑬竿。

已闻三径⑭好，犹可访袁安⑮。

【解读】

诗人唐宪宗元和十五年（820）登进士第。试题：《早春残雪诗》《何论》。知贡举：太常少卿李建。同年登进士第：卢储、郑亚、卢戡、吕述、施肩吾、唐持、姚康、陈越石、卢弘正、李中敏等。

这首就是当时诗人参加科举考试的应试诗。在唐代，主持进士科考试的衙门是尚书省（礼部），所以，考试，又称省试；试题，又称为省试题；试诗，又称为省试诗。省试诗作为应试诗，具有四个特点：一是省试诗为命题作文；二是省试诗的格式，一般要求为五言律诗，六韵十二句；三是省试诗的创作，不能做翻案文章，不能逆题意而为诗；四是省试诗的评判标准，重词采、近齐梁。这样看来，《早春残雪》一诗很符合这四个特点。

　　唐代省试诗为命题作文，题目是省试诗写作过程中思路的唯一来源。从现存的省试诗来看，以春景描写为题目的试诗，占了很大的比例。这是因为唐代省试时间一般定为春天，大致在正月、二月这段时间。在这一时间背景下，命题者自然常以春景作为诗题。这个季节万物复苏，呈现出生机勃勃的景象，故而应试者总能轻易地将眼中的京都美景与现实社会的太平景象联系在一起。

　　这首《早春残雪》在描写一系列早春景物之后，发出"已闻三径好，犹可访袁安"的感慨，将袁安融入诗篇之中，说明袁安必定是文人志士心中崇拜和信仰的对象。由早春的残雪联想到袁安，借助这样一位品德高尚之人来表达自己的心愿，希望自己同样能够成为贤德之人。诗人在应试时将个人意志自然融入诗篇中，使诗歌不再是单纯的早春之景的描写，而变成个人情感、理想抱负的表达，迎合了这一选官方式的需要，为自己的金榜题名增加了重要砝码。整体来看，全诗中多次用典，既彰显出诗人深厚的经学和史学功底，又深化了试诗的主题，丰富了诗歌的内容，提升了作品的文化底蕴。

【注释】

①霁日：晴日。

②琼彩：美玉之光。喻雪光。

③幽庭：幽静的庭院。

④零落：凋零，脱落。

⑤霏微：迷茫朦胧。典自南朝·梁·王僧孺《王左丞集·侍宴诗》之二："散漫轻烟转，霏微商云散。"

⑥阴林：茂林。因树木众多，浓荫蔽日，故称。典自《汉书·司马相如传上》："其北则有阴林巨树，楩枬豫章，桂椒木兰，檗离朱杨，樝梨梬栗，橘柚芬芳。"颜师古注："阴林，言其树木众而且大，常多阴也。"

⑦雾縠：如薄雾的一种轻纱。典出《文选》卷十九战国·楚·宋玉《神女赋》："动雾縠以徐步兮，拂墀声之珊珊。"唐·李善注："縠，今之轻纱，薄如雾也。"

⑧沼：水池。

⑨冰盘：光洁如冰的大瓷盘。这里比喻月亮。

⑩曲槛：曲折的栏杆。

⑪砌：台阶。

⑫疏篁：稀疏的竹林。

⑬玉碎：美玉碎裂，这里比喻雪融化。

⑭三径：本义汉蒋诩舍前三条小路，后用以指隐者所居之处。典自汉赵岐《三辅决录·逃名》："蒋诩归乡里，荆棘塞门，舍中有三径，不出，惟求仲、羊仲从之游。"晋·陶潜《归去来兮辞》："三径就荒，松菊犹存。"

⑮袁安：东汉文学家。《后汉书·袁安传》李贤注引晋·周斐《汝南先贤传》曰，"时大雪积地丈余，洛阳令自出案行，见人家皆除雪出，有乞食者。至袁安门，无有行路。谓安已死，令人除雪入户，见安僵卧，问何以不出。安曰：'大雪人皆饿，不宜干人。'令以为贤，举为孝廉也。"由此可见，袁安虽生活清贫却坚持自己的操守，在如此恶劣的环境下，宁愿自己挨饿受冻也不愿麻烦别人。因此，他成为贤德之人的代表。后遂把宁可困寒而死也不愿乞求他人的有气节的文人称作"袁安困雪""袁安高卧""袁安节。"

裴夷直诗

　　裴夷直，字礼卿，贞元三年（787 年）出生，郡望河东（今山西运城、临汾一带），长于江左（皖南、苏南一带）。五代祖裴世则，曾担任监察御史，品阶较低，为正八品下；四代祖裴敬信、三代祖裴祥均无官职；祖父裴仲堪，任凉王府长史，官从四品上；父亲裴成甫，官左监门卫兵曹，官阶正八品下。元和十年（815 年），进士及第。元和十二年（817 年），在李愬山东幕。

　　元和十三年（818 年），在李愬徐州幕。元和十三年（818 年）至元和十五年（820 年），九月丁太夫人忧。元和十五年（820 年）九月后，在武宁军节度使崔群幕。长庆二年（822 年）四月，调授河南寿安尉。长庆二年（822 年）十一月，在庾承宣幕。长庆三年（823 年），随庾承宣归朝，拜左拾遗、吏部员外郎。长庆三年（823 年）或稍后，劾罢张克勤请迴授外甥五品官，出为凤翔府兵曹参军。长庆四年（824 年），与李弘结婚，是时在李逢吉汉南幕。大和二年（828 年），在李逢吉宣武军节度幕。大和五年（831 年），拜侍御史，任职洛阳。大和六年（832 年），入牛僧孺扬州幕。大和八年（834 年），受王质辟，在宣城。大和九年（835 年），迁刑部员外、左司员外、刑部郎中。开成三年（838 年），迁谏议大夫、兼知制诰，中书舍人。开成五年（840 年），被贬为杭州刺史。会昌元年（841 年），贬驩州司户。大中元年（847 年）后，历任潮、循、韶、江四郡郡佐，换陕州刺史，转和州刺史。大中十年（856 年）六月，以兵部郎中出为苏州刺史。大中十一年（857 年）十月，以苏州刺史为华州刺史、潼关防御、镇国军等使。大中十三年（859 年），拜左散骑常侍，不久，病卒。葬于河南偃师。有子五人：长子虔馀，次子虔裕，次虔章、虔诲、小师。有女一人，嫁给泾州从事、殿中郑邑。五子一女皆能显扬于后。有侄子裴岩、裴晔等。

裴夷直历仕宪宗、穆宗、敬宗、文宗、武宗、宣宗六朝，历经入幕、台省、贬谪、游宦等四个大阶段。当时正是唐朝党争最为激烈的时期，各方面都在拉拢人才，也在相互倾轧。裴夷直的仕途经历正是晚唐时期文人士子们在党争的政治环境下的政治命运的缩影。这些生活和入幕乃至遭受贬谪的经历，在其诗歌中也得到了全面反映。现存诗歌五十五首。

春色满皇州①

寒销山水地，春遍帝王州②。
北阙③晴光④动，南山⑤喜气⑥浮。
夭红⑦妆暖树⑧，急绿走阴沟。
思妇开香阁⑨，王孙⑩上玉楼⑪。
氛氲⑫直城北，骀荡⑬曲江⑭头。
今日灵台⑮下，翻然⑯却是愁。

【解读】

这是一首省试诗，即元和十年（815 年）的省试题。诗人通过这次考试，登进士第。唐代省试诗一般要求写成五言六韵十二句。

全诗一、二句点题，冬去寒消，春遍王州。三、四句，从一北一南的大视角概写春色：阙光、山气。北阙是指唐长安城大明宫含元殿左右的翔鸾阙、栖凤阙，这里代指整个长安城。南山是指横亘逶迤于长安城南部的终南山脉。这些都借用"北阙""南山"的地理跨度来概括长安地区的风物景象。五六句从具体事物特写春色：红树、绿沟。七、八句写春色怡人，不论"思妇"还是"王孙"，都开阁上楼，从侧面写春光之好。九、十句，直接以代表"皇州"的特定景物——城北、曲江来写春色。在唐代，城北是中央宫城所处位置，以承天门、太极殿、两仪殿、甘露殿、延嘉殿和玄武门等一组组高大雄伟的建筑物压在中轴线的北端，以其雄伟的气势来展现皇权的威严。曲江的园林建筑，也是宫殿连绵、楼亭起伏。最后两句，诗人却发出"愁"的感叹，这是由春色引起的。春色已满皇州，可是朝廷之"春色"何时来"满我"呢？今天在"灵台"

参加科举考试，那及第之后的曲江宴，"我"有资格参加吗？那曲江的美景，"我"有机会游赏吗？想到这里，不禁愁上心头。这也是引起主考官注意的一种方式。

全诗出现了特定地点和景物，勾勒出了朝气蓬勃、别具一格、韵味十足的帝都之春，并将帝都长安的形象淋漓尽致地呈现出来，并且在应试创作过程中，将所见之景与个人之情、理想抱负等巧妙地结合起来，表现出一种含蓄美的特征。

【注释】

①皇州：犹帝都，指长安。

②帝王州：指京都，即长安。

③北阙：本指古代王宫北面的门楼，后通称帝王宫禁为北阙。也作朝廷的代称。

④晴光：晴天的日光。

⑤南山：即终南山，在今陕西省西安市南。

⑥喜气：欢喜的神色或气氛。

⑦天红：鲜红。

⑧暖树：向阳的树。

⑨香阁：青年妇女的内室。

⑩王孙：王者的后代。泛指官僚、贵族的子弟或后代。

⑪玉楼：华丽的楼房。

⑫氛氲：繁盛的样子。

⑬骀荡：使人舒畅。

⑭曲江：水名，在今陕西省西安市东南。水流曲折，故名曲江。

⑮灵台：学宫。辟雍、明堂、灵台合称为三雍。典出《后汉书·儒林列传》："中元元年（56）初建三雍"。为天子讲学、祀先师先圣及举行典礼之地。东汉明帝曾"坐明堂而朝群后，登灵台以望云物。袒割辟雍之上，尊养三老五更。飨射礼毕，帝正坐自讲，诸儒执经问难于前，冠带缙绅之人、圜桥门而观听者盖亿万计"。

⑯翻然：反倒、反而。

奉和大梁相公①重九日军中宴会之什

今古同嘉节②，欢娱③但异名。

陶公④缘绿醑⑤，谢傅⑥为苍生⑦。

酒泛金英⑧丽，诗通玉律⑨清。

何言辞物累，方系万人情。

【解读】

　　元和十一年（816年）二月，李逢吉拜相。长庆二年（822年）六月，李逢吉再次拜相。长庆四年（824年），裴夷直任职李逢吉汉南幕。大和二年（828年）至大和五年（831年），李逢吉出任宣武军节度使，治所在大梁（今河南开封），裴夷直继续跟随李逢吉。这首诗写于这段时间。因李逢吉出任过宰相，所以，诗人尊称之为"相公"。

　　这是首唱和诗，李逢吉先作诗，裴夷直答和。重阳佳节今古同，欢庆娱乐人不同，追忆陶渊明和谢安，忧国忧民，却又推崇陶渊明的隐逸和淡泊的情操，有酒，有诗，有音乐，不受"物累"。喜庆之余，渗透些许无奈，既安慰了李逢吉，也安慰了自己。此时，整首诗不再是单纯的酬唱之作，诗人引用典故自喻，抒发了自己的人生理想。

【注释】

①重九：农历九月初九，即"重阳"节。

②嘉节：指美好的节日。

③欢娱：指欢欣娱乐、欢愉。

④陶公：指晋·陶渊明。

⑤绿醑：唐代对美酒的泛称。绿即绿蚁，原意为酒上泛起的绿色泡沫，多作酒的代称。醑即湑，原意指滤酒去滓，也多作美酒的代称。

⑥谢傅：即谢安。东晋时曾为尚书仆射，领中书令，进太保，卒赠太傅，世称"谢太傅"。

⑦苍生：这里用谢安出山事自述济世之志，与友人共勉。典出南

朝·宋·刘义庆《世说新语·排调》："谢公在东山，朝命屡降而不动。"时人因言："安石不肯出，将如苍生何？"年四十出为桓宣武司马，迁中书令，官至司徒。

⑧金英：黄色的花。

⑨玉律：指管乐器。泛指音乐。

奉和大梁相公同张员外重九日宴集

重九思嘉节，追欢从谢公①。
酒清欺玉露②，菊盛愧金风③。
不待秋蟾④白，须沈落照⑤红。
更将门下客，酬和管弦中。

【解读】

这是首酬和诗，写作于大和二年（828年）至大和五年（831年）期间的大梁，还是重阳节，这次宴会上有相公李逢吉，还有张员外（张姓，员外是官职）。一、二句，就点明了全诗的主题：嘉节追欢，并且简单明了地将李逢吉比作谢安，表现出对李逢吉的仰慕。接下来，在重阳节的美景衬托下，饮酒、赏菊、唱和，观赏歌舞，整天醉欢尽兴。全诗在秋景之美与宴会之欢中，引用谢安典故，暗示了自己将追随相公李逢吉，实现自己的抱负，字里行间怀有愉快、感恩之情。

【注释】

①谢公：即东晋时谢安。

②玉露：秋露，霜露。

③金风：秋风。

④秋蟾：指秋月。

⑤落照：落日的余晖。

同乐天中秋夜洛河玩月二首

（其一）

清洛半秋悬璧月①，彩船当夕泛银河。

苍龙额底珠②皆没，白帝③心边镜乍磨。

海上几时霜雪积，人间此夜管弦多。

须知天地为炉意，尽取黄金铸作波。

（其二）

不热不寒三五④夕，晴川⑤明月正相临。

千珠竞没苍龙额，一镜高悬白帝心。

几处凄凉缘地远，有时惆怅值云阴。

如何清洛如清昼⑥，共见初升又见沈⑦。

【解读】

乐天，即唐代大诗人白居易。白居易（772年－846年），大和三年（829年）春，因病改授太子宾客分司，回洛阳履道里；大和四年（830年），仍为太子宾客居洛阳；十二月二十八日，代韦弘景为河南尹；大和六年（832年），仍为河南尹。白居易的晚年是在洛阳度过的。白居易长裴夷直十五岁，俩人相识较早。大和五年（831年）八月，李逢吉充东都留守。裴夷直在李逢吉的提携下，又为判官，检校司勋员外郎，不久，拜侍御史，任职洛阳。大和六年（832年）十二月，牛僧孺罢相，出为淮南节度使，裴夷直复奉为节度判官、检校职方郎中，不久入拜刑部员外郎，转左司员外，迁刑部郎中。对照时间，这首诗应作于大和五年、大和六年两人同在洛阳为官之时。中秋佳节，二位诗人携手同游洛河赏月。

第一首：一、二句把想象的触角引向广漠的银河，清洛中秋，碧月高悬，河水清晰倒影出天上景色，彩船都如同在银河之中泛游。三、四句，

164

继续写天上，中秋之夜月亮像明镜一样分外明亮，而众星皆隐而不见。整个画面奇幻飘逸，似经雕琢，苍龙没珠，跌宕多彩。五、六句，又写天上人间，继续想象，这里的"海上"是天上，明月空照，犹如天上堆积"霜雪"，此刻人间歌舞，好不热闹。最后两句，更是想象这样美好的月色一定让天地都起了妒意，尽取黄金筑作金波。全诗未离中秋之月，作者任凭想象力驰骋，意境开阔。

第二首：一、二句交代游玩时间——"三五"，地点——"晴川"，中秋佳节，不热不寒，晴空万里，明月高照，最适合赏月，仿佛山月相邻。三、四句，展开想象，似乎有千珠相竞，但全都没有了光彩，只有明月高悬。五、六句，看似写"地远""云阴"，实际上是写诗人内心的"凄凉""惆怅"，毕竟是重视团圆的节日，诗人想起了自己的家人，想起了自己的故乡。虽冒出这一丝情绪，但诗人还是被眼前的美景征服了，这就是最后两句，那清清的洛河水在明月的照耀下，如同晴朗的白天，看那明月升起又沉落，良辰美景，余兴未了。

这两首诗都写了诗人在中秋佳节和白居易一起游洛河、赏明月，变换不同的视角来描摹景物，表现了诗人愉快、恬淡之情。两首诗唯一的区别，就是第二首插入了少许的思愁。从艺术表现手法上来说，两首诗采用了比喻、用典、拟人等修辞手法，在格律押韵对仗方面都很讲究。

【注释】

①璧月：像璧一样又圆又白的月亮。

②苍龙颔底珠：这里用传说中的苍龙颔下之珠比喻天空的群星。典出《庄子·列御寇》，"河上有家贫恃纬萧而食者，其子没于渊，得千金之珠。其父谓其子曰：'取石来锻之！夫千金之珠，必在九重之渊而骊龙颔下。子能得珠者，必遭其睡也。使骊龙而寤，子尚奚微之有哉！'"

③白帝：我国古代传说中的五位天帝之一，主管西方和秋天。

④三五：农历十五日。

⑤晴川：晴朗天空下的江面。

⑥清昼：清朗的白天。

⑦沈：亦作"沉"，沉落。

和周侍御①洛城②雪

天街③飞辔④踏琼英⑤，四顾全疑在玉京⑥。
一种相如⑦抽秘思⑧，兔园⑨那比凤凰城⑩。

【解读】

　　这首诗大概作于大和五年（831年）诗人任职于洛阳期间。全诗写诗人陪同友人周侍御在洛阳街头骑着飞驰大马，环顾四周，以为在京城长安，不由升起一种思念之情，可这洛阳的园林哪能跟京城的相比呢？一句反问，回归现实。从诗中可以看出，诗人多么想回到朝廷，给国家做更多更大的贡献。全诗就艺术手法来说，采用了比喻、对比、用典等多种修辞手法，从现实到想象，又回归到现实，情景融合，透露了诗人一些期许，一些无奈。

【注释】

①侍御：唐代人对殿中侍御史和监察御史的称呼。

②洛城：指今河南洛阳市。

③天街：旧时帝都的街市称为天街。这里指洛阳街上。

④飞辔：飞动的马辔。这里指奔驰的马。

⑤琼英：玉花瓣，比喻雪花。

⑥玉京：帝都，即长安。

⑦相如：相似。

⑧秘思：深邃的思绪。

⑨兔园：园名，又称梁苑或梁园。后泛指林园。典出晋·葛洪《西京杂记》卷二："梁孝王好营宫室苑囿之乐，作曜华之宫，筑兔园。"

⑩凤凰城：指京城，即长安。据《水经注》记，秦穆公女弄玉从萧史学艺成后，乃吹箫引凤，凤凰降落京城，后世遂称京城为凤凰。

夜意

萧疏^①尽地林无影，浩荡连天月有波。
独立空亭人睡后，洛桥风便^②水声多。

【解读】

　　这首诗大概写作于诗人身处洛阳的时候。全诗围绕"夜意"展开，将"意"融入夜景之中。远处，稀稀疏疏的树林，默默无影；浩浩荡荡的洛河水，水天一色，明月倒映水中，泛着一道道波纹。近处，环顾四周，夜已深，人都已入睡，只有"我"一个人站在空荡荡的河边的亭子里，听着风声水声。全诗远景近景交融，时空交汇，永恒（天、月、水等）和易逝（人、桥、声等）交织，在全方位的夜景描写中，立意、明志、晓理，并进行了更深层次的哲学思考。

【注释】

①萧疏：稀疏，不稠密。
②风便：顺风。

扬州寄诸子

千里隔烟波^①，孤舟宿何处。
遥思^②耿^③不眠，淮南夜风雨。

【解读】

　　大和六年（832年），裴夷直入牛僧孺扬州幕。大和八年（834年），离开扬州前往宣城。这首诗写于身处扬州时期。淮南风雨，千里烟波，孤舟都不知道落脚何处，此时此刻，遥思"诸子"（妻子、儿子、朋友等），相见无期，诗人被相思折磨得难以入睡。再往深层次思考，其实，

这"诸子"还包括朝廷、伯乐等，期望他们能提拔重用自己，使自己远离这风雨之地。全诗就艺术特色来说，以悲壮的环境，写出悲慨的感情，以"千里"反衬"孤舟"，以"孤舟"喻作自己，而在这广袤天地之间，又是"夜风雨"，更加突出了"孤"。情景如此，心境如此，实在令人感伤！

【注释】

①烟波：指雾气笼罩的江湖水面。

②遥思：指对处在远方的人或相隔已久的事的思念。

③耿：心情不安；悲伤。

献岁①书情

白发添双鬓②，空宫③又一年。
音书④鸿⑤不到，梦寐⑥兔⑦空悬⑧。
地远星辰侧，天高雨露⑨偏。
圣期⑩知有感，云海⑪漫相连。

【解读】

新的一年开始了，谪居边远之地的诗人回忆过去一年，收获到的是"白发"与"空宫"，却收获不到"音书"与"梦寐"，又见云海漫漫，星辰遥遥，便将皇帝比作星辰，将皇恩比作雨露，二者都如此遥不可及，此时孤独无奈、被人遗忘、理想无望等情绪齐涌心头。但诗人在新年还是要展望，"圣期知有感"，期盼重回朝廷，施展人生抱负。可两地相隔如"云海"般漫漫无涯，这种期望又仿佛奢望。整首诗当中，诗人对自己当前现状的描绘，对朝廷的思念，对前途的期待以及期待中的无奈，都表现得淋漓尽致，情感丰富，读来让人感同身受。

【注释】

①献岁：意为进入新岁，即一年之始。典出《楚辞·招魂》："献岁发春

分，汩吾南征。"

②双鬓：两边的鬓发。

③空宫：深宫；冷宫。

④音书：音讯，书信。

⑤鸿：大雁。这里指信使，古代有鸿雁传书的记载。

⑥梦寐：睡梦。

⑦兔：指月亮，神话传说中的月中有兔，故称。

⑧空悬：悬在空中。

⑨雨露：雨和露能滋长万物，多用以比喻恩泽、恩惠。

⑩圣期：为圣人出世的时期。

⑪云海：天上的云彩、地上的大海。

和邢郎中病中重阳强游乐游原①

嘉晨令节②共陶陶③，风景牵情④并不劳。

晓日⑤整冠兰室⑥静，秋原骑马菊花高。

晴光一一呈金刹⑦，诗思浸浸⑧逼水曹⑨。

何必销忧凭外物，只将清韵⑩敌春醪⑪。

【解读】

大和九年（835 年），诗人迁刑部员外、左司员外、刑部郎中，从五品上。这次终于到朝廷任职了。这首诗的写作时间大概于此。虽然身处病中，但逢重阳佳节，诗人仍陪同友人邢郎中强游乐游原。邢郎中，姓邢，按照诗中意思，应该担任水部司郎中，从五品上。

诗中一、二句直接点题，重阳佳节，牵挂美景，身体有恙，强行出门。三、四句写了一大清早就整装待发，在乐游原策马奔驰，观赏菊花。五、六句登高望远，景色秀丽，南有曲江池碧波荡漾，西有兴教寺巍巍浮屠，游客联翩结队，此情此景，不由得让人赋诗唱和。最后两句在自问自答之中写游乐游原的收获："销忧"无须凭借外在的事物，包括美酒，只需跟朋友们在一起，陶醉于诗情画意之中即可。

全诗描写了重阳节乐游原上的美景，抒写了秋游的兴致以及对秋景的赞美。作为有家国情怀的士人，诗人此时虽然仕途平坦，春风得意，但内心当中还是充满忧愁感。何以"销忧"？乐游原就给人带来了振奋和愉悦。整首诗意象丰富，节奏明快，让人读来也是精神愉悦。

【注释】

①乐游原：又名乐游苑、乐游园。因汉代在此设立过乐游庙，故名。位于唐长安外郭城东南的升平、新昌诸坊。

②令节：美好的节日。

③陶陶：形容快乐。

④牵情：牵动感情。

⑤晓日：朝阳，引申为清晨。

⑥兰室：雅洁的居室。

⑦金刹：佛地悬幡的塔柱；佛寺。

⑧浸浸：渐渐。浸，渐近。

⑨水曹：官名，水部的别称。

⑩清韵：清雅和谐的声音或韵味。喻指铿锵优美的诗文。

⑪春醪：古酒名；春酒。

酬卢郎中游寺见招不遇

偶出①送山客②，不知游梵宫③。
秋光古松下，谁伴一仙翁④。

【解读】

这是一首由诗人发出的酬赠诗。卢郎中，姓卢，郎中是官职。诗中写了诗人和卢郎中一起送别"山客"，不知不觉地游览到了一座寺庙外。这寺庙在古老的大松树下面，秋光洒照，肃穆清静，"见招"不见人，是谁陪伴着"仙翁"外出了呢？全诗在与友人的唱和中，采用质朴意象，将宏观环境描写与个体心理变化融会起来，表现出诗人那种轻松、淡然的心境。

【注释】

①偶出：结伴出行。

②山客：山居的人；隐士。

③梵宫：本指大梵天王居住的宫殿，泛指佛寺、庙宇。

④仙翁：尊称年长有道行的出家人。

访刘君

扰扰①驰蹄又走轮，五更飞尽九衢②尘。

灵芝破观深松院，还有斋时③未起人。

【解读】

　　这首诗前两句写的是怎么拜访：五更乘马车出行。接下来写的是刘君所处的环境：灵芝、破观、深松院。这三个物象的排列，是按照由近及远的观察顺序。经过长途跋涉，终于到了，映入眼帘的是一株株灵芝，再往前看，是一座破败的观宇，再远看，是高大的松树环绕。已中午了，仍不见刘君人影，原来是还在睡梦中没有起床。从写作手法上来看，诗人用"驰""走""飞"等简单几个动词，既说明路途艰辛，又表现了诗人迫切相见的愿望。特别是第三句，三个名词的罗列，一个幽静、随性的观宇映入眼帘，同时暗示出了观主刘君的个性。千呼万唤观主出来，而其却是个"斋时未起人"。全诗画面感强，简约而不简单，体现了诗人高超的艺术技巧。

【注释】

①扰扰：纷乱的样子。

②九衢：四通八达的道路。

③斋时：佛教以过午不食为斋，故正午为斋时。

省中题新植双松

端坐①高宫起远心，云高水阔共幽沈②。
更堂寓直③将谁语，自种双松伴夜吟。

【解读】

开成三年（838年），诗人任谏议大夫、兼知制诰、中书舍人。诗题中的"省中"，就是中书省内部。中书省，古代皇帝直属的中枢官署之名。这首诗是诗人在中书省院落里种植了两棵松树，心情豪迈，题诗一首。一、二句写自己端坐在高高的办公楼里，也许整日工作太辛苦，竟然起了远游之心，多想在那天高水阔的地方，隐居休息一下。三、四句，写轮流值守夜班，独自一人，想跟人说话都没有伴，于是在院落里自己亲手种了两棵松树。全诗主要写了种植松树的原因：有了松树，白天上班更专心，值守夜班有伴吟。再者，松树有坚毅、顽强、挺直、高洁、不屈的精神，诗人借松自比，寄托志向。

【注释】
①端坐：端正地坐着。
②幽沈：即幽沉。隐藏；隐居。
③寓直：官员在官署值夜。

穷冬①曲江②闲步

雪尽南坡雁北飞，草根春意胜春晖③。
曲江永日④无人到，独绕寒池又独归。

【解读】

这首诗写于诗人在京城长安为官时。冬天快过了，南坡的雪全部融化了，大雁也往北飞回来了，曲江的一草一木，春意浓浓。偌大的曲江，一整天下来，就"我"一个人独自绕着寒冷的曲江池散步。最后，一个人离开曲江归去。全诗写"穷冬"时诗人独游曲江的所见：雪尽雁回，新春即临，万象更新。而这景象也衬托了自己的孤单寂寞。结合诗人的生平经历来分析，开成五年（840年），诗人离开朝廷被贬为杭州刺史。也许诗人在写这首诗的时候，对自己的前程有些预感。本以为在朝廷为官是"雪尽春临""春风得意"，但宦海浮沉，个中滋味，只有自己能体会。

【注释】

①穷冬：季冬，深冬，冬天将尽时。

②曲江：水名，在今陕西省西安市东南。水流曲折，故名曲江。唐代这里楼台亭阁，花木繁茂，烟水明媚，为长安胜景。

③春晖：春天的太阳。

④永日：长日，漫长的白天。

上七盘山①

斗回②山路掩皇州③，二载欢娱一望休。
从此万重青嶂④合，无因更得重回头。

【解读】

诗人于开成三年（838年）任职谏议大夫、兼知制诰，中书舍人。开成五年（840年），被贬为杭州刺史。这中间恰好两年，也就是诗中说的"二载"。所以这首诗应作于开成五年（840年）诗人被贬外出路过七盘山的时候。陡峭曲折的七盘山路，将背后的京城渐渐遮掩，在京城担任高官的欢快日子，已经休止了。从此以后，要到遥远的南方荒蛮之地，山川险恶，不知要有什么机缘才能回来。全诗以七盘山的艰险，写出了仕途的艰险，诗人虽留恋"皇州"，但身不由己，因此诗中充满无限忧愁。

【注释】

①七盘山：亦名七盘坡、七盘岭，在陕西蓝田县东南的秦岭北坡，芦山西脉北支，是古代长安往东南去商州以至于通向华中平原的一段险道。

②斗回：猛地回转。

③皇州：指帝都，即唐代京城长安，现西安。

④青嶂：青翠的山峰。

下七盘山

商山①半月雨漫漫②，偶值新晴③下七盘。
山似换来天似洗，可怜风日④到长安。

【解读】

　　大中十一年（857），诗人任华州（今陕西渭南）刺史、潼关防御、镇国军等使，根据诗人生平经历，推测这首诗应作于此时。诗人自上次经过七盘山离开京城，不断地游宦诸地，现在又要路过七盘山，即将回到长安。可是天公不作美，在商山上淋了大半个月的雨，而此时正值天刚刚放晴，诗人要继续前行下七盘山。雨后的天空像水洗了一样，可还是要风吹日晒地赶路前往长安。历经将近二十年的外地为官，练就了诗人更加刚毅成熟、乐观豁达的品格，不经历风雨，怎么见彩虹？全诗简短，却透露出了很多的人生哲理。

【注释】

①商山：山名，在陕西省商洛市东南境，地形险阻，景色幽胜。

②漫漫：遍布，弥漫。

③新晴：天刚放晴。

④风日：风与日。指风吹日晒。

崇山郡

地尽炎荒①瘴海②头，圣朝③今又放驩兜④。
交州⑤已在南天⑥外，更过交州四五州。

【解读】

  会昌元年（841 年），诗人贬任驩州司户。驩州，治所在今越南安城县。这首诗应作于去驩州上任的路上。诗人历经炎热荒野、崇山峻岭，跋山涉水，过交州，再过四五州，才到万里之遥的驩州。诗中运用典故，一个"放"字，写出了诗人不受重用的满脸无奈；"南天""交州""四五州"，相应比较，更加突出了流贬之地之遥远，路途之艰险。全诗字里行间透露了岭南的自然环境和辽阔地域，同时，也表现了诗人坚强不屈、顺势而为的奋斗精神。

【注释】

①炎荒：南方炎热的荒野。
②瘴海：岭南有瘴气的海域。
③圣朝：对当朝的尊称。
④驩兜：一作讙兜，传说尧臣驩兜因举荐共工获罪，被舜流放。后世用作咏官员流贬。典出《尚书·虞书·舜典》："流共工于幽洲，放驩兜于崇山。"
⑤交州：唐置，治所在今越南河内市。
⑥南天：南方的天空，也借指岭南地区。

题江上柳寄李使君①

桂江②南渡无杨柳，见此令人眼暂明。
应学郡中贤太守③，依依④相向许多情。

【解读】

　　会昌元年（841年）三月，贬湖南观察使杨嗣复为潮州刺史、桂管观察使李珏为昭州刺史（注：《旧唐书》记载为端州，《资治通鉴》记载为昭州，根据《文武两朝献替记》等资料比对，现采用"昭州"之说）、杭州刺史裴夷直为驩州司户。诗中的李使君即为原桂管观察使李珏。这首诗应作于赴任驩州的路上，在桂江和李使君分别之时。诗人要南渡桂江，奔赴驩州，别时人见"江上柳"，想想不可知的未来，便赋诗寄赠。柳，在古代文化里面被赋予了丰富的含义：柳、留二字谐音，经常暗喻离别；柳，多种于檐前屋后，常作故乡的象征；柳絮飘忽不定，常作遣愁的凭借。诗人和李使君深厚的感情，不因地域遥远而疏淡，两人患难之中彼此相互鼓励，相互慰藉。全诗由"江上柳"引发思绪，联想丰富，虚实结合，情景交织，表达了对友人的祝福和思念，凸显了内心的悲凉，诠释了生命中那种告别知己的孤独。

【注释】

①使君：汉时称刺史为使君；汉代以后对州郡长官的尊称。

②桂江：西江支流，在广西壮族自治区东北部。上游漓江上源大溶江，出兴安县境苗儿山，西南流到阳朔以下始称桂江，长437千米。因古时这里为桂林郡地而得名。

③太守：这里用作刺史的别称。唐代中期以后，节度、观察使辖州而设，刺史成为其属官。

④依依：轻柔的样子。

秋日

六眸龟①北凉应早，三足乌②南日正长。
常记京关③怨摇落④，如今目断⑤满林霜。

【解读】

　　从这首诗的前两句来推断，这首诗应写于驩州。开头两句运用两个典故——"六眸龟""三足乌",表明骧州之秋,天气很热,日照很长,这跟以往在京城长安的秋天不同。后两句回忆与想象:京城的秋天,树木凋零飘落;现如今,望断长安路,估计已是满林霜冻。身处万里之遥的骧州的秋天,季节更替,变化不大,诗人却用他敏感的神经"常记"并"目断"京城。"处江湖之远则忧其君",家国情怀,跃然纸上。

【注释】

①六眸龟:即六眼龟。古代传说,员峤山上有六眼龟。这里指远离京城之地。典出《文选》卷十二晋·郭璞《江赋》:"有鳖三足,有龟六眸。"晋·王嘉《拾遗记》卷十:"员峤山……西有星池千里,池中有神龟,八足六眼,背负七星、日、月、八方之图,腹有五岳、四渎之象。时出石上,望之煌煌如列星矣。"

②三足乌:指太阳,这里借典指远离京城之地。典出《淮南子·精神训》:"日中有踆乌。"高诱注:"踆,犹蹲也,谓三足乌。"

③京关:指首都,京都。

④摇落:凋谢飘零。

⑤目断:目尽。意谓望穿双眼,或十分盼望、等待。

忆家

天海相连无尽处,梦魂来往尚应难。
谁言南海①无霜雪,试向愁人两鬓看。

【解读】

从诗中"南海"一词,推断这首诗应作于诗人流贬骧州期间。前两句,诗人就将自己置身于广袤的天地之间,既点明了诗题,又凸显了个体的渺小,天大地大,何处是家?现在天海相连,天水一色,天与海水的距离遥远,但它们相连、相映在一起,可那"家"连梦里都见不到。后两句,在一问一答之中,将"两鬓"比作"霜雪",突出一个字——"愁"!全诗采用夸张、对比、比喻、设问等修辞手法,在宏大的画面里,

嵌入微小个体的心理活动，将牵连与挂念表现得淋漓尽致。

【注释】

①南海：先秦古籍早已载及该名，初或泛指我国南方，或兼指今之东海。后来除作为郡县名称外，约在东汉时才逐渐用以专指我国以南的广大海域。

南诏①朱藤杖②

六节南藤色似朱，拄行阶砌③胜人扶。

会须④将入深山去，倚看云泉⑤作老夫。

【解读】

　　唐岭南道经略使樊绰所著《蛮书》载："女王国，去蛮（南诏蛮）界镇南（开南）节度三十余日程。其国去骠州一十日程，往往与骠州百姓交易。"所以，推测这首诗应作于诗人任职骠州期间。诗中第一句点题，一根产于南诏的六节藤杖，天然颜色便像朱砂红；第二句，拄着这根藤杖，行走在台阶上，胜于别人的搀扶；三、四句，拄着这根藤杖，一定要行走在深山老林里，然后游山玩水，看瀑布，"作老夫"。 这朱藤杖给予了诗人一种力量，不论年岁已高，还是流放边地，遭遇挫折，都能给人排忧解愁，能助人走亲访友，相约山水。全诗结构紧凑，娓娓道来，质朴自然，在赞誉朱藤杖的同时，展现了诗人随遇而安、乐观豁达的精神。诗人行走于山水之中，探索生命的真谛，思考人生的意义。

【注释】

①南诏：唐时西南地区的少数民族所建立的政权。其王皮逻阁在唐朝支持下统一六诏，迁都至太和城（今云南大理南太和村西）。并部分采用唐朝的政治制度，与唐交往频繁。公元937年，为段氏大理政权所灭。

②藤杖：木质藤茎所制的手杖。

③阶砌：台阶。

④会须：必须，定要。

⑤云泉：瀑布。

寄婺州①李给事②二首

（其一）

心尽玉皇③恩已远，迹留江郡宦应孤。

不知壮气今何似，犹得凌云④贯日⑤无。

（其二）

瘴⑥鬼翻⑦能念直心⑧，五年相遇不相侵。

目前唯有思君病，无底沧溟⑨未是深。

【解读】

　　开成五年（840 年），裴夷直被贬为杭州刺史，给事中李中敏被贬为婺州（今浙江金华）刺史。会昌元年（841 年），裴夷直被贬骢州司户。大中元年（847 年）后，裴夷直历任潮、循、韶、江四郡郡佐，换陕州刺史，转历阳刺史。根据诗中的"五年"，此诗应作于骢州。第一首诗问候李给事：在距离朝廷很远的江南为官，应该很孤单吧。不知道你当年的壮志今天怎样了？是否还是忠诚贯日、壮志凌云？第二首诗向李给事汇报自己的情况：历经千辛万苦，从杭州到骢州为官，岭南的瘴气还好顾念"直心"，尽管"我"在这里生活了五年，但"我"的身体没有受到瘴气的侵袭，处于健康状态。只是目前日夜思念你，这种思念比那无底洞的深海还要深。诗人身处万里之遥，心系"皇恩"，关爱同时受贬的好友，并且与友共勉：壮气仍凌云，身在情长在！这两首诗，语言风格质朴平实，情感细腻，含蓄隽永。同时，在诗中可以窥探出诗人有志不能酬的苦楚心态，但无论如何，诗人仍将个体生命意识与国家前途紧密相连，这大概就是传统士大夫的家国情怀。

【注释】

①婺州：唐代设置的行政区，属江南东道，治所在今浙江金华市。

②给事：给事中官职的省称，唐代为门下省要职，在侍中及黄门侍郎之下，置四员，正五品上。

③玉皇：皇帝别称。

④凌云：直上云霄。

⑤贯日：贯穿太阳。

⑥瘴：瘴气。南部、西南部山林间湿热的空气，从前被认为是恶性疟疾的病源。

⑦翻：语气副词，表结果与情理或意愿相反，有转折意味。可译为"反而""却"等。

⑧直心：指直而无邪的本心，亦即真心、自性、本性。

⑨沧溟：指大海。

江上见月怀古

月上江平夜不风，伏波①遗迹半成空。
今宵倍欲悲陵谷②，铜柱③分明在水中。

【解读】

根据诗中的"伏波遗迹"与"铜柱"，可以推断这首诗作于骧州任上。诗人月夜在江上行船，风平浪静，见到伏波将军马援当年征战留下的遗址，可这遗迹一大半都"空"了。这个"空"字含义比较丰富：一可以理解为遗迹一大半在天空中；二可以理解为遗迹经过历史以及风雨的洗刷，已经消失掉一大半了；三可以理解为诗人联想到自己的处境，一种空无感随之而来。这使诗人今夜更加悲伤，世事变迁，人不同，"铜柱"却依旧在。

此诗的审美功力就在于其貌似一首写景诗，但蕴含着深重的历史沧桑感和诗人幽婉郁然的美学感伤情绪。前两句平实，没有任何色彩和情感，连江水都是平的，可是诗人在平实之中灌注了不是轻易所能体察出来的情感——"空"。后两句通过古今反差对比，写江山依旧而人事全非，给全诗带来一层冷色调和深层次的哲学思考。诗人将自我、历史与国家融于一体，用沉郁悲壮、雄浑蕴藉、伤感哀怨等格调丰富了作品的审美境界。

【注释】

①伏波：汉代路博德、东汉马援曾先后拜"伏波将军"，出征交趾（今越南北部一带，汉武帝时设立郡治）。典出《史记》卷一一一《卫将军骠骑列传》："将军路博德，平州人。以右北平太守从骠骑将军有功，为符离侯。骠骑死后，博德以卫尉为伏波将军，伐破南越，益封。"《后汉书》卷二十四《马援列传》："马援字文渊，扶风茂陵人也。""又交阯女子徵侧及女弟徵贰反……寇略岭外六十余城，侧自立为王。于是玺书拜援伏波将军，以扶乐侯刘隆为副，督楼船将军段志等南击交阯。"

②陵谷：高岸为谷，深谷为陵。指地势高低的变动，比喻世事的变迁。

③铜柱：后汉伏波将军马援远征交阯，在边界上树立两根铜柱，作为汉与南方外国的疆界标志。典自《后汉书·马援列传》注引《广州记》："援到交阯，立铜柱，为汉之极界也。"《水经注·温水注》引《林邑记》："建武十九年，马援树两铜柱于象林南界，与西屠国分汉之南疆也。"

发交州①日留题解炼师②房

久喜房廊③接④，今成道路赊⑤。
明朝⑥回首处，此地是天涯⑦。

【解读】

这是诗人大中元年（847 年）后自骧州内徙返回，路过"四五州"才到达交州后，题赠予解炼师房的一首诗。骧州到交州的路途遥远，路上花的时间也很久，终于有"房廊"接待，诗人喜出望外。明天继续赶路，回首眺望"炼师房"，这将又是天涯了。全诗短小精致，遣词用语也比较简练、平淡中又有味道，"久""今""赊""明"等字，将时间与空间在转换中扩大，"喜"字，这是诗人现在的状态，可又有谁能理解一个贬谪地甚远、贬谪时间甚久的人的内心世界呢？悲喜交融，读来使人感同身受，有较强的艺术感染力。

【注释】

①交州：唐代的交州总管府辖境较广，一度包括越南北部地区和云南、广西的一部分，其下所管的交州只领有今越南的河内市一带。

②炼师：旧时对懂得"养生""炼丹"方法的道教徒的尊称。

③房廊：泛指殿宇、屋舍。

④接：接见；接待。

⑤赊：遥远。

⑥明朝：明天；以后，将来。

⑦天涯：指地面极远处。

将发循州①社日②于所居馆宴送

浪花如雪叠江风，社过高秋③万恨④中。
明日便随江燕去，依依俱是故巢⑤空。

【解读】

诗人大中元年（847年）后自骧州内徙，先担任潮州刺史，后任循州刺史。这首诗写于即将赴任循州的时候。此时已是秋天，江面上急风吹拂，浪花像雪一样翻滚，立秋已过，社日即临，此时此刻，百感交织。明天又要随着江上的燕子往南飞去，但对于这里仍依依不舍，住了很久的房子将空荡荡的了。首句运用比喻，将"浪花"比作"雪"，既描绘了江面的自然环境，也隐喻了当时的官场环境，这给全诗定下了情感基调。后面三句中的"恨""去""空"，是这情感基调的具体诠释：宦海浮沉，身心疲惫，愁怨交加，没有归属感。

【注释】

①循州：以境内循江为名，治所在今广东省惠州市东。唐朝时辖境相当

今广东惠州、新丰、连平、和平、龙川、兴宁、五华、陆丰、海丰、惠东、惠阳、博罗、紫金、河源等市、县和揭西县西部地。

②社日：古代祭祀土神的日子。分春社秋社，一般在立春、立秋后第五个戊日。

③高秋：秋高气爽之时；立秋。

④万恨：极言愁苦怨恨之多。

⑤故巢：鸟之旧巢。喻故居。

令①和州买松

好觅凌霜②质，仍须②带雨栽。

须知③剖竹④日，便是看松来。

【解读】

诗人从骥州（今越南安城一带）内徙，历经潮州（今广东潮州）、循州（今广东惠州）、韶州（今广东韶关）、江州（今江西九江）、陕州（今河南三门峡）等地为官，又到了美丽的和州（今安徽和县）。之前在京城为官时，诗人在"省中"植松树，因此这次也在和州买松树来栽。寻找那种能抵抗霜寒的松树，买过来，然后必须在雨水中栽植，这样松树更容易存活、长大。诗人决定等到授官的时候，必须来看望下松树。这是一首咏物寄怀之作，诗人以松树自喻，表明虽贬任多年，流转多地，但自己并不灰心丧气，而是期待有朝一日重新奋起，实现向往的志向。在诗歌中，诗人孤独地坚守着人生理想。在坚守中，表现出诗人高洁的人格和执着的抗争精神。

【注释】

①令：美好，善。

②凌霜：抵抗霜寒。

③仍须：仍然必须。

④须知：必须知道；应该知道。

⑤剖竹：古代以竹为符证。剖而为二，授官时，一给本人，一存官府。因以剖竹为授官之称。

观淬①龙泉剑

欧冶②将成器③，风胡④幸见逢。

发硎⑤思劃⑥玉，投水化为龙。

讵⑦肯藏深匣⑧，终朝⑨用制钟⑩。

莲花⑪生宝锷⑫，秋日励⑬霜锋⑭。

炼质⑮才三尺，吹毛⑯过百重⑰。

击磨如不倦，提握⑱愿长从。

【解读】

中国的宝剑文化，是中华文明的重要组成部分，有着悠久的历史和辉煌的成就。宝剑是中国古代兵器之一，属于"短兵"器具，素有"百刃之君"的美称。剑多佩有鞘，型美身轻，便于携带，多被用于防身之器，被古人视作身份、智慧和勇敢的象征。隋唐时期宝剑逐渐由"兵器"演变成"礼器"，剑的用途开始趋向于人们精神层面的需求。

龙泉，原名为龙渊，唐武德三年（620年），因避高祖李渊讳，改龙渊为龙泉。唐乾元二年（759年），建立龙泉县，县治地黄鹤镇（今龙渊镇）。现为龙泉市，是浙江省丽水市代管县级市，位于浙江省西南部的浙闽赣边境。龙泉之所以盛产宝剑是因为其水质优良，利于淬剑。一把龙泉宝剑从原料到成品，要经过捶打、刨锉、磨光、镶嵌、淬火等5道核心工序。

全诗围绕龙泉宝剑最后一道核心工序——"淬火"展开，写出诗人的所见所感。淬火，是将已锻好的剑坯烧到一定温度后浸入水中急速冷却，从而提高剑身的硬度、强度和耐磨性。一、二句引用"欧冶""风胡"的典故，说明宝剑已经成形。三、四句写打磨宝剑，然后将宝剑置于水中淬火。龙是我们先民特殊的图腾崇拜物，后来又成为封建帝王的象征。剑与龙的特殊身份和所处的地位，极容易产生"神秘互渗"。龙居于水中，剑亦喜水，剑乃龙，能鸣吼，能飞腾，飞腾时也如龙一般腾云驾雾。所以，把剑称为"龙泉"或"龙泉宝剑"，于是就有"投水化为龙"的诗句。五、六句写这么好的宝剑，不应该藏起来，而应整天使用。后面四句，写宝剑的锋利。最后两句，写出了携带宝剑并对其爱不释手。

这是一首五言排律，全诗运用典故、比喻等修辞手法，对龙泉宝剑的生成、锋利都进行了细致的描写，反映出诗人爱剑的本性。同时，咏剑寓情，寄托了诗人历经磨难、刚正不阿、披荆斩棘、除暴安良等情志。

【注释】

①淬：蘸火。金属加热到一定温度后，放入水中急速冷却。

②欧冶：即欧冶子。春秋时期越国铸剑名师，曾铸太阿、工布、鱼肠等天下名剑。后泛指技高的剑匠。

③成器：成为器具。

④风胡：即风胡子，春秋时楚国人，相剑家，精于识剑、铸剑。典出汉·袁康《越绝书·外传记宝剑》："（楚王）令风胡子之吴，见欧冶子、干将，使人作铁剑。欧冶子、干将凿茨山，泄其溪，取铁英，作为铁剑三枚，一曰龙渊，二曰泰阿，三曰工布。"

⑤发硎：刀刚从磨刀石上磨出来。语出《庄子·养生主》："今臣之刀十九年矣，所解数千牛矣，而刀刃若新发于硎。"

⑥刿：割断，截断。

⑦讵：表示疑问或反问的语气副词，可译为"怎么""难道"等。

⑧匣：收藏东西的器具，通常指小型的，盖可以开合。

⑨终朝：终日。

⑩刜钟：形容宝剑锋利。刜，剑击。典出汉·刘向《说苑·杂言》，"西闾过曰：'……干将镆铘，拂钟不铮、试物不知、扬刃离金、斩羽契铁斧，此至利也；然以之补履，曾不如两钱之锥。'"按，"拂钟"一作"刜钟"。

⑪莲花：指宝剑上的莲花形凸纹。

⑫宝锷：宝剑。锷，刃的代称。

⑬励：同"砺"，磨炼，振奋。

⑭霜锋：如霜一样寒光闪闪的锋刃，指锋利的兵器。

⑮炼质：提炼质素；冶炼。

⑯吹毛：极言刀剑锋利，吹毛可断。

⑰百重：谓极多层次。

⑱提握：执，握。

水亭

岁律①行将变，君恩②竟未回。

门前即潮水，朝去暮常来。

【解读】

这首诗是诗人在贬所所作的。诗人坐于"水亭"，感叹岁月流逝，流放外地多年，朝廷竟还没召回自己。这门前的潮水，早上去了，傍晚又回来了。诗人将自己的境遇与潮水相对比，突出了诗人心潮的起起落落，思归无望；将水之永恒与个体生命易逝形成比较，更兴起了诗人心中的悲思，令其不由得惆怅叹惋。

【注释】

①岁律：岁时，节令。

②君恩：即皇恩，皇帝，朝廷。

寓言①

秋树却逢暖，未凋②能几时。

何须③尚④松桂，摇动暂青枝。

【解读】

这是首寓言诗，即借助树木来寄托感情。前两句是写秋天还很暖和，很多树木还没有凋零，不知道还能坚持多久。后两句是写何必崇尚松树桂树呢？虽然摇动它们时，可发现它们暂时还是青叶满枝头，但这是因为每种树的天性不同，松树、桂树的天生自然属性就是一年四季常青，而其他的树木，到了秋天，如果遇到温暖的天气，还能晚些落叶，但随着天气降温，叶子也会逐渐凋谢。同比类推，有些人因为天生所处良好的家庭环境，一生都过得养尊处优；而有些人，只有遇到开明的君主以及良好的社会风气的时候，才能施展才华，但如果遇到冰冷黑暗的社会，只能慢慢凋零。联想到诗人出身寒微，诗人想要实现政治抱负，只能寄希望于开明的君主以及清明的官场环境。此诗写宦海浮沉，命运不由自己决定，写出了封建士大夫的悲哀。

另一种解读：很多人就像"秋树"一样，不能掌控自己的命运，自己的兴盛、凋谢都受外部环境的影响，外部环境"暖"，就生活得滋润些，过得比较好些；如果外部环境变化了，就马上衰败、落幕。可是松树、桂树，不管外部环境如何变化，始终保持自己的本性——"青"。在这里，诗人以"松桂"自喻，表现了自己有着强大的内心世界，不管是在顺境还是逆境中，都始终能保持一颗坚定坚贞之心，不萎不凋，毅然挺立，而不会哀戚不振。

【注释】

①寓言：指有所寄托的话。

②未凋：树木叶子没有凋落。

③何须：不必。

④尚：崇尚；夸耀。

唁①人丧侍儿②

夜情河耿耿③，春恨草绵绵④。
唯有嫦娥⑤月，从今照墓田⑥。

【解读】

这是一首吊唁诗。一、二句写夜河"心烦不宁"，春草"恨意愁

绵"。三、四句写从今以后，月亮将照着"侍儿"的坟墓。全诗以"夜""河""草""月""墓"构成一幅凄冷的画面。"夜"，可以日夜循环；"河"，依旧在地球上循环流淌；"春"，一年四季轮回；"草"，春风吹又生；"月"，阴晴圆缺循环；"墓"，逝者一去不复返。诗人在对"侍儿"吊唁的同时，将个人的生命与流水的生命、时间的生命、空间的生命进行了短暂的对话，发出了对生命的哲学意义上的感叹。全诗整体上没有精心雕琢，运用叠词，如叙口语，将吊唁之情寄予大自然的情恨之中，直白浅露，却意义深远。

【注释】

①唁：对遭遇丧事的人的慰问。

②侍儿：侍女，婢女。

③耿耿：心烦意乱而不宁貌。

④绵绵：连续不断貌。

⑤嫦娥：神话传说中的月中女神。借指月亮。

⑥墓田：坟地。

席上夜别张主簿①

红烛剪还明，绿尊②添又满。
不愁前路长，只畏今宵短。

【解读】

诗人和好友"张主簿"即将分别，在夜晚的酒席上为"张主簿"题赠诗一首。第一句写红烛不断地燃烧，暗示时间不断地消逝，夜越来越深。第二句写酒杯不断地填满，暗指两人的友情深厚，恋恋不舍。后两句写不要怕前面的道路艰难险远，相信必有大好前途，只怕今宵相处的时间短，过了今夜，以后的路不能再同行。前两句将"红烛剪"与"绿尊添"形成对比，后两句将"前路长"与"今宵短"作比较，表现出诗人对友人的依依不舍和真情祝福。

【注释】

①主簿：官名。唐代于中央九寺五监、太子东宫及地方县级机构都设主簿，官品自从七品至从九品不等。

②绿尊：即绿樽，酒杯。

方丈泉

循涯①不知浅，见底似非深。

永日②无波浪，澄澄③照我心。

【解读】

    这是一首托物言志的诗。一、二句写其不知深浅又见底，写出了方丈泉的清澈；三、四句写出了方丈泉的平静。全诗运用起兴手法，借用方丈泉来自比，表达了自己也有一颗清白纯净的心灵。

【注释】

①涯：水边。

②永日：长日；整天。

③澄澄：清澈明洁的样子。

晚望

日下夕阴长，前山凝积翠①。

白鸟一行飞，联联②粉③书字④。

【解读】

    这首诗描写了诗人在傍晚时分远望所见到的风景。夕阳西下，阴暗长笼，那前面的山峰，看上去凝聚了一层翠绿。浩瀚的天空中，一行白色的鸟儿正在飞行，它们好像在连续不断地书写一行行白色的文字。整首诗犹如一幅画，诗人在画中注重颜色的搭配——"阴""翠""白"；讲

究动静结合——"下""凝""飞",使整幅画都鲜活起来,情趣盎然。同时,"白鸟一行"反衬了诗人的孤独寂寞。诗人也用"白鸟"来寄托诗人追求自由、建功立业的思想感情。

【注释】

①积翠:深绿色。

②联联:谓接续不断。

③粉:白色的。

④书字:书写文字。

前山

只谓①一苍翠②,不知犹数重。

晚来云映处,更见两三峰。

【解读】

诗中大意是:傍晚,远远看前山,是一座深绿的山,不知道这山中间还有多少重。晚云映照下,又看见了两三座山峰。全诗以远视角来描绘前山的傍晚景色,境界阔远,质性轻虚,情调冷清,色彩灰淡。也许,这与诗人当时在政治上的失意有关,因此诗人想在山景中寻求一种寄托。

【注释】

①谓:说;叫作;称呼。

②苍翠:深绿色。

晚凉

檐前蔽日①多高树,竹下添池有小渠。

山客②野僧③归去后,晚凉移案④独临书。

【解读】

这首诗浅显易懂。白天太阳出来了，屋檐前有很多高大的树木，遮蔽了阳光，这是乘凉的好地方。诗人在竹林下边修建了一个水池，水池旁边挖了一条小水渠，可供游泳钓鱼，充满情趣。更有"山客""野僧"前来，好不热闹，其乐融融。等夕阳西下，"山客""野僧"回家去了，剩下自己一个人了，只能移动案几，独自读书。全诗笔致简练地描述了诗人日常生活：生活环境优美怡人，往来有三两好友，意趣盎然。最后一句中一个"独"字，在前三句的衬托下，给全诗营造的闲适之情蒙上了一层浓重悲凉的色调，渲染了乐趣又孤寂的山水境界，呈现出诗人真实的内心状态。也许，诗人身处"绿野"心在"朝"，隐而不没，秉承家国情怀，心系国计民生，但面对仕途黯淡自己却无可奈何。

【注释】

①蔽日：遮蔽日光。

②山客：山居的人。

③野僧：山野僧人。

④案：长条形的桌子或架起来代替桌子用的长木板。

酬唐仁烈相别后喜阻风未发见寄

离心①一起泪双流，春浪无情也白头。

风若有知须放去，莫教重别又重愁。

【解读】

唐仁烈和诗人分别之后，大风来临，受阻，没有出发。诗人喜重逢，随即题赠一首。全诗写了离别之时，两人一起泪流满面，然后以"春浪"作对比，那滚滚春浪虽然无情，可它们的每次分别，都让它们"满头白发"，更何况人呢？风如果能懂情意的话，就停住，放唐仁烈而去，不要让人再一次别离，再一次愁怨。整首诗采用对比、比喻、拟人等修辞手法，用"春浪""风"等来衬托离情，虽悲喜交加，但依然凄清缠绵、悲凉伤感，足见二人友情之深挚。

【注释】

①离心：离别时的心情。

奉和大梁相公送人二首

一

谢公①日日伤离别，又向西堂②送阿连③。

想到越中④秋已尽，镜河⑤应羡月团圆。

二

北津⑥杨柳迎烟绿，南岸⑦阑干⑧映水红。

君到襄阳渡江处，始应回首忆羊公⑨。

【解读】

李逢吉担任过宰相，后又出任治所在大梁（今河南开封）的宣武军节度使，因而诗人尊称之为"大梁相公"。这是唱和诗，"奉和"表示对题诗之人的尊敬。第一首写谢灵运天天在家为离别伤心，又在西堂送别族弟阿连，想想此时越中地区都已经秋末了，只能在镜河边上羡慕天上的圆月了。这是借用谢灵运、阿连的典故，来写大梁相公李逢吉送别好友，以"谢公"借指李逢吉，以"阿连"借指要送别的人。第二首写春天到了，南北两岸烟雨蒙眬，柳绿花红；此刻，"君"，即第一首诗中送别的人，已经到了襄阳的渡江码头，回头眺望，向大梁相公李逢吉遥报一声已平安抵达。这首诗是送别时候诗人想象的"君"到襄阳的场景，以"羊公"借指大梁相公李逢吉。从艺术风格上来说，两首诗采用了多个典故，并且巧妙地将典故完美地置于叙事、景物描写之中；两首诗之间各自独立，又紧密连贯，秋送春达，有呼有应，想象丰富，虚实结合。其画面由冷到暖，从悲凉伤感的情调，进而转化为瑰丽瑞气的风格，给真诚的情谊抹上了清新开朗的色彩。

【注释】

①谢公：即谢灵运（385年—433年），南朝·宋诗人，原名公义，字灵运，以字行于世，出身陈郡谢氏，生于会稽郡始宁县（今浙江上虞），袭封康乐县公，曾官永嘉太守、临川内史，诗作多写山水名胜，工于刻画，开创了文学史上的山水诗派。

②西堂：即谢灵运任永嘉太守时的读书斋，斋边池塘为春草池。《诗品》引《谢氏家录》云，"康乐（指谢灵运）每对惠连辄得佳语。后在永嘉西堂，思诗竟日不就，寤寐间忽见惠连，即成'池塘生春草'。故常云：'此语有神助，非吾语也。'"谢灵运《登池上楼》中的名句"池塘生春草"，就是在梦中见到谢惠连而写出来的。

③阿连：即谢惠连（406年—433年），南朝·宋文学家，谢灵运族弟。

④越中：泛指今浙江绍兴市及周围地区。

⑤镜河：即镜湖、鉴湖，在浙江绍兴城西南，相传黄帝铸镜于此，因而得名。湖面宽阔，水势浩渺，泛舟其中，近处碧波映照，远处青山重叠，有在镜中游之感。

⑥北津：北方的渡口。

⑦南岸：南边的河岸。

⑧阑干：古代建筑物附加的木制栏栅，也写作栏杆。

⑨羊公：即羊祜（221年—278年12月27日），字叔子，泰山郡南城县（今山东新泰）人，魏晋时期著名战略家、政治家和文学家。镇襄阳十年，政绩显著，死后，吏民为之建庙树碑，名羊碑，又名堕泪碑。这里以羊祜借指送人的"大梁相公"。

秦中①卧病思归

索索②凉风满树头，破窗残月五更秋。

病身归处吴江上，一寸心中万里愁。

【解读】

根据诗人的生平经历，诗人出生在吴地（今江苏苏州一带），也在

这里生活长大，后来外出考学入仕。秦中，今关中一带，诗人曾经在属关中的长安（今西安）、华州（今渭南）任过官职。此诗正是诗人在这里为官时，一次卧病在床，思念故土，有感而作。

秋夜五更，索索凉风吹着树枝，也吹打着残破不堪的窗户，一轮弯弯的冷月照进窗户，也照进诗人的"病身""寸心"之中，令诗人瞬间"万里愁"。前两句是实写，是眼前之景。后两句转换为对内心世界的描写。由景到情，由外到内，由实到虚，突破时空限制，在"思归"中把眼前的实景、"病身"相融合，从而展现更深远的意境，勾勒出一幅凄清满愁的月夜思乡图。

【注释】

①秦中：地区名，又称关中。所指即秦岭以北关中平原。因春秋战国时地属秦国得名。

②索索：拟声词，碎杂声。

送王绩

翠羽①长将玉树②期，偶然飞下肯多时。
翩翩③一路岚④阴晚，却入青葱⑤宿旧枝。

【解读】

这是一首送别友人王绩的诗。诗中一、二句写翠鸟长久地期盼在"玉树"上筑巢，作为归宿，可要遇到"玉树"，肯定要飞翔多时。三、四句写翠鸟在这一路上不断地飞翔，时间已晚，山雾蒙胧，还没遇着"玉树"，不得已停靠在"青葱"的"旧枝"上夜宿。这首送别诗，不同于一般的写景抒情，别有意味。鸟随季节变换不断迁徙，为了生存，不辞劳苦飞南逐北，年复一年地面对种种险阻和不测而义无反顾，它的形象执着坚毅，高洁潇洒，这和尘世间人们无奈的出行别离何其相似。正因为如此，诗人以鸟作为意象比拟王绩，出门在外，追求前途，道路可能比较曲折，可能会遭遇很多艰苦，但慢慢来，可先生存，再图发展，字里行间显现了诗人对王绩的牵挂、安慰和期许。

【注释】

①翠羽：翠色的羽毛，这里指翠鸟。

②玉树：玉雕的树，形容树美好。

③翩翩：轻捷飞翔貌。

④岚：山林中的雾气。

⑤青葱：浓绿的树木。

赠美人琴弦

应从玉指①到金徽②，万态千情料可知。

今夜灯前湘水怨③，殷勤④封在七条丝⑤。

【解读】

听了美人弹拨琴弦之后，诗人有感而发，题赠诗歌一首。一、二句写诗人看到美人携带琴入场，就意料到即将有"万态千情"现于眼前，一语双关，既指美人，也指琴声。三、四句写自己今夜将好好欣赏美妙的琴声，把心中所有的怨恨情绪清空。"湘水怨"，既是用典，表示极度悲伤，还可作为景物描写。"殷勤"，既显示了美人弹琴的状态，也呈现了听者的心态。全诗运用了典故、拟人、代称等艺术手法，从侧面的场景描写、心理活动描写来衬托美人弹琴的高超艺术水平，进而表达出诗人知音难觅的孤寂落寞之情感。

【注释】

①玉指：美人的手指。

②金徽：代指琴。徽，琴徽，琴上系弦的绳。

③湘水怨：表示极度悲伤。典出晋·张华《博物志》："尧之二女，舜之二妃，曰湘夫人。舜崩，二妃啼，以涕挥竹，竹尽斑。"

④殷勤：恳切，诚恳。

⑤七条丝：指七弦琴。

病中知皇子陂①荷花盛发寄王缋

十里莲塘路不赊②，病来帘外是天涯。
烦君四句遥相寄，应得诗中便看花。

【解读】

这首诗是诗人病中所作。当诗人躺在病床上得知皇子陂的荷花盛开，便给王缋题寄诗一首。一、二句写皇子陂的莲花盛开了，十里荷花，娇艳飘香，沁人心脾，虽然诗人相距不远，但病痛在身，不能下床，连这门帘外面的世界都恍如天涯。三、四句写寄语，烦请王缋游赏荷花之后，写"四句"诗寄过来，这样就可以在诗中欣赏荷花了。全诗结构紧凑，没有正面写莲花，却从侧面写出了莲开的盛景，呈现了莲的情韵，进而将其人格化，表达了诗人爱莲至深，咏莲明志。

【注释】
①皇子陂：唐长安城南樊川上的水池。相传秦朝曾葬皇子于池北，故名皇子陂。周回七里，水上可以泛舟。
②赊：长，远。

戏唐仁烈

自知年几①偏应少，先把屠苏②不让春。
倘更数年逢此日，还应惆怅③羡他人。

【解读】

这首诗写于元日，即大年初一，诗人和唐仁烈一起过大年。诗中展现了我国古代的春节习俗——饮屠苏酒。这种酒，是在除夕之夜，家家户户用屠苏草浸泡于酒中，吊在井里，元日取出来，供全家老小欢聚喝饮。饮屠苏酒，可防瘟疫，其次序是先从年少的小儿开始，年纪较长的在后，逐人饮少许。关于这样做的意义，东汉·董勋是这样解释的："俗以小者得岁，故贺之；老者失岁，故罚之。"所以在诗中，诗人"戏劝"唐仁烈：现在还很年轻，大过年的喜庆贺岁，多喝些屠苏酒，珍惜光阴，不让春光从手中滑走；等以后年纪大了，过春节的时候，想喝酒，得罚酒，惆怅满怀，羡慕他人。这首诗侧重"戏"字，其实就是劝唐仁烈趁年少多喝些屠苏酒。"戏"的背后，是一份希望，也是一份惆怅。岁序更替、除旧迎新，在一派快乐祥和的春节氛围里，诗人深感时间宝贵以及人生苦短。

【注释】

①年几：年龄，岁数。

②屠苏：药酒名。古代风俗于农历正月初一饮屠苏酒。

③惆怅：感伤，失意。

八月十五日夜

去年今夜在商州①，还为清光②上驿楼③。

宛是依依旧颜色，自怜人换几般愁。

【解读】

这首诗写于八月十五中秋节。去年的中秋节夜晚，诗人在商州度过，登上驿站楼房，欣赏明月。今年的中秋节，还是那轮明月，只是诗人到了新的地方。八月十五日，本是全家团圆的中秋节，可诗人疲于奔命，游宦诸地。全诗以去年的八月十五日夜和今年的形成对比，感叹岁月流逝，凸显诗人内心无比的孤寂和愁怨。

【注释】

①商州：地名，位于今陕西省西安市东南150公里，在秦岭东段南侧，丹江上游。北周时，以州东有商山，将洛州改为商州。隋大业三年（607

年）改为上洛郡。唐武德元年（618年），复为商州。天宝元年（742年），改为上洛郡。乾元元年（756年），复称商州，属山南西道，后隶京畿。

②清光：指明月。

③驿楼：驿站的楼房，多供官员歇宿。

漫①作

月色莫来孤寝处，春风②又向别人家。

梁园③桃李虽无数，断定④今年不看花。

【解读】

全诗大概意思：夜晚，诗人独处一室，见着明月，想念家人，便感孤单，真心希望月亮不要照射着，可那和煦的春风，又全部吹到别人那里了；那梁园里有无数棵桃树、李树，因为没有春风化雨，惠泽滋养，所以可以断定今年梁园里看不到百花盛开。

这是诗人随意而作的一首诗，随意但不随便，"月色""寝处""春风""梁园""桃李"，以及"花"等自然意象，构成了一幅悲寂、凄凉、衰败却又不合常理的画面。不合常理，皆因情所致。诗人长年流放偏僻之地，皇恩不至，纵使有抱负，有才华，也得不到用武之地。这里将"春风"比喻皇恩，"梁园桃李"比喻自己的品德才华。全诗通过用典、比喻、拟人等艺术手法，看似写景，实质上通过景物描写，来表达自己怀才不遇，期待"春风"。

【注释】

①漫：没有限制，没有约束，随意。

②春风：春天温和的风。这里比喻帝王的恩惠。

③梁园：又称兔园、竹园，为汉梁孝王所修的宫苑，在今河南开封市东南。这里指自己所居之地，暗赞自己之贤。典自《史记》卷五十八《梁孝王世家》："于是孝王筑东苑，方三百余里，广睢阳城七十里。大治宫室，为复道，自宫连属于平台三十余里……招延四方豪杰，自山以东游

说之士，莫不毕至。"

④断定：断决裁定。

杨柳枝词

已作绿丝①笼晓日②，又成飞絮扑晴波③。
隋家不合栽杨柳，长遣行人春恨多。

【解读】

《杨柳枝词》，亦称《杨柳枝》，乐府"近代曲辞"，旧名《折杨柳》或《折柳枝》，形式似七绝，而唐人多用以歌唱。后蜀·何光远《鉴诫录》："《柳枝》者，亡隋之曲。炀帝将幸江都，开汴河种柳，至今号曰隋堤，有是曲也。""炀帝"指隋炀帝杨广，是历史上有名的荒淫之君。汴河又称汴水，唐人习惯以此指隋炀帝所开的通济渠的东段，即运河从板渚（今河南荥阳北）到盱眙入淮的一段。当年隋炀帝为了游览江都，前后动员了百余万民工凿通济渠，沿岸堤上广植杨柳，世称隋堤。还在汴水之滨建造了豪华的行宫。这条汴河，是隋炀帝穷奢极欲、耗费民脂民膏、最终自取灭亡的历史见证。

这首诗一、二句，以白描手法为我们展现了一幅美丽的春景。试想，诗人途经运河，举目四望，两岸皆是绿莹莹的杨柳，其枝繁叶茂，笼罩着初升的红红的太阳。那柳条在和风中翩翩起舞，婀娜多姿。柳絮飘飞，尔后又扑洒在泛着阳光的江波上。此景连绵数百里，美哉壮哉！这真是一幅气势磅礴、烟水流霞的水彩画。三、四句，风格急转，原来这些美丽的杨柳，都是隋朝不合时宜、不切实际、劳民伤财栽种的，常常使过往的行人睹物思情，凄惨哀怨，痛恨不堪。全诗采用了比喻、拟人、用典等艺术手法，以乐景写哀，吊古伤今，在隋堤柳的美景中，渗透了诗人内心的焦虑与惆怅。

【注释】

①绿丝：指细而长的树枝。这里指柳条。

②晓日：朝阳。
③晴波：阳光下的水波。

寄杭州崔使君

朝下归来只闭关①，羡君高步②出人寰③。
三年不见尘中事④，满眼江涛送雪山。

【解读】

　　诗中的崔使君，据推测可能是崔郜，今山东武城一带人，出生年不详，大和（827年—835年）时担任杭州刺史，大和九年（835年）去世。这是诗人寄赠给崔使君的一首诗。全诗大概意思：崔使君从朝廷下来，到地方为官，闭关坐禅，隐居修行，多年不涉尘事，剔除世间污浊，如醉身于仙境，满眼都是江水滔滔、雪山皑皑。全诗景中有情，虚实结合，寄托了对崔使君的羡慕之情，衬托了诗人对自己现实处境的无奈。

【注释】

①闭关：佛教用语，"关"的本义为门闩，"闭关"谓闭门不出。指佛教徒在一定期限内闭居一室，一心诵经坐禅。
②高步：犹高蹈。指隐居。
③人寰：人间，人世。
④尘中事：指世俗中的事情。

临水

一见心原①断百忧，益知身世②两悠悠③。
江亭独倚阑干④处，人亦无言水自流。

【解读】

　　诗中一、二句写诗人独自一人，直抵心源，参禅悟道，想了断诸多忧愁；当回忆自己的经历和境遇时，诗人内心更充满无尽的忧思。三、四句写诗人，独自倚靠在江边亭子的栏杆上，默默无语，看着滔滔不绝的江水流向远方。诗人宛若置身于一种空明的境界之中，心悠悠，水悠悠，心随水流。江水意象，内涵丰富，富有性灵情感，隐喻理想的人格、隐逸的情怀，象征着时光流逝、人生有限，表达了诗人对往事的追忆，对人生的感怀，对理想的追求，对故乡、友人、爱人的思念。

【注释】

①心原：即心源，佛教名词，以心为万法根源，故曰"心源"。

②身世：人的经历和境遇。

③悠悠：思念貌；忧思貌。

④阑干：栏杆。

鹦鹉

劝尔莫移禽鸟性，翠毛红觜①任天真。
如今漫②学人言巧，解语③终须累尔身。

【解读】

鹦鹉作为能简单说人言的宠物，与人类相伴已有很长的历史。在我国历代典籍中就记载有聪明能言的鹦鹉的身影，如《礼记·曲礼上》，"鹦鹉能言，不离飞鸟"。《山海经》中《西山经》也有对鹦鹉的描述："有鸟焉，其状如鹗，青羽赤喙，人舌能言，名曰鹦鹉。"还有唐诗，现存咏鹦鹉的诗作竟达一百多首，可见鹦鹉在文人骚客心中具有特殊的地位，其作为意象富有深厚的文化底蕴。

这首诗中一、二句，劝告鹦鹉保持鸟的本性，翠绿的羽毛，红红的嘴巴，天真可爱。三、四句写如今鹦鹉随意学人能言巧语，终有一天，会把身体累坏了。全诗短小精致，平淡含蓄，借物咏志，即借用鹦鹉能言善鸣的特点，来揭露它不守禽鸟本性，一味讨好别人，同时嘲讽那些摇唇鼓舌、巧言谄媚之人，以此来表达人纵使才华横溢，也应该遵守本分，别受外在环境的影响而丧失自己的本心。

【注释】

①觜：同"嘴"，嘴巴。

②漫：随便；随意。

③解语：会说话。解，会，能够。

遣意

梧桐坠露悲先朽，松桂凌霜①倚②后枯。

不是世间长在物，暂分贞脆③竟何殊。

【解读】

　　这首诗围绕"遣意"而作。一、二句写秋天来了，满地露水，梧桐叶子摇摇坠落，树干悲凄，逐渐衰朽；冬天来了，满是冰霜，松桂昂首挺立，虽渐渐倾斜，仍顽强斗争，最后慢慢枯萎。三、四句写：不是世界上任何事物都永久长在，除了它们的本性坚贞与脆弱之分，还有什么不同呢？全诗情、景、理相融合，以先朽后枯、殊途同归的"梧桐""松桂"作为意象，从中感悟个体生命的短暂以及宇宙的永恒。在最后的质问之中，诗人力求超脱生命的悲感，以积极的人生态度去追求生命的价值，挖掘生命最大的潜能，让有限的人生不管遇到什么样的环境都发出最绚烂的光彩。

【注释】

①凌霜：抵抗霜寒。

②倚：倾斜。

③贞脆：坚贞与脆弱。

戏酬惟赏上人①

师是浮云②无著身，我居尘网③敢相亲④。
应从海上秋风便，偶自飞来不为人。

【解读】

这是一首酬赠"上人"的诗歌。一、二句写法师像浮云一样，没有任何俗物附着在身上；"我"虽居尘世，却亲近佛法。三、四句写法师居海上仙山，应借助秋风的便利，偶尔飞来，不为别的，只为为"我"点拨佛法。其中"海上"一语双关，既指"上人"修炼之地，又可喻指人生苦海。全诗言简意赅，虚实结合，紧扣"上人"的身份特征，凸显"上人"悟道之高深，心性之超然脱俗，同时表明"我"对佛法的向往以及与"上人"之间的真挚情感。

【注释】

①上人：佛家称内有德智，外有胜行，在人之上的僧人为"上人"。至唐代，多尊称僧侣为上人。
②浮云：飘浮在空中的云。
③尘网：指尘世。古人认为人在世间受到种种束缚，如鱼在网，故称。
④相亲：接近、符合（禅法）。语出《祖堂集》卷四《药山》，"师曰：'海（指怀海）师兄一日十二时中，为师僧说什摩法？'对曰：'或曰三句外省去，或曰六句外会取，或曰未得玄鉴者，且依了义教，犹有相亲分。'"

寓言

流水颓阳①不暂停，东流西落两无情。
不是世间人自老，古来华发②此中生。

【解读】

　　这是首寓言诗，诗中寄托了诗人难以明说的思想感情。一、二句写流水东流，夕阳西落，冷漠无情，永不暂停。三、四句写自古以来，这世上的人们在流水夕阳的永不暂停中生白发，变衰老。诗人对身处的世界投以深深热情与思考，对流水东流、颓阳西落、人老生华发无所顾及地大胆探索，发出了对宇宙生命意识的追问。人贵为万物灵长，在浩瀚的宇宙中却如尘沙一粒。流水东流不复返，夕阳西落永无情，人的生命如白驹过隙，短暂而脆弱。此诗将大自然的永恒与个体生命的转瞬即逝形成鲜明对比，唱出了进入文明社会以来人类普遍的沉重心声。在这沉重心声的后面，诗人多添了一份哀伤，也多添了一份对生命的敬重以及在人生道路上积极进取的精神。

【注释】

①颓阳：夕阳。
②华发：白发。

留客

　　青梅欲熟笋初长，嫩绿新阴绕砌①凉。
　　湖馆翛然②无俗客③，白衣④居士⑤且匡床⑥。

【解读】

　　全诗紧扣诗题中的"留"字，从多个角度劝客留下来。一、二句写青梅快成熟，竹笋破土刚长出，嫩绿已成阴，凉爽台阶好散步。从宏观视角出发，着力表现春山的整个面貌，万象更新，渲染出满目生机、引人入胜的意境。三、四句以"湖馆"紧承前两句，由山到湖、馆，山水相依，馆水相映，馆山相托，呈现出一派醉人的美景。如果这些春光美景还不能吸引客人留下来，那就再加上"无俗客"与"白衣居士"。在这"湖馆"里住着的都是一群追求自然、超脱世俗的文人雅士。他们白天一起游山玩水，晚上同宿"匡床"，谈笑风生，畅享人生。全诗一环扣一环，从自然环境到人文环境，就是希望客人能留下来，展现了诗人珍爱友情、待客真诚，且真心期待与一群志同道合的友人朝夕相处、共赏美景。

【注释】

①砌：台阶。

②翛然：自然超脱的样子。

③俗客：指粗俗之辈。

④白衣：白色的衣服，平民的服饰，因指平民。也指无功名或无官职的士人。

⑤居士：未作官的士人。

⑥匡床：方正而安适的床。

别蕲春①王判官②

四十年来真久故③，三千里外暂相逢。
今日一杯成远别，烟波渺渺④恨重重⑤。

【解读】

这是一首离别诗。诗人和在蕲春担任判官的王姓好友，相隔四十年、相距三千里相逢。四十年、三千里，分别从时间、空间的跨度上突出这次重逢的不易，显示出彼此感情至深。可就是这样一场人生难得的相逢，却要在今天一杯酒后再次远别，二人又得各奔东西，舟车劳顿，相隔江烟渺渺。以后再次相逢，机会渺茫，无奈牵挂浓浓，思怨重重。全诗多用数词、叠词，以最直接、最坦诚的方式抒发与王判官之间的深情厚谊。特别是最后一句，诗人巧妙地将景与情融合在一起：这说不尽道不完的深情厚谊就像烟波一样绵绵不绝。

【注释】

①蕲春：即今湖北蕲春一带，位于湖北省东南部，长江中游以北。

②判官：官名。唐代为四等官（长官、通判官、判官、主典）之一，是官署内负责判理文案官员的通称。中期以后节度观察及其他中央特派使职均有判官佐理事务，以备差遣，并皆可由其自选中级官员奏请充任。

③久故：老朋友；故旧。

④眇眇：遥远模糊貌。

⑤重重：层层，多。

裴澈诗

裴澈（？—887年），字深源，孟州济源（今河南济源）人，唐朝大臣裴俅之子，裴休的侄儿。懿宗咸通时登进士第。尝任祠部郎中，迁户部侍郎、充翰林学士。僖宗广明元年（880年）十二月，擢工部侍郎、同平章事。中和元年（881年）十一月，以门下侍郎、同平章事为鄂岳观察使。中和三年（883年），以兵部尚书判度支裴澈为中书侍郎、同平章事。光启时，僖宗出奔凤翔，澈陷于长安。嗣襄王李煴称帝，裴澈受伪署为宰相。光启二年（886年）五月，加判度支；十二月，裴澈、郑昌图率领百官二百余人奉襄王李煴奔河中（今山西永济一带）。河中节度使王重荣诈为迎奉，李煴被杀，裴澈、郑昌图等被囚。光启三年（887年）三月，裴澈与伪相郑昌图、萧遘等被杀于岐山。有兄裴渥、裴滈。诗一首。

吊孟昌图

一章何罪死何名，投水惟君与屈平①。
从此蜀江②烟月夜，杜鹃③应作两般声。

【解读】

作者写此诗是为了追悼孟昌图。据《新唐书》记载，孟昌图，实际名字为孟昭图。僖宗广明二年（881年），宦官田令孜专权，陷害黄头军将领郭琪，孟昭图请对。不召。孟因上疏指斥田令孜的罪过，田令孜匿而不奏，矫诏贬昭图嘉州司户参军，遣人将其沉于蟆颐津（在今四川省眉山县东蟆颐山下）。整首诗歌，表达了诗人对孟昭图的同情和对当权者的控诉。

【注解】

①屈平：即屈原，战国时期楚国诗人、政治家，因遭贵族排挤诽谤，被先后流放至汉北和沅湘流域。楚国郢都被秦军攻破后，屈原自沉于汨罗江，以身殉国。

②蜀江：河流的名称，蜀郡境内的江河。

③杜鹃：古代典籍中，杜鹃有着极富文化内涵的传说，被认为是古代蜀国望帝杜宇的化身，杜宇因失位而亡国，其魂化成杜鹃鸟，日夜悲鸣，鸣至啼血，血染草木，遂成杜鹃花。

裴翻诗

裴翻，字云章，生卒年不详，籍贯不详，会昌三年（843年）登进士第，主考官为吏部尚书王起，这年试诗为《风不鸣条诗》。诗一首。

和主司①王起（一作和主司酬周侍郎）

常将公道②选群生，犹被春闱③屈重名④。
文柄⑤久持殊岁纪⑥，恩门⑦三启动寰瀛⑧。
云霄⑨幸⑩接鸳鸾⑪盛，变化欣同草木荣。
乍得阳和⑫如细柳，参差长近亚夫营⑬。

【解读】

这是一首唱和诗。古人用诗歌相互酬唱、赠答，称为唱和。"赠"是先作诗送给别人，"答"是就来诗旨意进行回答。前者称"唱"，后者称"和"。若只有赠诗而无答诗，那前者就不能称"唱"。赠诗在诗题上一般标出"赠""送""呈""寄"等字样，而不标"唱"。答诗则标"答""酬""和"等字；为了表示敬重，则称为"奉答""奉酬""奉和"。

这是一首关联到唐代科举考试中主考官、同年的唱和诗。唐代科举考试后，及第者会以主考官（亦称为老师）为中心，与同年以及其他相关联的人一起唱和。这样的活动，所重视的不是诗歌的体制，而是人与人之间的关系，以及通过此关系可能获得的晋升机会。

这首诗参与的唱和，可谓是唐代科举唱和诗史上最为壮观的一次，那就是以主考官王起为核心的一次唱和。会昌三年（843年），是王起继长庆二年（822年）、三年（823年）在礼部侍郎任上知贡举后时隔

二十年再主文柄。长庆二年（822年）的进士、时任华州刺史的周墀以诗寄贺，王起谢答，引发了这一榜的裴翻、卢肇、丁稜、黄颇、姚鹄等二十二位进士一同作诗相和。

　　这次唱和，原唱是周墀，新科进士都是受其影响而创作，对主考官大大夸赞了一番。这就是《唐摭言》记载的"王起门生一榜二十二人和周墀诗"。所以，这首诗有两个标题，其中"和主司酬周侍郎"更为准确。周侍郎，即周墀，担任过兵部侍郎，中书侍郎。

　　这首诗，受"和"限制，内容方面就是赞誉主考官：选拔公道，重视名节，多次主考，德高望重，为国纳贤，重在培养，严格要求等。在艺术形式方面，此诗相对比较拘束，采用了比喻、典故等修辞手法，丰富了诗歌底蕴。

【注释】

①主司：科场称谓。唐以后对科举考试中主考官之称呼。《新唐书·选举志》："诸生拜，主司答拜；乃叙齿，谢恩，遂升阶。"

②公道：公平；合理。

③春闱：又称"春试"。科举考试中的一种，因在春季举行，故名。唐代科举礼部试（亦称省试）取士定在春夏之间举行，故称春闱，为省试之别称。

④重名：盛名，很高的名望或很大的名气。

⑤文柄：科举考试用语。指考选士子之权柄。

⑥岁纪：一年之中运气变化之纲纪。

⑦恩门：及第举人尊称举荐之官为"恩门"，这里指王起。

⑧寰瀛：寰海，指国土境内，天下。

⑨云霄：高空；天际。这里比作朝廷。

⑩幸：古指得到封建帝王的宠爱。

⑪鸳鸾：喻贤能的人。

⑫阳和：春天的和暖之气。

⑬亚夫营：亦称"细柳营"，誉称军纪严明的军营或军队。典出《史记·绛侯周勃世家》载：汉文帝之后六年，以周亚夫为将军，屯军细柳。帝亲自劳军，至营，因无军令不得入。帝乃使持节召将军，亚夫始传令

开壁门。既入，壁门士吏曰："将军约，军中不得驱驰。"帝乃按辔徐行。亚夫以军礼见，成礼而去。"既出军门，群臣皆惊。文帝曰：'嗟乎，此真将军矣！曩者霸上、棘门军，若儿戏耳。'"细柳，在今陕西省咸阳市西南。

裴思谦诗

　　裴思谦，字自牧，生卒年不详，绛州闻喜（今山西闻喜）人，出身河东裴氏东眷裴。祖父裴昱，曾做高陵令。伯父裴垍，唐宪宗时为相。父裴坰，大理寺少卿。唐文宗开成三年（838 年），以宦官仇士良关节状元及第。后为河中节度使郑光幕节度判官。唐僖宗乾符三年（876 年），以凉王傅分司为卫尉卿。曾官至左散骑常侍兼大理卿。子：绍光、绍昌（官至殿中侍御史）。诗一首。

及第后宿平康里

银缸①斜背解鸣珰②，小语③偷声④贺玉郎⑤。
从此不知兰麝⑥贵，夜来新染桂枝香。

【解读】

　　唐代妓女，以长安、洛阳和扬州居多，分为公妓和私妓两种。公妓为官府所设：宫妓，供皇帝欢娱；官妓，供官吏娱乐；营妓，供军中娱乐。私妓，亦称为家妓，由官宦人家养于家中供自身享乐。

　　唐代官妓由官方掌握，最初隶属于太常寺，后来由教坊使管辖。这些名属教坊的娼伎主要的接待对象是包括皇帝在内的上层统治集团、新及第进士以及一些有着家势财力的膏粱子弟等。由于唐代倡伎纳入教坊管理，朝士宴聚需要乐伎陪酒的都要有教坊行牒，而新及第进士则更受优待，随时可以召妓奉陪。

　　平康里，即平康坊、北里（因地近北门，故称），其地理位置在长安朱雀街东，第三街之第八坊。唐代孙棨《北里志》说："平康入北门，东回三曲，即诸妓所居。"平康里是当时所有新进名士向往的地方。唐代进士与平康诸妓的交游，并非纯粹被其姿色吸引，更多是为她们的知书达理、多才多艺、非凡的谈吐气质所倾倒。

裴思谦于唐文宗开成三年（838年）参加科举考试，获得戊午科状元及第，试题为《太学创置石经诗》等，考官为礼部侍郎高锴。由于两《唐书》均无裴思谦传记，现流传下来的裴思谦录取状元之事，来源于唐末五代南昌人王定保所编撰的古代文言轶事小说集《唐摭言》，其大意是裴思谦因与朝廷权臣观军容使仇士良勾结，以仇士良荐举信威逼高锴，主考官高锴无可奈何之下，只得取裴思谦为状元。

但唐代的状元还不像后世那样受人艳羡，也不为史书所特别记录，两《唐书》里有传的状元，如王维（721年状元）、柳公权（808年状元）、李固言（812年状元），只称"中进士第"，并不强调其状元头衔。而且，唐代考中状元也和其他进士一样，只有再通过吏部试才能入仕做官。

唐代状元没有高出一般进士之上的特殊荣耀，这和当时的考试与录取方式等很有关系。状元既不是像宋代那样由皇帝经殿试"钦点"，也不是全凭考场上的答卷定名次，而是通常由考官决定。而考官受人请托和接受推荐，取谁为状元都属正常现象。裴思谦被高锴侍郎取为状元，是受人请托，这在唐代完全属于正常现象。不必说裴思谦勾结宦官仇士良，因为如果按照这样说的话，那唐代状元都与主考官、当朝权臣有着某种亲密关系。

裴思谦中状元后，写了红笺名纸十数份散发，然后夜宿平康里，兴奋之余，用妓女的语气作诗一首，这就是本首诗。诗的第一句可谓"艳景"，从"玉郎"的视角，点明及第后与佳人欢娱的场景。第二句可谓"柔情"，佳人柔声细语地祝贺，"玉郎"暗自得意。这两句不加抒情，却用几个典型环境里的动作，给人以极强的画面感，令人回味无穷。与佳人一番温存之后，诗人畅想未来，前途似锦，"从此不知兰麝贵"，指科举高中状元以后将过着富贵豪门的生活。最后一句，是全诗最妙的一句。古代一直有折桂即为高中的说法，诗人用"新染桂枝"来形容此情此景，一语双关，既可指眼前之景，也可指自己及第之事，可谓别出心裁。最后一个"香"字，含义丰富，既指桂枝香，又指佳人香，此情此景，香飘万里，无限喜悦。所以，三、四句可谓"浓香"。

这首《及第后宿平康里》，可谓是唐代及第诗的代表作，可以帮助人们清楚地窥视到当时科举制度下知识分子生活的一个缩影。

士人由于性格气质、文化背景、人生际遇、家庭境况等差异，在及第时表现出种种不同的心态：有的欣喜若狂、激情澎湃、春风得意，如"春风得意马蹄疾，一日看尽长安花"（孟郊《登科后》）；有的衣锦还乡、走亲访友、拜谢师恩，如"向道是龙刚不信，果然夺得锦标归"（卢肇《及第后江宁观竞渡寄袁州刺史成应元》）、"今朝折得东归去，共与乡间年少看"（卢肇《成名后作》）；有的安之若素、泰然处之、淡泊名利，如"偶献子虚登上第，却吟招隐忆中林""纵有浮名不系心"（白居易《及第后忆旧山》），内容主旨别具一格，表达了诗人想与春萝、秋桂为伍，不看重荣华富贵、功名利禄的念想，暗指诗人萌生出归隐之意；有的乐乎山水、心旷神怡、忘乎所以，如"赐欢仍许醉，此会兴如何""花低羞艳妓，莺散让清歌"（白居易《上巳日恩赐曲江宴会即事》），登科及第后的种种心情中，前两种心情者居多。

究其原因是学子科举及第已否，将过上两种人生。科举及第真正成为读书人，特别是寒门学子争相追逐、孜孜以求的目标。因为科举及第后便取得了做官的资质，便有机会步入仕途，光宗耀祖。然而能通过科举的学子只是凤毛麟角，这些人绝对是人中凤凰，所以那些脱颖而出者定然心潮澎湃，欣喜若狂；而名落孙山者则心有不甘，郁闷至极。

这两种人生，唐代诗人孟郊，深有体会。孟郊的科举生涯几经周折，令人无尽感慨。初次落榜，他奋笔疾书《落第》一诗。第二次科举失败，孟郊再次受到科场失意的打击，作诗《再下第》。而中举之后的诗歌《登科后》呈现的则是截然不同的一种境况。

另外，唐代科举揭榜后，朝廷往往组织及第士人参与畅游曲江、杏园，出席同年宴，题大雁塔等一系列活动，这是当时政府对登科者的特殊赏赐，只有及第的士子才有资格参与这些活动。对于他们来说，这是朝廷给予他们的莫大恩宠，也是他们争取朝野垂青的绝佳时机。

这首《及第后宿平康里》表现的主题内容，就是科举及第之后士子们为了表示庆祝夜宿平康里。这种社会现象，是当时社会的一个方面的缩影：登科之后，夜宿平康里，寻欢作乐，以示庆贺。同题诗的有唐僖宗乾符三年（876年）登第的郑合所作的《及第后宿平康里诗》。

【注释】

①银缸：银白色的灯盏、烛台。缸，通"釭"。

②鸣珰：珠玉耳饰。

③小语：低声细语。

④偷声：形容暗地小声说话。

⑤玉郎：女子对丈夫或情人的爱称。意谓拥有如玉一般美德的夫君或情郎。

⑥兰麝：兰与麝香，指名贵的香料。

裴虔馀诗

裴虔馀，郡望河东，生活于中晚唐时期，父裴夷直，母李弘，虔馀为他们长子，有弟四人、妹一人。约敬宗宝历元年（825年）出生，约在宣宗大中（847年—860年）初进士及第。后入浙江西道观察使幕为都团练判官。大中五年（851年）左右，转入山南东道节度使幕为推官。后再入浙江西道观察使幕，转入河阳节度使幕任观察判官。大中十三年（859年），父夷直卒，护丧归洛阳，归葬偃师先茔。后丁忧辞官。懿宗咸通三年（862年），丧满，即除监察御史，累迁至户部员外郎。后入凤翔节度使幕。不久回京拜尚书右司员外郎。咸通八年（867年）十二月，母李弘卒，再次辞官服丧。大概咸通十二年（871年），入李蔚淮南节度使幕。僖宗乾符元年（874）十月，李蔚入拜吏部尚书，裴虔馀或随之入京，历兵部郎中。乾符二年（875年）五月，迁太常少卿。六月，李蔚拜相，虔馀迁兵部侍郎。后出为华州刺史。广明元年（880年）十一月，徙任宣歙观察使、检校工部尚书、兼御史大夫。大概中和二年（882年），唐僖宗征其入朝，拟大用，虔馀以事亲为由，表请辞官归养，许之。七月，淮南节度使高骈私荐贼帅孙端代其任。唐僖宗不许，令虔馀发兵拒之。其后，池州刺史窦潏（一作聿）受命代任，虔馀即归家就养。此后事迹不详，卒年亦不可考，终赠礼部尚书。长子裴筠（855年—910年），官至梁朝散大夫权知给事中柱国。诗二首。

柳枝词咏篙水溅妓衣

半额①微黄金缕衣②，玉搔头③袅凤双飞。
从教④水溅罗裙⑤湿，还道朝来⑥行雨⑦归。

【解读】

柳枝词，即杨柳枝词，又名梦江南、艳声歌等，是中唐以后流行的歌曲之一，歌词则由诗人创作翻新。词如七绝，仄起、平起皆有，亦有拗体。借咏柳，咏他物，亦抒写别情等。

这首诗是借咏柳词，来咏"篙水溅妓衣"。妓在唐代是集美色、才华于一身的女艺人。诗的一、二句对其时髦妆容进行了细致的描写，从眉毛、脸蛋、身上的罗缕衣到头发上的玉簪以及站立姿势，如"袅凤双飞"。三、四句写用篙划船，水溅湿了衣服，还以为是早上淋雨所致。但"行雨"一词，有丰富的典故含义，给这首诗增添了不少想象。"行雨"又比喻男女欢爱之情，即看到了"妓"湿透的衣服，联想到了男女的云雨之爱。

在诗人所处的晚唐，政治上虽有些动荡，但风气开放，经济发达，在满足物质生活的基础上，人们更加追求精神生活以及个性的自由放达，故而很多文人喜欢用艳诗来表现他们的风流情调。这些艳诗无外乎他们写给妓女的赠诗，给歌伎演唱的新词以及与妓女相恋的情诗。唐代倡伎才思敏捷，与文人诗来诗往，以诗为媒，以艺为界，交游唱和。这同时为我们展示了当时社会的一个真实的侧面：当时社会的妇女观和觉醒的生命意识。

【注释】

①半额：指妇女画眉甚宽。古代女子的一种时尚妆束。借典咏女子时髦打扮。典出《后汉书》卷二十四《马援传》附《马廖传》："城中好高髻，四方高一尺；城中好广眉，四方且半额；城中好大袖，四方全匹帛。'斯言如戏，有切事实。"

②金缕衣：用金线编织的衣服。

③玉搔头：亦称"搔头""摘头"，即玉簪。

④从教：任随，任凭。

⑤罗裙：唐代流行的罗裙又称"花笼裙"。它是一种用轻软细薄的丝织品"单丝罗"制成的短筒裙，裙上用金银线及其他彩线绣成花鸟形状，罩在别的裙子之外，亦即所谓"衬裙"。

⑥朝来：早晨。

⑦行雨：降雨；用以美称女子；借典比喻男女欢爱之情。典自《文选》十九战国·楚·宋玉《高唐赋》谓楚王在高唐梦见巫山神女，"曰：'妾巫山之女也，为高唐之客。闻君遊高唐，愿荐枕席。'王因幸之。去而辞曰：'妾在巫山之阳，高丘之阻，旦为朝云，暮为行雨，朝朝暮暮，阳台之下。'"

游江

满额鹅黄①金缕衣，翠翘②浮动玉钗③垂。
从教水溅罗衣④湿，知道巫山行雨⑤归。

【解读】

《唐摭言·敏捷》记载："裴虔馀，咸通末佐北门李公淮南幕，尝游江，舟子刺船，误为竹篙溅水湿近座之衣，公为之色变。虔馀遽请彩笺纪一绝曰：'满额鹅黄金缕衣，翠翘浮动丢钗垂。从教水溅罗衣湿，知道巫山行雨归。'公览之极欢，命讴者传之。"

咸通十一年（870年）十二月，李蔚迁检校吏部尚书、扬州大都督府长史，兼淮南节度副大使、知节度事。约于咸通十二年（871年）诗人裴虔馀入幕。李蔚治理有方，深受百姓爱戴。当他任期满时，百姓去宫门请求让他留任，于是唐懿宗同意让他多留任一年。任上，他还建造了水池和亭子，命名亭子为"赏心亭"。咸通十四年（873年），诗人裴虔馀等人陪侍李蔚游江玩耍，船夫误以竹篙水溅李蔚衣。见此情景，诗人当即赋诗一首《游江》，得到李蔚称赏，传唱一时。

【注解】

①满额鹅黄：鹅黄，淡黄色。在额间涂上淡黄色。这是我国古代妇女的一种风尚。

②翠翘：女子头饰，形如翠鸟尾羽。

③钗：妇女用来插定发髻的一种双股长针，因为其形似叉，故名为"钗"。钗是双股针，簪是一股针，这是两者的不同处。历代制钗的材料有象牙、金、银、玉、珊瑚、琥珀、水晶、翡翠、琉璃等，故有"金

钗"玉钗"等名称。钗上的雕饰形态有凤、燕、雀、蝉、蝶、鸳鸯、鹦
鹉及各种花卉等，故钗又有"凤钗""鹦鹉钗"等名称。

④罗衣：轻软丝织品制成的衣服。

⑤巫山行雨：泛指云雨。借典喻男女欢爱。

裴铏诗

裴铏，郡望河东，生卒年不详，可能出生于唐武宗李炎（840年–846年）年间。与名将高骈的关系较为密切，两人共事合作近二十年之久。咸通元年（860年）高骈为秦州刺史，裴铏为秦州刺史高骈从事。咸通七年（866年）十一月，朝廷在安南置静海军，高骈为静海军节度使；裴铏为静海军节度使高骈掌书记，加侍御史内供奉，掌管文字工作。唐僖宗乾符五年（878年），裴铏以御史大夫为成都节度副使。同年五、六月，黄巢自宣城挥师东进，攻润州。高骈离任西川剑南节度使，被唐廷急调为镇海节度使。裴铏因高骈调离而离开四川，有可能到过荆南和镇海军，最后隐居在钟陵西山，取号谷神子，写《道生旨》。也有可能在唐王朝灭亡后，还在世一定时期。裴铏著有《传奇》三卷。诗一首。

题文翁石室

文翁石室有仪形①，庠序②千秋③播德馨。
古柏尚留今日翠，高岷④犹蔼⑤旧时青。
人心未肯抛膻蚁⑥，弟子依前学聚萤⑦。
更叹沱江⑧无限水，争流只愿到沧溟⑨。

【解读】

公元前143年至公元前141年间，蜀郡太守文翁曾创建文翁石室，这是中国的第一所地方官办学校。"文翁石室"创立不久，即以学风卓荦、人才辈出而名冠西南。《中国大百科全书》教育卷中，列选了中国古代教育家29人，其中"文翁"这一条目中写道："中国西汉蜀郡太守，汉代郡县学的发轫者。""文翁兴学的成就，不仅培养了一批吏材，如张叔，汉武帝时征为博士，官至侍中、扬州刺史；而且推动了邻近属县的兴学，如'巴汉亦立文学'。蜀地此后出现司马相如、扬雄等知名才学之士，与文翁兴学造成的社会风气亦不无关系。景帝嘉奖文翁兴学，'令天下郡国皆立文学'，至武帝，又下令'天下郡国皆立学校官'。文翁兴学，实为中国历史上地方政府设立学校之始。"《题文翁石室》这首诗借助古柏、高岷、沱江、沧溟等意象，写出了文翁石室的永恒性，表达了对它千秋不变的精神的赞美之情。

这首诗作于乾符五年（878 年），裴铏以御史大夫为成都节度副使，给文翁石室题赠诗歌。全诗借助古柏、高岷、沱江、沧溟等意象，写出了文翁石室的永恒性，表达了对它千秋不变的精神的赞美之情。对这首诗宋·计有功《唐诗纪事》卷六七有评价："时高骈为使，时乱矣，故铏诗有'愿到沧溟'之句，有微旨也。"也就是说，当时高骈担任西川剑南节度使期间，由于属下贪官污吏依靠高骈作乱，后任者崔安潜将他们全部诛杀。因与高骈关系密切，裴铏很大可能受到牵连，所以在诗中发出了"愿到沧溟"的感叹。这样解读的话，那全诗就把文翁石室的永恒性与时局的动荡性、文翁的千秋德馨与诗人自身想作为而不能为形成了鲜明的对比。

【注释】

①仪形：谓画其形貌，实指"文翁石室"在教育中的典范、楷模作用。

②庠序：庠，古代称学校；庠序，古代乡学，泛指学校。

③千秋：即千年，这里指文翁石室办学历史悠久。

④岷：山名，在中国四川省北部，绵延于四川、甘肃两省交界的地方。

⑤蔼：繁茂。

⑥膻蚁：膻，羊肉的气味；像很多蚂蚁趋附羊肉一般。

⑦聚萤：收聚萤光以照明。形容刻苦力学。典自北齐·颜之推《颜氏家训·勉学》："古人勤学，有握锥投斧，照雪聚萤，锄则带经，牧则编简，亦为勤笃。"

⑧沱江：长江上游支流，位于中国四川省中部。

⑨沧溟：海水弥漫的样子，常用来指大海。

裴贽诗

　　裴贽（？—905年），字敬臣，绛州闻喜（今山西省闻喜县）人，出身河东裴氏中眷房，排行三十五。祖父裴稷，官至虔州刺史。父裴储，官至大理丞。堂叔裴坦，懿宗时宰相。懿宗咸通十三年（872年）登进士第。任主客、司勋员外郎。僖宗时，义成军节度使郑昌图辟为掌书记，后擢右补阙、御史中丞。昭宗时，三知贡举，时间分别是大顺元年(890年)、大顺二年(891年)、乾宁五年(898年)。光化三年（900年）由礼部尚书转刑部尚书，寻拜中书侍郎，兼刑部尚书，同中书门下平章事，充集贤殿大学士。天复三年（903年）罢为左仆射。哀帝天祐二年（905年）以司空致仕，为朱全忠所嫉，贬青州司户参军，不久被杀。后唐时追赠司徒。子裴羽，字用化，少以父任为河南寿安尉，晋初罢迁礼部侍郎、太常卿，广顺初为左散骑常侍，卒，赠工部尚书。诗一首。

答王涣

谬①持文柄②得时贤③，粉署④清华⑤次第⑥迁。
昔岁⑦策名⑧皆健笔⑨，今朝称职⑩并同年⑪。
各怀器业⑫宁推让⑬，俱上青霄⑭肯后先。
何事老夫犹赋咏，欲将酬和永留传。

【解读】

　　王涣，字群吉，大顺二年（891年）登第，官考功员外郎。五代·王定保《唐摭言·慈恩寺题名游赏赋咏杂纪》有记载，"大顺中，王涣自左史拜考功员外；同年李德邻自右史拜小戎，赵光允自补衮拜小仪，王拯自小版拜少勋。涣首唱长句感恩，上裴公曰：'青衿七十榜三年，建礼含香次第迁。珠彩乍连星错落，桂花曾到月婵娟。玉经磨琢多成器，剑拔沈埋便倚天。应念衔恩最深者，春来为寿拜尊前。'裴公答曰：'谬持文柄得时贤，粉署清华次第迁。昔岁策名皆健笔，今朝称职并同年。各怀器业宁推让，俱上青霄岂后先！何事老来犹赋咏，欲将酬和永留传。'"

　　这是一首"酬和"诗。唐代举子登第后，门生与座主之间经常会有诗歌酬唱。裴赞曾三主贡举，被称为"三榜裴公"，三举共取门生六十八人。他的门生王涣等人后来官职升迁，给座主裴赞献诗祝寿，称赞裴赞擢拔孤寒、公正无私，抒发金榜题名的喜悦以及对裴赞的感恩。裴赞答诗，称赞门生王涣等人的才华，以得人才为骄傲，并夸赞他们前途无量。

【注释】

①谬：错蒙，自谦之词。

②文柄：评定文章的权威。

③时贤：指当时有德才的人。

④粉署：即粉省，尚书省的别称。

⑤清华：清美华丽。多用以指文章。

⑥次第：指依次，按照顺序或以一定顺序一个接一个地。

⑦昔岁：早年。

⑧策名：报名参加科举考试。

⑨健笔：雄健的笔，谓善于为文。

⑩称职：德才和职位相称，能胜任所担当的职务。

⑪同年：科举名目，科举考试及第者对同榜录取者的称谓。以同在一年应试，故名。

⑫器业：功名事业。

⑬推让：由于谦虚、客气而不肯接受（利益、职位等）。

⑭青霄：喻巍科，高第。

裴瑶诗

裴瑶，生卒年不详，唐代诗人。诗一首。

阖闾城①怀古②

五湖③春水接遥天④，国破君亡⑤不记年。
惟有妖娥⑥曾舞处，古台⑦寂寞起愁烟。

【解读】

这是一首登高望远怀古诗。中晚唐怀古诗所涉及的古迹主要集中在湘楚、吴越、长安、洛阳等地。这首诗将多种自然意象与人事意象糅合，且是代表人事消散的人文意象"妖娥""古台"，与自然恒常意象"水""天"的穿越时空的融合，从而产生由古至今的关联、对比，进一步将怀古的迁逝主体凸显。

首句亘古不变的"水"与"天"，将整首诗带入无边无际的时空里，让人不得不想象曾经在这片土地上的人和事："不记年"前曾上演着风波壮阔的战争硝烟，吴王阖闾、吴王夫差、越王勾践的图霸争强，臣子伍子胥、范蠡、文种的谋功立业以及美人西施的浪漫传奇。三、四句写一落千丈的慨叹，"妖娥"不在，"古台"依旧，却"愁烟"四起，言尽而意无穷。短短四句，选取极简单的画面与意象，构筑、交织出历史幻灭的巨大时空，道破了人事的变化、盛衰的无常。整首诗将自我融入广袤的时空底下观照这古迹之上的历史风云，厚重而苍凉，体现一国之悲、人生之悲、时代之悲。

【注释】

①阖闾城：亦作"阖庐城"，或省称"阖闾"，苏州的别称。

②怀古：以所到和所见的历史遗址、遗迹或地域作为发端，来寄情思、发幽情、寄感慨。

③五湖：今太湖，一说为太湖流域一带湖泊。范蠡和西施归隐之处。

④遥天：犹长空。

⑤国破君亡：指吴王夫差最后败于越王勾践事。

⑥妖娥：美丽的女子。

⑦古台：即姑苏台，为春秋时吴王阖庐所建，传说吴王夫差曾与西施游宴于此。后世用作咏吴王与西施的典故。典出《史记》卷三十一《吴太伯世家》："越因伐吴，败之姑苏。"南朝·宋·裴骃《史记集解》，"《越绝书》曰：'阖庐起姑苏台，三年聚材，五年乃成，高见三百里。'"唐·司马贞《史记索隐》："姑苏，台名，在吴县西三十里。"《越绝书》卷二《外传记吴地传》："胥门外有九曲路，阖庐造以游姑胥之台，以望太湖。"

裴諴诗

裴諴，生卒年不详，生活于中晚唐时期，河东闻喜（今山西闻喜）人。据《新唐书·宰相世系表》记载为唐代宰相裴度之子，据《云溪友议》记载为唐代宰相裴度次弟子。宣宗大中（847年正月—860年十月）中，任主客员外郎，后历职方郎中、太子中允。善谈谐，与温庭筠友善，好作曲子词，歌妓多传唱之。子：裴光鼎，字德原。诗五首。

南歌子词三首

一

不是厨中弄①，争知②炙③里心。
井边银钏④落，展转恨还深。

二

不信长相忆，抬头问取天。
风吹荷叶动，无夜不摇莲。

三

斠蜡⑤为红烛，情知⑥不自由。
细丝斜结网，争奈⑦眼相钩。

【解读】

南歌子，又名南柯子、望秦川等，为唐教坊曲，后用为词牌。隋唐以来曲多以"子"名，"子"有小的含义，大体属于小曲。调名源自汉·张衡《南都赋》"坐南歌兮起郑舞"句，此调首创于温庭筠。南歌子词，与南歌子不同，首句仄声，平韵，大多为五言绝句。这类诗在唐代非常流行，常常被用来作为饮筵行令间的著辞，并配以小舞、短歌，久而久之，演化成词。

　　这三首南歌子词，从内容上来分析：第一首，一、二句用被烤的肉串比喻受煎熬的内心；三、四句，把对落井银钏的牵挂，比作对心中美人的辗转反侧的朝思暮想。第二首，一、二句直白写"长相忆"不抵用，"问取天"也无可奈何；三四句，表面上写景，实际上是妙用谐音技巧，"荷"谐音"和""合"，"摇莲"谐音"遥怜"，承前两句，还是写日夜思念。第三首，一、二句写点燃"红烛"，点明时间是夜晚，"红烛"燃烧时，点亮烛心，产生"泪"，"情知"谐音"情痴"，写情不自已，难掩相思之痛；三、四句写细丝网的网眼，本是用来网鱼、网鸟雀的，但"细丝"谐音"细思""眼"双关，不仅指网的眼，还指美人的秋波，勾走自己的心魂。这三首诗，通俗易懂，主题连贯，将思绪逐渐推向高潮。就艺术风格来说，巧妙运用谐音双关技巧，将对心中美人的思念写得形象生动，富有表现力。

【注释】

①弗：烤肉器具。

②争知：怎知。

③炙：烤的肉。

④银钏：银色的镯子。唐代妇女戴在手上的环状器物。

⑤辇蜡：把蜡滚轧成圆柱形。

⑥情知：深知；明知。

⑦争奈：怎奈；无奈。

新添声杨柳枝词①

一

思量②大是恶姻缘，只得相看不得怜。
愿作琵琶槽那畔③，得他长抱在胸前。

二

独房莲子没有看，偷折莲时命也拌④。
若有所由⑤来借问，但道偷莲是下官⑥。

【解读】

新添声杨柳枝词，唐代民间饮筵竞唱其词而打令也。打令是同歌舞相结合的酒令类型，其特点是通过巡传行令器物，以及巡传中止时的抛掷游戏，来决定送酒歌舞的次序。这是随着以"曲子"为曲的著辞歌舞产生而兴盛的酒宴上边唱边舞的劝酒舞。不仅合乐歌唱，而且具有表演性和舞蹈性，是一种融诗、乐、歌舞为一体的综合艺术形态，这是唐五代词一个共同的特点，与宋以后脱离音乐歌舞而仅以书面文学形式表现出来的长短句不同。

两首诗从内容上来分析：第一首，想象琵琶女婚姻不幸，"相看不得怜"，非常痛惜，起爱怜之心，幻想成为"琵琶槽那畔"，被美人"长抱在胸前"，日夜厮守；第二首，"莲"谐音"怜"把"莲子"比喻成美人，看着独守空房的美人，哪怕拼了命也要去"偷折"，纵使官吏问起，也大方坦承是"下官"干的，一问一答之中，进一步表达了想与美人长相厮守的迫切愿望。艺术表现方面，两首诗运用了比喻、设问、谐音双关等修辞手法，孕育于典型的市井生活游戏娱乐环境。这正好与晚唐诗词产生于酒后歌筵的空间相吻合，尚真情，去雕饰，求绮艳，迎合时代潮流，更接地气，去庙堂而近民间，躬身体悟世俗喜怒哀乐。这对以后的文学及其审美创造产生了很大的影响。

【注释】

①新添声杨柳枝：又作"新声杨柳枝"。唐教坊曲有《杨柳枝》曲，咏杨柳。加上"新添声""新声"，可能是由于乐曲增添了和声，所咏内容则超出了咏柳之范围，而歌咏其他事物。

②思量：考虑。用于口语。

③槽那畔：即琵琶类弦乐器的弦槽的另一边，即演奏时贴心的那一边。

④拌：古同"拚"，舍弃。

⑤所由：官省称，多为吏人俗称，或用以喻称府、县官。

⑥下官：官员自谦称。

裴皞诗

裴皞（855年—940年），字司东，系出河东裴氏中眷房，世居河东为望族。皞容止端秀，性卞急，刚直而无隐，少而好学，苦心文艺，虽遭乱离，手不释卷。唐光化三年（900年），擢进士第，拜校书郎、拾遗、补阙。梁初，迁翰林学士、中书舍人。后唐庄宗时，擢为礼部侍郎，后以语触当事，改太子宾客，旋授兵部尚书，以老致仕。晋高祖起为工部尚书，复以告老，以右仆射致仕。后晋天福五年（940年）卒，年八十五，赠太子太保。诗一首。

示门生马侍郎胤孙

宦途①最重是文衡②，天与愚夫著盛名。
三主礼闱③年八十，门生④门下见门生。

【解读】

《诗话总龟》卷十八记载，"裴皞官至礼部尚书，放三榜，四人拜相：桑维翰、窦正固、张砺、马胤孙。清泰二年（935年），马胤孙知贡举，才放榜，谢恩，引诸生诣座主宅谒拜，裴公以诗示云：'宦途最重是文衡，天与愚夫著盛名。三主礼闱年八十，门生门下见门生。'"

整首诗来看，诗人得意之情溢于言表，当时传为科场佳话，同时揭示了唐五代时期"座主"与"门生"的关系：肇始于科场，延伸及官场，彼此有着千丝万缕的联系，产生了诸多影响。自中唐以后，座主的地位日益提高，不仅受门生的尊戴，也被朝官所羡慕。新榜座主还常常率领门生拜见自己的座主，这既给自己长脸，也为座主争光。在唐五代举子心目中，

座主是给自己带来功名富贵的恩门、恩地，又岂能不加以尊戴呢?

【注释】
①宦途：做官的经历。
②文衡：科举考试用语，指判定文章高下以取士的权力，一般用于充任科举考试的主考官。
③礼闱：科举考试用语，唐宋时指礼部试（省试），因由礼部主持，故名。
④门生：科举考试及第者对主考官自称门生。

裴廷裕诗

裴廷裕,有些典籍上写成"庭裕"或"延裕",生卒年不详,字膺余,绛州闻喜(今山西闻喜)人,系出河东裴氏东眷裴。祖父裴堪,父亲裴绅。中和二年(882年),登进士第。龙纪元年(889年),累官右补阙兼史馆修撰,奉诏与柳玭、孙泰等修撰宣宗实录,逾年而修例未成,遂独采宣宗朝耳目闻睹,撰成《东观奏记》三卷。乾宁(894年—898年)中,为翰林学士,文思敏捷,绰号"下水船",历司封郎中知制诰,迁左散骑常侍。后梁(907年—923年)初,贬衡水(今河北衡水市),任上卒。

《新唐书》和《唐诗纪事》都将《唐摭言》记载的裴廷裕所贬之地"衡水"错记成了"湖南"。这个错误的发生可能是将"衡水"与"衡州"二者混同了所致。"衡州"在湖南;衡水,就是今天的河北衡水。据《唐摭言》"廷裕,字膺馀,乾宁中在内庭"的记载,至少公元894年(乾宁元年)裴廷裕还在长安,此时离唐朝灭亡只有十一二年的时间。而湖南,早在此前十多年,即公元880年黄巢席卷之后,已成为大小军阀混战之地,唐王朝对之的统治已名存实亡。特别是随着公元894年刘建锋、马殷的进入,湖南更是成了实际上的独立王国。在这样的情况下,唐朝廷怎么可能将裴廷裕贬到湖南?如果是后梁建立,裴廷裕被贬,后梁的疆域范围也不包括湖南,怎么可能会被贬到湖南呢?

子:裴毂,字庄已。诗二首。

蜀中登第答李搏六韵

何劳①问我成都事，亦报君知便纳降②。

蜀柳③笼堤烟蠹蠹④，海棠⑤当户燕双双。

富春⑥不并⑦穷师子⑧，濯锦⑨全胜旱曲江⑩。

高卷绛纱⑪扬氏宅⑫，半垂红袖薛涛⑬窗。

浣花⑭泛鹢⑮诗千首，静众⑯寻梅酒百缸。

若说弦歌与风景，主人兼是碧油幢⑰。

【解读】

中和二年（882年）的科考放榜了，随唐僖宗逃亡而来到成都的裴廷裕，看过榜单，非常兴奋。金榜题名的喜讯传到邠州（今陕西彬州），旧友李搏听闻，迅速写就《贺裴廷裕蜀中登第诗》寄以为庆，并问道："闻道蜀江风景好，不知何似杏园春？"

裴廷裕当即给李搏回复了这首七言排律《蜀中登第答李搏六韵》。这首诗的第一、二句先就旧友李搏写的诗歌作直接答复，然后写了在柳烟笼堤、海棠当户、燕子双飞的成都考试，并且登了第，幸运又幸福。接着将成都与长安的特色相比，成都的富春坊虽不如长安的"师子"，但濯锦江胜过长安曲江，更何况成都出了扬雄大才子、薛涛俏佳人。最后写到正逢一年一会的浣花天，到浣花溪泛舟，到静众寺寻梅，可一边吟诗，一边喝酒。若说弦歌之好、风景之美，还是要数官家，他们在岸上坐的是碧油之车，在江中乘的是鹢首之船，好不快活！

这是一首标准的七言排律：齐言、不换韵、纯为律句、符合粘对规则，所有中联（除首尾两联外）均对仗。作为酬答诗，全诗立意正确，声律对仗，物象丰富，采色相宜，使用了叠字、虚字等典型的晚唐句法，细致而全面地描述了成都风物之美，同时展现了诗人及第之后的喜悦心情。

【注释】

①何劳：副词性结构，略等于"何必"，但语气缓和些。

②纳降：即纳祥，纳进祥瑞喜气，可喜可贺。

③蜀柳：产于蜀道地区，属地方特色的柳树。《南史》记载，刘悛之为益州刺史，献蜀柳数株，"条甚长，状若丝缕"。齐武帝把这些杨柳种植在太昌灵和殿前，玩赏不置，说它"风流可爱"。

④矗矗：高而直立且重叠的样子。

⑤海棠：是蜀道地区的重要观赏花卉。唐代歌咏海棠的诗作较少，原因是海棠花这种物种出现较晚，在中唐以后才出现，海棠花的栽培范围小，主要以蜀地为中心。故唐诗中写到的海棠，往往是蜀地的。

⑥富春：即富春坊，唐宋时期成都城东著名的青楼、酒肆的集中场所，位置大概南至今光大巷一带，北以今科甲巷为界，东至今三圣街和耿家巷，西临暑袜街和青石桥。南宋·周辉《清波杂志》曾载："成都富春坊，群娼所聚。"

⑦不并：有版本写成"不亚"，意思是不似，不如。

⑧师子：即"狮子"。唐代长安贵族之家每到曲江边游赏时，互相之间会赠送一种"狮子"，其由剪下的百花插装而成，上面用蜀锦流苏披挂，众人牵之，齐声吟唱"春光且莫去，留与醉人看"。

⑨濯锦：即濯锦江，岷江过成都称锦江，一称濯锦江，以锦工在此江濯锦而名。

⑩曲江：唐代著名风景区，在唐长安城东南隅，因水流曲折得名。唐开元年间（713年—741年），对曲江进行了大规模扩建营修，恢复了"曲江池"的名称。曲江池一年四季游人不绝，尤以中和（二月初一）、上巳（三月三）和重阳（九月九）等节日为盛。新进士及第，常到这里聚会庆贺。

⑪绛纱：隔着深红色纱帐教授弟子，用作对师门、讲席的敬称。典出《后汉书·马融传》："融字季长，扶风茂陵人也……才高博洽，为世通儒，教养诸生，常有千数。涿郡卢植，北海郑玄，皆其徒也……常坐高堂，施绛纱帐，前授生徒，后列女乐，弟子以次相传，鲜有入其室者。"这里指裴廷裕那位寓居在扬子巷的主考官。

⑫扬氏宅：唐时成都有扬子巷，巷中有扬雄故居。扬雄，字子云，蜀郡

成都（今四川成都市）人，西汉时期辞赋家、思想家。

⑬薛涛：约768—832年，字洪度，京兆长安（今陕西西安）人。唐代女诗人，成都乐妓，其吟诗楼位于成都城内西北角落的子云亭旁。后人将薛涛与鱼玄机、李冶、刘采春并称唐代四大女诗人，与卓文君、花蕊夫人、黄娥并称蜀中四大才女，流传至今诗作有90余首，收于《锦江集》。

⑭浣花：蜀人习俗，旧历四月十九日宴游于成都西浣花溪旁，故称这天为"浣花"。

⑮泛鹢：坐船游玩。鹢，一种能高飞的水鸟；古代常在船头画有鹢的图像，后泛指船。

⑯静众：即静众寺，唐元和年间改名竹林寺至今，始建于晋武帝时期，位于四川省丹棱县杨场镇境内的九龙山半山腰的翠竹林中。

⑰碧油幢：青绿色的油布帷幕，唐时御史用此。代指华贵的车子。

偶题

微雨微风寒食①节，半开半合木兰花。
看花倚柱②终朝③立，却似凄凄④不在家。

【解读】

寒食节是冬至后一百零五日，一般在清明节前两天，时在四月初。寒食后的第三日即是清明节。寒食和清明是唐代两个重要的时令节日，寒食习俗有禁烟、拜扫，清明习俗有赐火、踏青。这两个时令节日的习俗不可分割。

寒食、清明有两个节日原型，其一是"改火说"，其二是"介子推说"，这两个原型在唐代都可拆分为相互对立但又相互依存的两个元素。"改火说"可拆分为"寒食禁烟"和"清明赐火"；"介子推说"可拆分为"寒食拜扫"和"清明游玩"。唐代寒食、清明诗篇，现存很多，受节日风俗活动的影响，展现出来的情感基调主要有两种：冷（凄清、寒冷、失意、感伤等）和暖（欢快、温暖、得意、喜悦等）。

　　裴廷裕《偶题》这首诗，呈现的也是冷、暖两种情感基调。第一、二句写了微风细雨纷纷扬扬，木兰花正含苞待放。正值春风春雨纷扬、春花烂漫、万紫千红的暮春时候，诗人此刻是欢快的、喜悦的，但想到客居他乡，进退穷达的社会处境，诗人的情感就转化为凄凉的、伤感的，因而很自然地引出第三、四句，诗人从早到晚倚柱而立，看着木兰花，由景及情，凄凉地思念家乡，以此时此地的乐景来反衬此时此地心中的乡愁。

【注释】

①寒食：节令名，清明的前两天。古时，人们从这一天起，一连三天不生火，故称寒食。

②倚柱：倚靠在柱子上；谓辞家求宦，不能侍亲于膝下。典自《战国策·齐策四》载：齐人冯谖（《史记·孟尝君列传》引作"冯驩"）为孟尝君门客，不受重视。冯倚柱弹其铗而歌曰："长铗归来乎！食无鱼！"后又再弹其铗而歌曰："长铗归来乎！出无车！"复弹其铗而歌曰："长铗归来乎！无以为家！"孟尝君一一满足其要求，使冯食有鱼，出有车，冯母供养无乏。于是冯全心为孟尝君谋画，营就三窟。后因以"冯驩弹铗""倚柱"为怀才不遇或有才华的人希望得到恩遇之典。

③终朝：整天。

④凄凄：寒凉的样子。

裴说诗

　　裴说，生卒年不详，祖籍河东闻喜（今山西省运城市闻喜县），桂州临桂（今广西桂林临桂区）人。曾祖父裴曙，也就是前面说的裴谞的堂弟，大历年间到临桂县任县令，后定居桂州临桂县，以忠义传家，诗书继世。当时，桂州因远在岭南，没有遭受频繁的战祸，社会秩序相对平稳。裴说在这平稳的社会环境里，自幼勤奋攻读。后至京城多年，裴说每年均以历年所作五言诗十九首投于各显要门下，以求赏识，然久不及第。唐哀帝天祐三年（906年）丙寅科状元及第。曾任补阙、礼部员外郎。天祐四年（907年），天下大乱。裴说不肯屈事于篡夺唐朝帝位的朱全忠，便趁宰相张文蔚率领百官去大梁迎请朱全忠的时候，当即携眷南下，开始了他离乱流亡、贫病交加的苦难生活。唐朝灭亡后，裴说全家于湖南石首一地住约半年，又因战火波及，继续携家眷往南逃难。不久，裴说病死于湖南永州隔江相望的潇水渡口一带。其为诗讲究苦吟炼意，追求新奇，又工书法，以行草知名。诗53首。

游洞庭湖

楚云①团翠八百里，澧兰②吹香堕③春水。

白头渔子④摇苍烟⑤，鹭鹚⑥眠沙晓惊起。

沙头⑦龙叟⑧夜叹忧，铁笛⑨未响春风羞。

露寒紫蒚⑩结新愁，城角⑪泣断关河⑫秋。

谪仙⑬欲识雷斧⑭手，划却⑮古今愁共丑。

鲸游碧落⑯杳无踪，作诗三叹君知否。

瀛洲⑰一棹⑱何时还，满江宫锦⑲看湖山⑳。

【解读】

这是诗人游玩洞庭湖时作的一首诗。洞庭湖，别名如"九江""云梦泽""青草湖"等，在唐代为中国第一大淡水湖泊，号称"八百里洞庭湖"，位于湖南北部、长江南岸，南有湘江、资水、沅水、澧水四水汇入，北有松滋、太平、藕池、调弦四口与长江相通，湖水最终经岳阳城陵矶注入长江。湖南、湖北，因湖而得名。

此诗第一句，直接以数字写出了洞庭湖水域宽广，水天一色，气势磅礴。第二句，写出了包括澧水在内的支流汇入洞庭湖，香气浓郁，春风醉人。三、四句写满头白发的渔民，披着迷蒙烟雾在湖中划着渔舟，惊吓到了正在沙滩上晨睡的鸂鶒。这勾勒出烟波浩渺、人鸟相依、静中有动的清晨湖景。五、六句中诗人自称为"龙叟"，在湖面上泛游了一天后，站在沙滩上面对茫茫湖夜，忧愁地长叹一声，不待那悠长的铁笛声响，湖面上的春风竟害羞起来。因为铁笛声音响亮非凡，穿透力强，有穿云吹浪之功，胜过春风。诗人用拟人的手法写洞庭湖面上的春风之羞，其实是为了衬托"龙叟"的"夜叹忧"。

这几句诗写了洞庭湖水域之广，以及晨夜之景，这是实写，后面就开始虚写了。诗人笔锋一转，在无穷的洞庭湖面前，想到了自己的前途和命运，久久无法释怀，旧忧添新愁，想起国破、战乱频繁，想起人民悲苦的生活，满城风雨，山河哭泣。这时诗人将个人命运与人民命运、国家命运紧紧相连，不禁涕泪交流。这是一个有责任、有担当的伟大诗人的胸襟。诗人多么想自己是一位贬谪到人间的神仙，借用"雷斧"，铲却古往今来的一切愁怨和丑陋！鲸，是仙家坐骑，有诗云"骑鲸几出洞庭湖"。鲸都无影无踪了，仙在哪里呢？诗人一边作诗，一边感叹，一边呼唤：仙人什么时候从东海仙山——瀛洲回来呢？来一起消除这世界的悲恨，一起游玩洞庭湖的山山水水。

其实，洞庭湖的神话传说有很多很多，如黄帝张乐事、后羿斩巴蛇事、潇湘帝子等古老神话传说，对后世影响较多的还有洞宾飞仙和柳毅奇缘。这首诗情景交融、虚实相生，借助洞庭神话，将洞庭湖的诗情、画意、人文底蕴完美结合，开拓了无尽的情感表达和审美想象的空间，汇成一种幽美而邈远的意境，呈现出别具一格的洞庭湖景象。

【注释】

①楚云：指楚天之云，这里指洞庭湖的上空。

②澧兰：澧水中的兰草。澧，水名，在湖南西北部，入洞庭湖。语出战国·楚·屈原《九歌·湘夫人》："沅有茝兮澧有兰。"

③堕：掉下来；坠落。

④渔子：捕鱼为业的人。

⑤苍烟：苍茫的云雾。

⑥鸂鶒：水鸟名。形大于鸳鸯，而多紫色，好并游。俗称紫鸳鸯。

⑦沙头：沙滩边；沙洲边。

⑧龙叟：喻指渔者，这里指诗人自己。

⑨铁笛：铁制的笛管。相传隐者、高士善吹此笛，笛音响亮非凡。

⑩蔂：藤。

⑪城角：犹城边。

⑫关河：关山、河川，泛指山河。

⑬谪仙：因受处罚而被贬谪到人间的神仙，称誉品格超逸、才学优异的人。

⑭雷斧：传说中雷神用以发霹雳的工具，其形如斧，故称。

⑮划却：铲除、铲平。划，又写成"刬"，同"铲"。

⑯碧落：道教所说的东方第一天始青天，有碧霞遍满，所以称天空为碧落。这里水天一色，指湖水。

⑰瀛洲：为古代传说中的东海仙山之一，常用作咏仙境。典出《史记》卷六《秦始皇本纪》："齐人徐市等上书，言海中有三神山，名曰蓬莱、方丈、瀛洲，仙人居之。"

⑱棹：划船的一种工具，形状和桨差不多。

⑲宫锦：宫中特制的锦缎。

⑳湖山：指以洞庭湖、君山、岳阳楼等为核心的洞庭湖区的自然山水和人文景观。

怀素台①歌（一作题怀素台）

我呼古人名，鬼神侧耳听：

杜甫②李白③与怀素④，文星⑤酒星⑥草书星⑦。

永州东郭⑧有奇怪，笔冢⑨墨池⑩遗迹在。

笔冢低低高如山，墨池浅浅深如海。

我来恨不已，争得青天化为一张纸，

高声唤起怀素书，搦管⑪研朱⑫点湘水⑬。

欲归家⑭，重叹嗟⑮。眼前有，三个字：

枯树槎，乌梢蛇，墨老鸦。

【解读】

这是诗人在湖南永州游览怀素台时题作的一首诗。见台思人，诗人直接呼唤古人名字：李白、杜甫、怀素，并将他们分别称为文星、酒星和草书星。然后交代怀素台所在地，以及所见的遗迹。古人已去，悲恨不已，诗人还是高声呼唤，希望怀素重生，继续"搦管"书写。诗人与怀素神交已久，不断感叹，脑海里浮现怀素的草书。最后，诗人用"枯树槎、乌梢蛇、墨老鸦"三个意象，来比喻怀素深厚的草书功底。枯、乌、墨，指怀素草书墨的颜色，即乌黑。树槎、梢蛇、老鸦，用来比喻怀素的书法艺术：笔法瘦劲，使转如环，奔放流畅，飞动自然。宋·陈师道《后山诗话》评价此诗"尤诙诡也"。

【注释】

①怀素台：在零陵郡（今湖南永州）东五里横陇之上。唐开元中，有僧怀素居于此台，后人因谓之怀素台，有墨池笔冢遗迹。

②杜甫：712 年—770 年，字子美，自号少陵野老，唐代伟大的现实主义诗人，原籍湖北襄阳，后徙河南巩县。其被后人称为"诗圣"，他的诗被称为"诗史"。后世称其杜拾遗、杜工部，也称他杜少陵、杜草堂。

③李白：701 年—762 年，字太白，号青莲居士，又号"谪仙人"，唐代

伟大的浪漫主义诗人，被后人誉为"诗仙"。

④怀素：737年—799年，俗姓钱，字藏真，永州零陵（今湖南零陵）人。唐代书法家，以"狂草"名世，史称"草圣"。

⑤文星：星名，文昌星，又名文曲星。相传文曲星主文才，后也借指有文才的人。

⑥酒星：古星名，也称酒旗星。后借指善饮酒的人。

⑦草书星：星名。这里指怀素。

⑧东郭：指东城外，东郊。

⑨笔冢：指怀素酷爱草书，用坏了很多笔，埋于山下成坟丘。

⑩墨池：洗笔砚的池塘。

⑪搦管：握笔；执笔。

⑫研朱：研磨朱砂，制成墨。

⑬湘水：古河流名，又称湘川。今湖南之湘江。源出零陵郡始安县阳海山（今广西桂林东），与灵渠（湘桂运河）相通。东北流贯湖南省东部。经今金州、零陵、祁阳、衡阳、株洲、湘潭、长沙至湘阴芦林潭入洞庭湖。

⑭归家：喻指禅人明见自心，获得省悟。

⑮叹嗟：感慨叹息。

闻砧（一作寄边衣）

深闺①乍冷②鉴③开箧④，玉箸⑤微微湿红颊。

一阵霜风杀柳条，浓烟半夜成黄叶。

垂垂白练明如雪，独下闲阶转凄切。

祇知抱杵捣秋砧，不觉高楼已无月。

时闻寒雁声相唤，纱窗只有灯相伴。

几展齐纨⑥又懒裁，离肠恐逐金刀断。

细想仪形⑦执牙尺⑧，回刀剪破澄江⑨色。

愁捻银针信手缝，惆怅无人试宽窄。

时时举袖匀红泪，红笺⑩谩⑪有千行字。

书中不尽心中事，一片殷勤⑫寄边使⑬。

【解读】

这是诗人写的一首"代言体"诗歌，即"男子作闺音"，由男性诗人创作，却用女性口吻，诉说征妇无尽的闺怨。唐代中晚期，战争连绵，征戍不断，征人须戎衣自备，即应征人员的衣服武器俱得自备。砧，即捣衣砧。唐代征人之妻为丈夫准备寒衣，必要经过"捣衣"这一环节：抱一根木杵，像舂米一样劳作。这是制衣前的一道工序，其目的就是使衣料平服、舒软，便于缝制。因而，征人之户年年承受着赶制戎衣的沉重负担。征人之妻，不仅受到"捣衣"劳作的折磨，更要承受征夫音讯不通、长年不归的情感煎熬。

一、二句就给全诗定下了情感基调：天气突然变冷，女主人公独处"深闺"，打开盒子，照着镜子，思心沉重，泪水直流，湿透脸颊。"鉴"，即镜，是唐诗中出现频率甚高的一个意象。"女为悦己者容"，欣赏自己的人远在边关，女主人公对镜思人，感叹时光易逝，容颜憔悴，不免生出感伤之情。三四句写到半夜时，一阵含霜的冷风，强劲地吹断了柳条，那地上的尘土如同浓烟，落叶满地。这自然环境，催使征人之妻早点把寒衣制好。其中"柳"，在唐代闺怨诗中经常出现，主要是借柳伤春，感叹红颜易老；以柳喻留人，思念征人。五、六句将明月比喻为"白练"，即白色的熟绢，那天上像雪的明月，随着夜深，将月光渐渐地洒下了台阶。这两句看似写明月的"独"与"凄切"，实际上是写征妇的孤独，凄切。诗人赋予月亮孤独、清冷、凄切等特征，而这些特征和征妇孤独、清冷、凄切的感觉是相通的。七、八句征妇一心抱杵捣衣砧，浑然不觉夜已深、月已无。砧，是唐代闺怨诗中特别重要的一个意象，是一种悲凉情绪的载体。它承载着征妇的精神苦难，具有厚重的情感意蕴。九、十句将寒雁成群的呼唤声与"灯相伴"形成对比，凸显了征妇无尽的孤独和深深的思念。十一、十二句写到数次展开"齐纨"，却懒于裁剪，因为生怕这分离的愁肠随着这"金刀"裁剪"齐纨"而被剪断。十三、十四句写到征妇仔细地回想丈夫的体格形貌，然后拿起"牙尺"测量，来回剪破那洁白的绢带。十五、十六句写到征妇给丈夫信手缝制衣服，可惜丈夫不在身边，没办法试穿衣服的宽窄。最后，征衣做好了，征妇思念过重，红泪满面，将自己的思念写成书信和征衣一起寄往边塞。

全诗以征衣为核心意象，围绕制、寄征衣的过程，运用了捣衣砧、镜子、柳、月、楼、雁、书信等多个意象，将自然环境描写、制衣过程的细节描写以及征妇的心理活动描写巧妙融合，形象逼真地展示了征妇的生活面貌和情感世界。难怪宋·陈师道《后山诗话》评价此诗云"裴说诗句甚丽"。

【注释】

①深闺：指女子居住的内室。

②乍冷：形容天气突然变得寒冷。

③鉴：镜子。

④箧：小箱子。

⑤玉箸：玉制的筷子。这里比喻眼泪。

⑥齐纨：齐地出产的名贵细绢。

⑦仪形：仪容，形体。

⑧牙尺：象牙所制之尺。

⑨澄江：清澈平静的江水。这里比喻洁白的绢带。

⑩红笺：一种精美的小幅红纸，多做名片、请柬或供题诗词用。

⑪谩：徒劳无益地，徒然。

⑫殷勤：情谊恳切而深厚。

⑬边使：来自边地的使者。

春早寄华下①同人②

正是花时节，思君寝复兴。
市沽③终不醉，春梦④亦无凭。
岳面悬青雨⑤，河心走浊冰。
东门一条路，离恨镇⑥相仍⑦。

【解读】

这是诗人在"春早"时写给远在华州（今陕西华县）朋友的一首诗。一、二句起，以"花时节"显示所处春季，看到百花盛开，想念远方的

朋友。三、四句承,写思念不得,只好买酒,痛饮却不醉,那豪情壮志,也已成空,无影无踪了。五、六句转,写那高大的青山上,悬挂着迷蒙的烟雨;那大河冰冻已释,流走浑浊的冰块。这两句非常讲究,对仗巧妙,"悬""走",点化既工,短短十字,呈现大美山水春景。这良辰美景,诗人多么希望与"同人"共赏。可是,也正是这大美山水,让诗人与"同人"之间路途遥远。这就水到渠成,引出最后两句。第七句,颇俗,但正是这"一条路",连接着诗人与"同人",同时象征着诗人的离别愁恨像这条路一样连续不绝。整首诗起承转合,虽有苦吟,却一气呵成,结构合理,情景相融,画面感强。

【注释】

①华下:指西岳华山之下的华州,即今陕西省华县。

②同人:敬称,志同道合的友人。

③市沽:指买酒。

④春梦:原意指春天之梦,后多取春梦易逝之意,比拟人事。喻繁华易逝,壮志成空。

⑤青雨:烟雨。

⑥镇:时常;总是。

⑦相仍:相继;连续不断。

赠衡山令

君吟十二载,辛苦必能官。
造化①犹难隐,生灵②岂易谩③。
猿跳高岳静,鱼摆大江宽。
与我为同道④,相留夜话阑⑤。

【解读】

这是诗人赠给衡山县令的一首诗。诗中首联简单介绍了衡山令苦吟诗书十二年,勤政为民,一定是个能干的好官。颔联写出了天化育万物的功绩是不会被隐藏的，百姓也不会轻易被蒙蔽，间接鼓励衡山令要做个对老百姓实事求是的好官，不要隐瞒欺骗。颈联对句非常工整，转向写景，巧用衬托，以动衬静，意境阔大：猿猴在高高的山岳中跳跃，越发衬托出衡山的幽静；鱼儿在江中自在游动，衬托出江面的宽广，有一种"海阔凭鱼跃，天高任鸟飞"的暗示在其中。诗人将猿与高岳、鱼与大江的关系，喻示着衡山令与国家、人民的关系，喻指唯有做官一心为国为民，才能真正地找到自己的人生大舞台，才能真正实现自己的理想和抱负。尾联写到诗人与衡山令为"同道"人，有着共同的志向，相谈甚欢，直至深夜。全诗赠语衡山令，勉励他心怀苍生，勤政报国，将国家前途、人民命运和个人抱负紧紧相连。这又何尝不是诗人的自我勉励？家国情怀，溢于诗中。

【注释】
①造化：创造化育。指自然界。
②生灵：指人民，百姓。
③谩：欺骗。
④同道：指思想、信念相同。
⑤阑：残，尽，晚。

南中县①令

寂寥②虽下邑③，良宰④有清威。
苦节⑤长如病，为官岂肯肥。
山多村地狭，水浅客舟稀。
上国⑥搜贤急，陶公⑦早晚归。

【解读】

这首诗写晚唐时期南方一个中县的县令。其有贤德，有才华，却身处偏远、冷清的中县做县令。其为官清廉，在当地颇有威望。这个中县山多、地狭、水浅，交通不便，来往客少，但县令坚苦卓绝，坚守道义，

勤俭持政，两袖清风，不贪污腐败。又写而今朝廷正急切地选拔人才，这样一位德才兼备的县令，早晚会被朝廷发现，委以重任。全诗采用对比、用典等艺术手法，歌颂了县令身处恶劣的自然环境却依旧勤勉治政。特别是颈联两句，把中县的地理特征勾画出来了，写其条件艰苦，限制了才德高的人发展。因为只有水深，才能浮起大船，而才德高的人，只有得到朝廷重用，才能施展才华，更好地为国家效劳。这首诗从某种意义上来说，也寄托了诗人对自己被朝廷重用的一份期待。

【注释】

①中县：唐制以三千户以上为中县，离京五百里内及缘边之地二千户以上即为中县。

②寂寥：表示空旷；多形容客观环境的冷清、安静。

③下邑：国都以外的城邑。这里指县城。

④良宰：贤能的官员。

⑤苦节：指坚苦卓绝，仍守节义。

⑥上国：指唐代都城长安，即今陕西西安。

⑦陶公：即东晋末期南朝宋初期诗人、文学家、辞赋家、散文家陶渊明。因陶渊明做过彭泽县令，这里代称县令。

寄曹松①（一作洛中作）

莫怪苦吟②迟，诗成鬓亦丝。

鬓丝③犹可染，诗病④却难医。

山暝⑤云横处，星沈月侧时。

冥搜⑥不可得，一句至公⑦知。

【解读】

　　这是寄语曹松的一首诗。诗中首联写曹松作诗"苦吟"，诗作成了，头发也白了。颔联写头发白了，可以再染黑，可是作诗的嗜好却很难医治。颈联写太阳下山了，云黑一片，后来星星沉落了，月亮也下山了。

这在写景的同时，也表示曹松"苦吟"又耗了一个通宵。尾联写苦思冥想不可得，请教"至公"，便豁然开朗。全诗写出了曹松"苦吟""诗病""冥搜"的作诗状态，表达了对曹松的仰慕和尊敬之情。

【注释】

①曹松：唐代晚期诗人，字梦徵，舒州（今安徽安庆市潜山市）人，曾在建州、洪都等地避战乱多年。屡考不第。天复元年（901年），年已70余，始与王希羽、刘象、柯崇、郑希颜四老人同中进士，史称"五老榜"。特授校书郎（秘书省正字）而卒。著有《曹梦征诗集》3卷。其诗歌风格似贾岛，工于炼字，意境深幽。

②苦吟：反复吟咏，苦心推敲。指做诗极为认真。

③鬓丝：鬓边白发。

④诗病：作诗的嗜好。

⑤暝：日落；天黑。

⑥冥搜：冥思苦想。

⑦至公：科举时代对主考官之敬称，谓其大公无私。

赠宾贡

惟君怀至业，万里信悠悠。
路向东溟①出，枝来北阙②求。
家无一夜梦，帆挂隔年秋。
鬓发争禁得，孤舟往复愁。

【解读】

　　宾贡，最初指古代地方向朝廷举荐人才，以宾礼对待，贡于京师；后来也指外邦朝贡方式。唐穆宗长庆年间以后，直至晚唐，为示区别，唐人对本国进士之由乡贡及第者称作"乡贡进士"，由生徒及第者称"国子进士"，而对新罗等外邦士子登第者则习称"宾贡进士"。宾贡，遂正式成为异邦进士的类别名称。

据唐代有关文献记载，宾贡者，乃"宾庭贡士"，大多为从外国和周边少数民族政权的贵族子弟中经过挑选而分批派遣入唐的留学生。考取唐朝宾贡进士的以新罗的留学生为最多，其次还有大食等国以及渤海国等少数民族政权派入唐朝的留学生。

唐代宾贡进士及第以后的去向，大致有二：一是奉使归国，入仕从政；二是入仕或滞留于唐，有的甚至客死中土。归国从政的宾贡进士和诸国留学生，是汉族文化和唐朝文明的积极传播者和倡导者。

唐朝周边少数民族地区和邻近国家在唐及第的宾贡进士以及留学生们，是当时世界先进文明的追逐者和弄潮儿。他们不畏旅途遥远，不怕惊涛骇浪，或乘车陆行，或附舶渡海，接踵来到当时世界文化最发达的唐朝长安，潜心钻研，刻苦学习唐朝光辉灿烂的先进文化。

这首诗写到一位宾贡入长安又归国的历程。宾贡怀着一份"至业"，不远万里，渡过东海，来到长安，求取功名。在长安，其夜夜思念家乡。次年秋天，挂帆行舟离别归国，又愁绪满怀，可能以后来长安、再相见的机会不再有了。此诗表达了诗人对宾贡的敬佩和不舍。同时，这首诗犹如史诗般地记载了唐朝时期的宾贡文化外交，彰显了唐朝文化的极大繁荣以及兼容并蓄的文化外交政策。

【注释】

①东溟：东海。

②北阙：本指古代王宫北面的门楼，后通称帝王宫禁为北阙。也作朝廷的代称。

汉南①邮亭②

高阁③水风清，开门日送迎。
帆张独鸟起，乐奏大鱼惊。
骤雨拖山过，微风拂面生。
闲吟④虽得句，留此谢多情。

【解读】

　　这是一首写景游记诗。首联写邮亭所在的环境：临水、风清、日迎。颔联写到在这风和日丽的美好时刻，行驶帆船，那张开的帆布，犹如大鸟展翅飞腾；奏出来的音乐，竟让大鱼都被惊吓到了。颈联写到天气突变，骤雨袭来，一个"拖"字极为传神地写出骤雨一闪而逝的情状；马上又有轻柔的风吹过脸颊。此时此刻，诗人随意吟唱，以此来感谢汉南的山水情。全诗语言朴素清新，极富生活气息；工于炼字，把场景描写和心理描写巧妙融合，活灵活现；笔法自然，放笔写去又能转折自如，使诗歌顿生波澜，摇曳多姿。

【注释】

①汉南：原指汉水之南，泛指南方。
②邮亭：即驿馆，递送文书或为往来官员提供马匹宿舍的机构。
③高阁：高大的楼阁。
④闲吟：随意吟唱。

棋

十九条平路，言平又崄巇①。
人心无算处，国手②有输时。
势迥流星远，声干下雹迟。
临轩③才一局，寒日又西垂。

【解读】

　　中国古代有琴棋书画四艺，其中棋指的就是围棋。围棋起源于中国，早在春秋战国时已有记载。在围棋棋盘上，有纵横各 19 条直线将棋盘分成 361 个交叉点，对弈时使用黑白二色圆形棋子，走在交叉点上，双方交替行棋，落子后不能移动，以围地多者为胜。围棋成为古代知识阶层修身养性的一项必修课目。围棋之道，既包含了治国理政道理，也有为人处世的哲学，所以下棋既能研习为官为政之道，又能体悟人生的真谛。

因此唐代很多诗人喜欢下棋，也喜欢咏棋。

这首诗就是一首写下棋的诗。首联写到棋盘上的十九条线看上去似乎很平坦，实际上却是崎岖艰险。颔联写到人的智力总是有限的，不可能什么地方都可以谋算得到，哪怕是称为围棋国手的人也会有输的时候。颈联写到棋盘上的棋子如同天上的流星一样，虽然相距遥远，但是落时要迅捷而有气势，落子的声音如同冰雹落地一样干脆，但落子之前却要斟酌思量很久。尾联写到临窗才下了一局棋，可窗外的寒日已经西斜了。全诗采用比喻、对比等修辞手法，将"下棋"的过程写得如此紧张、有序、有趣，又富含人生哲理。

【注释】

①崟嶬：险峻崎岖。

②国手：精通的某种技能（如医道、棋艺等）在所处时代达到国内该领域的最高水平。

③临轩：面临窗户。

夏日即事

> 僻居①门巷静，竟日②坐阶墀③。
>
> 鹊喜虽传信，蛩④吟不见诗。
>
> 笋抽通旧竹，梅落立闲枝。
>
> 此际无尘挠，僧来称所宜。

【解读】

这首写的是住所夏天的生活场景，但经过艺术提炼，颇具生活情调和艺术美感。首联写到居所偏僻，门巷幽静，诗人整天坐在台阶上，任由时光流淌。颔联主要从听觉方面来写，那叽叽喳喳的喜鹊，欢喜地歌唱，好像在传递喜讯；可是那蟋蟀吟叫不停，却没有吟出一首诗来。颈联主要从视觉方面来写，那新生的竹笋抽长出来，达到了老竹子的高度；梅花翩然落下，恰好站立在空闲的枝头上。尾联是对前面所写的一个总结：这是没有尘事干扰的清幽境地，即使僧人来到，也一定会称赞此地适宜居住。

【注释】

①僻居：偏僻的居所。

②竟日：终日，整天。

③阶墀：台阶。

④蛩：蟋蟀。

送人宰邑①

官小任还重，命官②难偶然。

皇恩③轻一邑，赤子④病三年。

瘦马稀餐粟，羸童不识钱。

如君清苦节⑤，到处有人传。

【解读】

这是一首送给一位县令的诗。一、二句写到县令官职虽小，但任重道远，也很难得到朝廷提拔重用。三、四句写这个县城不受朝廷重视，老百姓多年生活清苦。瘦弱的马很少吃到小米谷了，体弱的孩子已不认识钱了。就是这样一个偏僻、穷困的地方，县令依旧执政为民，造福一方，深受老百姓的爱戴，广为传颂。全诗多处运用对比修辞手法，歌颂了这位县令虽身处困境，却关心人民疾苦，清正廉洁，坚守道义。

【注释】

①宰邑：春秋时期鲁、卫国县长官称邑宰，别称宰邑。后世或以宰邑、邑宰雅称县长、县令、县尹、知县。

②命官：任命官吏。

③皇恩：指皇帝给予的恩惠。

④赤子：原指婴儿，后引申为一般百姓。语出《尚书·康诰》："若保赤

子，惟民其康乂。"

⑤苦节：指坚苦卓绝，仍守节义。

春暖送人下第①

相送短亭②前，知君愚③复贤。

事多凭夜梦，老为待明年。

春树添山脊④，晴云学晓烟⑤。

雄文⑥有公道，此别莫潸然⑦。

【解读】

　　这是诗人在春暖花开的时候，送别刚落榜的朋友而赠送的一首诗。首联交代送别的地点是"短亭前"，然后评价朋友：单纯、贤德。颔联鼓励朋友，不要灰心丧志，应该再加努力，日夜勤奋苦读，等到第二年还来参加考试，一定会大有作为。颈联写到那高山顶上，春光普照，树木郁葱；那早晨的烟雾，随着太阳出来，早已散去，晴空万里。这一联表面上写景，其实也是鼓励朋友，应该像"春树"一样，屹立"山脊"，充满生命力和斗志；那迷蒙的烟雾迟早会散去，而"你"必将收获到人生和事业的万里碧空。尾联继续夸赞朋友的诗文，有才气，有思想，然后转入此次分别，安慰朋友别再流泪。整首诗都包含着诗人对落榜朋友的关切、鼓励、赞美，彼此间的深情厚谊跃然纸上。

【注释】

①下第：科举时代指考试没有考中；落第。

②短亭：古时在城外五里处设短亭，十里处设长亭，以供行人休息。

③愚：纯朴；天真。

④山脊：山顶。

⑤晓烟：指拂晓时分看到的烟雾。

⑥雄文：有才气、有魄力的文章。

⑦潸然：流泪的样子。

湖外送何崇入阁^①

因诗相识久，忽此告临途^②。
便是有船发，也须容市沽^③。
精吟五个字，稳泛两重湖^④。
长短^⑤逢公道，清名^⑥振帝都^⑦。

【解读】

　　好友何崇即将到朝廷为官，诗人在湖南岳阳一带与之送别。两人因写诗而相识很久，现在突然匆匆就此告别。那洞庭湖上的船早已等待出发，但无论如何，都须饮酒饯别。在饯别过程中，诗人吟唱诗歌，祝福友人平安渡过洞庭湖。最后是诗人的心愿：愿友人务必执政为公，勤政为民，清正廉洁，名振京城！这是对好友何崇的殷殷之情，也是诗人的自我勉励！这首送别诗，看似语句平淡无奇，细细读来，却是词浅情深，含着悠然不尽的意味。

【注释】

①入阁：唐代皇帝在朔望日于便殿接见群臣，称为入阁。后泛指入朝廷中央政府任官。
②临途：即将上路。
③市沽：买酒。
④两重湖：指洞庭湖。洞庭湖由青草、洞庭二湖组成，故称。
⑤长短：方言，反正、无论如何、一定之意。
⑥清名：清廉美好的名声。
⑦帝都：京城；京都。

送进士①苏瞻乱后出家②

因乱事空王③，孤心④亦不伤。
梵僧为骨肉，柏寺作家乡。
眼闭千行泪，头梳一把霜。
诗书不得力，谁与问苍苍⑤。

【解读】

诗人生活在晚唐时期，此时的唐帝国出现了明显的衰败倾覆之势，危机重重，战乱频频。很多知识分子，心态发生了巨大变化。进士苏瞻，本来"学而优则仕"，达济天下，哪知国事无望，民不聊生，报国无门，遂遁入空门。首联写了苏瞻出家的缘由是"乱事"，出家的心情是孤独却不悲伤。颔联写苏瞻以寺庙为家，全身心投入佛法。颈联写苏瞻因"乱事"，迫不得已，泪流千行，梳洗满头白发，告别俗世。尾联中诗人发出疑问，读这么多书，也不得力，老天爷，这究竟是什么原因呢？这首送别诗，在平淡叙述中充满悲凉空漠之感，在抑郁的情绪中彰显了两人的深情厚谊。

【注释】

①进士：唐代科举考试设立进士科，凡应试者谓之举进士，中试者皆称进士。
②出家：佛教指脱离家庭到寺院去做僧侣。
③空王：佛教对佛的尊称。佛说世界一切皆空，故称空王。
④孤心：寂寞的心境，孤高的心怀。
⑤苍苍：代指天。

秋日送河北①从事②

北风沙漠地，吾子③远从军。
官路④虽非远，诗名⑤要且闻。
蝉悲欲落日，雕下拟阴云。
此去难相恋，前山摻袂⑥分。

【解读】

这是一首送别诗，在秋天，诗人送别好友前往大漠入府幕任从事一职。一二句写出"河北"的自然环境：北风、沙漠，就是这样的环境，诗人的好朋友即将远赴此地从军。三四句是对好友的评价：入仕不久，但诗名却远播于世。五六句是一幅大漠边塞风景画：蝉、雕、落日、阴云，苍凉而壮美。最后两句回归到送别，此去一别，前途未卜，很难相见。全诗虚实结合，送别中展开合理想象，在领悟和感受壮阔的边塞情景中，升华出一种悲壮的美，而这种悲壮的美，又掩映着思恋、哀伤、孤独等细腻情感，一阳一阴，悲壮又幽婉，呈现了绚烂多姿的艺术世界以及成熟多样的艺术风调。

【注释】

①河北：黄河以北。
②从事：官名，源于汉代，经魏晋南北朝至唐代，经历了由具体幕职到所有幕职之泛称的变化过程。唐代从事承前而来，但与前代从事又有些不同，它不是具体的幕职名称，而是所有使府幕职的泛称，同时可指代副使、行军司马、判官、掌书记、参谋、支使、推官、巡官等具体幕职。
③吾子：古时对人的尊称，一般用于男子之间。
④官路：官修的大路。喻指仕途。
⑤诗名：善于作诗的名声。
⑥摻袂：手执衣袖。指分手、离别。

喜友人再面

一别几寒暄①，迢迢②隔塞垣③。
相思长有事④，及见却无言。
静坐将茶试，闲书把叶翻。
依依又留宿，圆月上东轩。

【解读】

这首诗主要写了诗人和友人"再面"的喜悦情景。一、二句写了两人分别很多年，相距千万里，一个在内地，一个在边塞。三、四句写了离别之后，相互思念，可战事频繁；现在彼此见面，却一切尽在不言中。五、六句写两人见面后静心饮茶，醉心读书，虽不言不语，但两人心有灵犀。七、八句写两人不忍分别，留宿一晚，促膝夜谈，直到圆月挂上东边的时候。全诗围绕离别和"再面"写出了两人交情深厚，互为知音。同时，在这首诗中，普普通通的生活场景经过艺术提炼，演变为颇有趣味和美感的诗意画面，展现了诗人高超的艺术技巧。

【注释】

①寒暄：冷暖；犹冬夏，指岁月。
②迢迢：形容路途遥远。
③塞垣：边塞，边境。
④有事："有战事"的婉辞，指使用武力用军队进行讨伐。

对雪

大片向空舞，出门肌骨寒。
路岐①平即易，沟壑②满应难。
兔穴归时失，禽枝宿处干③。
豪家④宁肯厌⑤，五月画图看。

【解读】

这是一首写景抒情诗。首联写雪大片大片地在空中飘舞，出下屋门便觉寒风刺骨。颔联写雪下的情况：大道小路上，雪要铺得平坦，比较容易；但深沟山谷，雪要填满，应该有难度。颈联写雪对动物的影响：因为雪不断地飘落，把兔子的洞穴遮盖了，那出了洞穴的兔子，失去了归家的路；因为雪，那树枝被雪压垮了，那住宿在树枝上的鸟儿得另外寻求栖身之地。这一联，兔和禽在下雪时的处境，正是底层普通百姓所正在遭遇的。尾联写雪对"豪家"的影响：看雪，岂有满足之时？就像看五月的雪白的花儿盛开一样。"对雪"，不同的人对着相同的雪，形成强烈的对比和反差，表达了诗人对底层百姓的深切的同情和关爱，对豪门阶层的深切痛恶。

【注释】

①路岐：大道上分出的小路。

②沟壑：坑谷，山沟。

③干：求，求取。

④豪家：权贵的家族。

⑤厌：饱，满足。

冬日①后作

寂寞②掩荆扉③，昏昏坐欲痴④。

事无前定处，愁有并来时。

日影才添线⑤，鬓根已半丝。

明庭⑥正公道，应许苦心诗。

【解读】

这是冬至后作的一首诗。首联写孤独一人，关着柴门，昏暗不明，枯坐无慧。诗人的思绪，正由外部转入内心。紧接着颔联写内心的想法：每件事都不能预先确定，但不同的忧愁却合着一起来。颈联写冬至后太阳照射的时间长，而诗人忧愁过度，头发斑白了一大半。尾联是诗

人称道朝廷公正，皇恩圣明，请允许"我"苦吟诗歌来赞美。全诗从多处来呈现诗人的愁绪，最后将所有的愁绪化为"苦心"的动力：抓紧时间，为"公道"的朝廷，刻苦努力，建功立业！ 全诗沿着诗人的内心历程，一气呵成。诗人虽身处逆境，却仍然积极向上，"苦心"追求生命的价值。

【注释】

①冬日：即冬至日。

②寂寞：孤独冷清。

③荆扉：柴门。后亦指贫寒之居。

④痴：佛教语，贪、瞋、痴"三毒"之一，梵语moha，也译作"无明"，谓愚昧无知，不明如实之事理。

⑤添线：谓冬至后白昼渐长。

⑥明庭：朝廷的别称。

冬日①作

粝食②拥败絮③，苦吟④吟过冬。

稍寒人却健，太饱事多慵⑤。

树老生烟薄，墙阴贮雪重。

安能⑥只如此，公道会相容。

【解读】

这首诗首联用粗糙的粮食、破旧的棉絮交代了诗人在饥寒交迫中过冬，即便如此，诗人还是依旧"苦吟"，认真作诗，勤奋地追求自己的理想世界。第二联，面对饥寒的艰苦环境，诗人以"稍寒人却健，太饱事多慵"来自我安慰、自我激励：天气寒冷一点，人更健康；吃得太饱了，人更慵懒。第三联，诗人放眼户外，见那枯老的大树，联想到了南北朝诗人谢朓写的《游东田》里的诗句——"远树暖阡阡，生烟纷漠漠"。相比之下，眼前的枯老大树，枝干稀疏，叶落大地，周围烟雾稀薄。由远及近，可见这墙角下的白雪，贮藏重重。面对这么恶劣的环境，诗人发出"只如此"，因为"公道会相容"，诗人坚信"公道"一定会改变其所处的环境。

　　整首诗呈现了寒冷的环境、凄清的氛围、相对低沉的格调。诗人把"寒"这种抽象的气候特征赋予具体事物，使之变得具象起来。"败絮"，写出了寒冬床榻的冰冷。同时，选取有代表性的"树老""墙阴"等，以这样的自然现象，来描绘环境的寒冷恶劣。这样的环境，必然给人带来生理上的不适甚至痛苦。但冬至日，是昼夜长短交替之日，是古人所谓"气"的阴阳交替、阳盛阴衰之际。这就是诗人所说的"公道"，表达了对阳气生发的期待和渴望。总体来说，这首诗展现了"苦寒"的客观环境，凝聚了诗人的人生感叹、漂泊愁苦，同时抒发了积极豁达的乐观主义精神。

【注释】

①冬日：即冬至日。

②粝食：糙米，粗粮。

③败絮：破旧的棉絮。

④苦吟：反复吟咏，苦心推敲。指做诗极为认真。

⑤慵：困倦，懒散。

⑥安能：偏正短语，由疑问代词"安"和助动词"能"构成，用于反诘询问，相当于"怎么能""哪里能"。

中秋月

一岁几盈亏①，当轩②重此期。
幸无偏照③处，刚有不明④时。
色静云归早，光寒鹤睡迟。
相看吟未足，皎皎⑤下疏篱。

【解读】

唐人所说的"中秋",一般指的是农历八月十五这一天。但中秋作为一个节日,究竟产生于唐代还是宋代,目前学界尚未达成一致意见。然而,约定俗成的中秋赏月,开始于唐代。现存下来以"中秋"为主题的唐诗,大约160首。这包含我们前面所提到的裴夷直诗《同乐天中秋夜洛河玩月二首》《八月十五日夜》。

这是一首五言律诗,意境悠远,耐人寻味。首联写一年十二月三十六旬,月亮盈盈缺缺,似乎是一种无法摆脱的循环,千百年以来都是这样。因此,看到中秋之月,诗人感到开心愉快,"当轩"赏月,诗人格外重视、珍惜这良辰美景。颔联写皎洁的月光照耀大地每一个角落,但美好的事物总是那样稍纵即逝,不久又被层云遮蔽了。颈联继续描写月色,用拟人的手法,营造澄明的意境:那圆满、圣洁的明月,把清淡明净的光辉洒向大地,天上的云儿已归去,夜空变得明净、清朗;不知不觉,夜已深,月色玲珑空灵,在那清虚的寒光中,那迟迟不肯睡的鹤,偶尔鸣叫几声,抒发它的感慨。那鹤是为明月而歌,还是为思念而叫,我们不得而知。诗人感同身受,于是在尾联写道:这轮圆月,看不够,"吟未足",诗人欲寄托感情与明月,可是月亮西斜,在稀疏的篱笆那里,渐渐落下。

整首诗的内容,交代了赏月的时间、地点,以及对月色及其环境的描摹,从"月升"到"月下",记述了中秋赏月的全过程。诗人渲染了一种空明和静的气氛,把读者带进一个明月悠悠、情思绵绵的意境;结尾悠然不尽,将作者的痴情,表现得婉转动人。全诗寓情于景,月色再美好,也变得"光寒"起来,在澄澈宁静的审美意境里,添上了一种冷清之感,衬托出了诗人心境的孤寂悲凉,同时引发了诗人对宇宙、人生的思考。

【注释】

①盈亏:指月亮的圆和缺。

②轩:窗户;门。

③偏照:特地照耀。

④不明:含混的,含糊的。

⑤皎皎：光明洁白的样子。

塞上曲

极目①望空阔，马羸②程又赊③。
月生方见树，风定始无沙。
楚水④辞鱼窟⑤，燕山⑥到雁家⑦。
如斯⑧名利役⑨，争不⑩老天涯。

【解读】

唐代的《塞上曲》《塞下曲》，由汉乐府中的《入塞曲》《出塞曲》演化而来，内容多写边塞战争。

这首诗，是诗人北游蓟门边塞的所见、所闻、所感。首联先从视觉写出了边塞的空旷，进而抒发其旅途的劳顿疲累。颔联用边塞常见的"月""树""风""沙"等实在具体的事物，构成边塞风景描述性的意象，读来让人感到惊奇，并能突出边塞行旅的地域特色和边塞环境的恶劣。颈联正确的句序是"鱼窟辞楚水，雁家到燕山"，这样反着顺序写，除了满足了格律平仄要求，还重点强调了"楚水""燕山"，从南到北，山高水远万里长。再由"鱼窟"到"雁家"："鱼雁"一词代指书信，表达出了久戍边塞的将士们的乡关之思。尾联发出感慨：如果为名利所奴役，怎么会不老死在天涯呢？谁为名利所奴役？朝廷还是将士？还是两者都是呢？这谴责了激烈而又残酷的边塞战争给人民带来了深重的灾难，造成了无数将士的阵亡和千千万万个家庭悲剧。

整首诗借助"月""树""风""沙""雁"等象征意象，客观冷静地描写边塞风光，简洁细致地描述凶险寒苦的边塞生活，呈现出凄凉、冷寂、哀伤的气氛，抒发了对生命的眷恋、对家人的思念以及对战争的批判之情。全诗在风格上打上了晚唐特有的时代烙印，流露出阴沉压抑、苍凉黑暗的格调，集奇、壮、悲、旷等特点于一体，可谓晚唐边塞诗的代表作。

【注释】

①极目：用尽目力（远望）。

②马赢：形容马瘦弱、疲惫。

③赊：远。

④楚水：泛指南方楚地江河湖泽。

⑤鱼窟：指鱼栖身的洞穴。

⑥燕山：指自蓟北（今天津市蓟县北）绵延、东至辽西的燕山山脉。亦借指边塞。

⑦雁家：指北方雁栖止的地方。

⑧斯：这样。

⑨役：役使；差遣。被（名利）所累。

⑩争不：怎不。

终南山

九衢①南面色，苍翠②绝纤尘③。

寸步④有闲处，百年无到人。

禁林⑤寒对望，太华⑥净相邻。

谁与群峰并，祥云⑦瑞露⑧频。

【解读】

终南山，本来是"中南山"，象征着它既是天的中心，又是人间的中心。终南山历史悠久，在《尚书·禹贡》中已提到"终南"之名；《诗经》中有"节彼南山"之句；《山海经》中简称终南山为"南山"。在唐代时终南山就已有众多的称呼，唐人李泰在《括地志》雍州卷中讲："终南山，一名中南山，一名太一山，一名南山，一名橘山，一名楚山，一名泰山，一名周南山，一名地脯山，在雍州万年县南五十里。"

就其地理范围来说，终南山在地理空间范围上有广义和狭义之分。

广义的终南山指秦岭。在东汉班固的《西都赋》中写"睎秦岭"之前，秦岭就被称为南山或终南山。南山的称谓主要来自直观视觉所看到

的其地理位置，因其位于西周国都丰镐两京之南，故名曰"南山"。在中国，秦岭不论从地理还是人文上来讲都占据着独一无二的地位：其是中国地理上公认的南北分界线，黄河水系和长江水系的分水岭，汉水、嘉陵江等大江大河均发源于此；同时是华夏文明的龙脉，南北文化的融会点，中国历代文人骚客的感慨寄寓之所。如是，秦岭已不单单是一座山脉所能定义的，它已经凝结了民族的魂魄和精灵，同长江、黄河一样成了见证华夏文明兴衰沉浮的一个符号标识。

狭义的终南山指秦岭的中段，即终南山只是作为秦岭山脉的一个峰段，即东自蓝田，西经长安、户县、周至而至秦陇交界。宋人程大昌《雍录》卷五"南山"条中，记载了终南山的地理范围："终南山横亘关中南面，西起秦、陇，东彻蓝田，凡雍、歧、郿、鄠、长安、万年，相去且八百里而连绵峙据其南者，皆此之一山也。"后人又将终南山在地域上划分为了三段：东段为蓝田境内，西段从周至以西至宝鸡，而中段为户县、长安境内一段。现在大家通常意义上所讲的终南山，实指终南山的中段。

这是诗人站在长安城远眺终南山写就的一首诗。首联从站在长安城的视角，对终南山的隽秀进行了美的刻画、雕琢，把终南山的层峦叠嶂、满山青翠、一尘不染的美好画卷，栩栩如生地呈现在人们眼前。颔联写终南山与长安相隔很近，是个休闲的好去处，可是很多年了诗人都没有去过，因此深表遗憾。这一联再次凸显了近在咫尺的终南山胜景的魅力。颈联写皇家园林与终南山相望、太华山与终南山相邻。这是从终南山与周围景物的关联角度，进一步烘托终南山的奇秀、连绵悠长等非凡气势。尾联在一问一答之中，写了终南山"群峰"上空的"祥云瑞露"频频出现。整首诗从终南山的地理位置、横纵向视角、周边景物衬托等方面，把终南山写得熠熠生辉。诗人在静默的遥望中，不仅仅凭感官去把握终南山的形、色、象，更是用心洞察，体悟自然之美，达到"物我合一"，展现了博大的胸襟和志向，寄托了积极的入仕情怀，体现了唐代特有的昂扬的时代风貌以及唐代文人大气、豪放的精神状态。

【注释】
①九衢：四通八达的道路。

②苍翠：深绿色。常用来形容草木的色彩。

③纤尘：微尘。

④寸步：很小的脚步。喻距离极近。

⑤禁林：古代帝王园林，后因"翰林院"官署在禁中，故以代称"翰林院"。

⑥太华：华山的别称。古号西岳，又称华岳。在今陕西华阴县南。以其西有少华山，故名太华山。

⑦祥云：吉祥的云彩。

⑧瑞露：甘美的露珠。

访道士

高冈①微雨后，木脱草堂②新。

惟有疏慵③者，来看淡薄人。

竹牙生碍路，松子落敲巾。

粗得玄中趣，当期宿话频。

【解读】

　　唐代在整个中国封建社会占了很重要的位置，总体来说，政治开明，经济发达，社会安定，思想文化大融合，儒、道、佛盛行。很多诗人和僧人、道士来往密切，或者诗人本身就是僧人或道士。他们交游，抑或谈经问道，抑或切磋学问。这样的交游，给文人们带来诗歌风气的转变，给僧人道士们则带来了文学地位的提升和宗教发展的双重喜悦。

　　诗人裴说也喜欢和僧人、道士来往。这首诗就是写诗人拜访一位道士朋友。首联写拜访时所看到的道士居住的环境：微雨过后，高高的山岗上，树木郁郁葱葱环绕着道士的住所——草堂，环境优雅，清新脱俗。颔联在自嘲中点明拜访的缘由：知己——都是不为名利所累的人。诗人自称为"疏慵者"，即疏于名利，乐于自我内心的真实追求。诗人将道士朋友称为"淡薄人"，即淡泊名利之人。颈联进一步具体描写道士所处的环境：清幽、闲适、惬意。这里平时来人太少，竹子在路上发芽生长起来了，走着走着，那松树的果子落下来敲打着头巾。好一幅有竹子、松树的苍翠画面！同时，以竹子、松树的品质来烘托草堂主人——道士的品格。尾联写拜访的乐趣和期待：乐山乐水，诗人陶醉于美丽清幽的景色中，大概领悟到了玄妙的乐趣，更是期待与道士朋友的一宿长谈。

　　晚唐社会动荡不安，诗人历经寒窗苦读、一举高中状元、次年国家灭亡、抱负落空、一路南逃归乡，个中滋味，五味杂陈。诗人的关注点，由外而内，力求内心平静，更喜咀嚼闲散生活的滋味，探寻佛道的理趣。这也是儒、释、道自魏晋以来相互渗透，并存中互有融合，从不同方面对包括诗人在内的唐代知识分子产生的重要影响。

【注释】

①高冈：高的山脊。

②草堂：茅草盖的居室，旧时文人称自己山野间的房屋为"草堂"。

③疏慵：懒散。

道林寺

独立凭危阑①，高低落照②间。

寺分一派水，僧锁半房山。

对面浮世隔，垂帘③到老闲。

烟云④与尘土⑤，寸步⑥不相关。

【解读】

　　道林寺，在湖南长沙岳麓峰，原址在岳麓书院左前，创建的具体时间无考，一般认为始建于六朝的东晋至南朝宋时期，故人称"六朝胜迹"。道林寺早期为律宗寺庙。南朝齐永明元年（483年），律宗法师志道随湘州刺史王奂来长沙，在道林寺传授律宗教义，开启了律宗在湖湘地区的传播。由于律宗信徒众多，所得施财巨大，寺院规模不断扩大。到了唐代，随着道林寺声名远播，前来参拜访学的士人络绎不绝。唐肃宗时，唐将马燧特地在道林寺旁兴建道林精舍，用于接待宾客。唐懿宗

时，道林寺在会昌佛难中一度被毁，但唐宣宗时又得以重生。其后，僧人疏言前往太原求取佛经，一次便运回了佛经5 048卷。大量佛教经典的入藏，使得道林寺成了湖湘最负盛名的讲经重地。文人墨客纷至沓来，为道林寺留下了无数精彩篇章，如杜甫、骆宾王、宋之问、刘长卿、韩愈、刘禹锡、张谓、沈传师、韦蟾、杜荀鹤、唐扶、李建勋、裴休、齐己、裴说等，都有游道林寺的诗文传世。著名书法家欧阳询，则题写了"道林之寺"匾额和"道林寺碑"。这些诗文墨迹中，以沈传师、裴休的笔札和宋之问、杜甫的诗篇最为出名，称为"四绝"。晚唐时，道林精舍中专门设立了一个展厅，取名"四绝堂"，用于陈列和保存"四绝"。

　　道林寺不仅自身文化底蕴深厚，更重要的是它还是岳麓书院的源头。唐末，僧人智璿等为淳化湖湘民风，弘扬儒者之道，在寺院旁置地建屋，扩充道林精舍，供士人读书习文以求功名，此为岳麓书院前身。五代时期，割据湖南建立南楚国的马殷，因笃信佛教，曾对道林寺及道林精舍进行重建，自此，寺院规模更加宏伟，寄居道林精舍的士人众多，鼎盛时寺僧达三百人。宋太祖开宝九年（976年），潭州太守朱洞在道林精舍基础上，正式兴办岳麓书院。岳麓书院起源于道林寺，最后却因重建书院导致道林寺遭强拆。明正德四年（1509年）拆寺屋材料修书院。清代顺治十五年（1658年），僧人果如在岳麓峰之北择地重建。乾隆十五年（1750年），寺院住持福梁再次重修，但香火寂寥。民国时期，道林寺因年久失修而倒塌。自此毁坏，遗址已不可考。

　　这首诗以道林寺为题，首联写出了道林寺的位置高，夕阳西下，依然可以照耀得到；颔联写出了道林寺的地面广，纵横山水间；颈联、尾联写出了道林寺是修行的好地方，能使人静心修法，不恋世俗。前两联作铺垫，以寺庙之高、广，彰显道林寺独特的地理位置和自然环境，是为了后两联写诗人的修行。经历了唐代灭亡、前途堪忧的诗人，此刻开始思考与关注"自我"，诗歌风格逐渐内倾化，尝试用佛道思想消解人生困惑，以期达到思想上释然、精神上自由！

【注释】

①危阑：高处的栏杆。

②落照：落日的光辉。

③垂帘：佛、道家修为类名词，即目合睑垂，放松而不闭，其目的在目睑放松，如挂如垂，因合与睁皆不利于放松，故以"垂帘"名之。

④烟云：烟气和云雾，比喻身外之物。

⑤尘土：细小的灰土。佛家用以比喻世俗的社会，世俗社会的事物，被污染的不洁净的东西。

⑥寸步：很小的脚步。喻距离极近。

般若寺

南岳①古般若，自来天下知。

翠笼②无价寺，光射有名诗。

一水涌兽迹③，五峰④排凤仪⑤。

高僧引闲步⑥，昼出夕阳归。

【解读】

　　般若寺（即今福严寺），位于湖南衡山掷钵峰东麓，由佛教天台宗二祖慧思禅师在六朝陈代光大元年（567年）创建。慧思禅师擅长讲《般若经》，便将该寺取名般若寺，为南岳最古的名刹之一。唐太宗曾赐御书梵经五十卷给该寺收藏。唐先天二年（713年），怀让禅师到南岳后，将般若寺辟为禅宗道场，通过他的弟子道一禅师传法，使南宗的"顿悟"佛法弘传天下，而天下佛子以该寺为传法的佛院，所以又称其为"天下法院"。北宋太平兴国年间（976年—984年）改称福严寺。

　　这是一首以寺院为题的诗，写于诗人自唐亡之后南归至衡山时。首联写般若寺的位置、历史以及闻名程度；颔联写般若寺的环境以及人文底蕴；颈联写站在般若寺所看到的风景，采用拟人手法，由水及山，由近及远；尾联引出人物，写诗人和高僧一起，谈经论道，悠闲漫步，早出晚归。全诗从历史人文、自然环境等方面来写般若寺，突出了般若寺的"古""无价""有名""闲"等特征。这让处于国破堪忧、命运多舛的诗人从中获得了一丝慰藉。同时，可以读出，诗人奉行的不是单一的儒家思想，其思想中浸润了浓浓的释道情怀。

【注释】

①南岳：先秦之时南方名山之称，后用以指今湖南境内衡山。

②翠笼：青翠笼罩。

③兽迹：指兽的足印。

④五峰：即衡山的天柱、祝融、石廪、紫盖、芙蓉。

⑤凤仪：指凤凰的仪态。

⑥闲步：闲适缓步。

兜率寺

一片无尘地，高连梦泽①南。

僧居②跨鸟道③，佛影④照鱼潭⑤。

朽栌⑥云斜映，平芜⑦日半涵。

行行⑧不得住，回首望烟岚⑨。

【解读】

　　这是一首直接以寺院为题的诗，兜率寺在湖南衡山县南二十里，遗基尚存。首联从宏观视角写出了寺庙所处的地理位置和环境。颔联从仰视和俯视两个角度来写寺庙的具体事物：僧居、佛像、鱼潭。颈联勾画出了寺庙落日时的近景、远景。尾联从侧面写寺庙引人入胜的环境，"行行不得住"，还是禁不住回头一望，满眼都是烟雾腾腾，犹如仙境。

　　这首诗也是诗人在唐朝灭亡之后南下回归故乡路过衡山时写作的，诗人用细腻的笔触从不同的角度精心描绘，充满崇敬与欣喜，笔调是明快的。这首诗中，诗人着力用充满禅意的"云"和自由自在的"鸟"等意象来表达自己的情感，这和诗人热衷于山林寺院以及交往佛道人士是相一致的。游历寺院，与佛道人士交往是行为上走近佛道的表现，云鸟意象则是内心佛道境界的自然流露。在国破家亡的南逃路上，诗人尽管生活艰辛，但思想上得到了释然，精神上是自由的，呈现了一种恬淡自然之情趣。

【注释】

①梦泽：即云梦泽，古湖沼名，唐代以后渐指洞庭湖。

②僧居：僧人居处，指寺院。

③鸟道：禅宗用语，洞山良价指导禅僧修行的一种方法，为"洞山三路"之一。原意为崎岖难行的林间小径，转意为禅道空寂险峻、人迹罕至，须依靠自力，直下体悟。《景德传灯录》卷十五载，"僧问：'师寻常教学人行鸟道，未审如何是鸟道？'师曰：'不逢一人。'曰：'如何行？'师曰：'直须足下无丝去。'"

④佛影：佛像。

⑤鱼潭：产鱼的深水池。

⑥朽枿：腐朽的树桩。

⑦平芜：草木丛生的平旷原野。

⑧行行：不停地走。

⑨烟岚：山间或山脚飘浮的雾气。

鹿门寺

鹿门山上寺，突兀①尽无尘。

到此修行者，应非取次②人。

鸟过惊石磬③，日出碍金身④。

何计生烦恼，虚空⑤是四邻。

【解读】

据《襄阳县志》记载，鹿门山原名苏岭山，因"汉建武中帝与习郁俱梦见苏岭山神，命郁立祠于山上，刻二石鹿夹道口，百姓谓之鹿门庙，遂以庙名山"。这故事据考证发生在建武五年（29 年），距今有近 2000年历史了。鹿门寺自襄阳侯习郁奉旨建造后，香火一直兴旺，并随着烧香的人越来越多，由一座小庙发展成一座寺院。苏岭山也因"鹿门寺"演变成为"鹿门山"。到西晋时，"鹿门寺"更名为"万寿宫"。从唐代开始又恢复为"鹿门寺"至今。据考证洛阳白马寺碑载，佛教传入中国伊始，鹿门寺便位列中国十大佛教丛林之一。唐代自六祖慧能大师开创南禅之后，鹿门寺遂为禅宗祖庭，其中禅门曹洞、临济两宗与鹿门寺渊源深远，两宗先后有十几位高僧在鹿门讲法弘佛。在魏晋南北朝至唐宋时期，鹿门寺发展成中国境内规模较为宏大的佛教圣地。唐代名僧处贞、丹霞禅师曾主持过鹿门寺。唐代著名诗人孟浩然，家住岘山涧南园，早年曾隐居和岘山一江之隔的鹿门山刻苦攻读。孟浩然博览天下群书，为后人留下《登鹿门山怀古》《夜归鹿门歌》《春晓》等著名诗篇，其中《春晓》作为唐诗名篇写入中小学课本。

　　这首诗是诗人到湖北襄阳时写的。首联写了鹿门寺的地理位置以及地势险要；颔联写在鹿门寺修行的人，绝非等闲之辈；颈联通过"鸟""日"的反应，写出了鹿门寺石磬之响，佛像之高。尾联在一问一答之中，凸显诗人修行圆满。全诗采用夸张、拟人、设问等艺术修辞手法，动静结合，情景交融，写出了鹿门寺的险要、幽静、诗意和肃穆，赞扬鹿门寺是一个绝佳的隐居和修行之地。

【注释】

①突兀：高耸的样子。

②取次：任意、随便；平常、普通。

③石磬：一种石制的打击乐器。

④金身：敬指佛身、佛像。佛教中认为佛身如紫金光聚，因此将佛像饰以金色，称之为金身。

⑤虚空：指虚无形质，空无障碍的境界。

题岳州①僧舍

喜到重湖②北，孤州③横晚烟。

鹭衔鱼入寺，鸦接饭随船。

松桧君山④迥，菰蒲⑤梦泽⑥连。

与师吟论⑦处，秋水浸遥天。

【解读】

这首诗是诗人抵达岳州后在寺庙里题赠的。首联第一个字"喜"，就给全诗定了基调。本来长途跋涉、舟车劳顿很辛苦，再加上国家的前途、个人的命运等多重压力，已使诗人疲惫不堪，可此时诗人却"喜"，是因为见到了秀美的山色湖光，喜上心头，表现在"孤州横晚烟"的意象中。一个"横"字，将岳州城与洞庭湖紧密相连，使浩渺的、飘逸的意境呈现出动态美，别具情趣，富于诗意。由远及近，颔联写了近处的情景：鹭鸶衔着鱼儿，闲步走进禅寺；乌鸦口含着寺庙里的米饭，站在船上。画面感强，营造了非常闲适的气氛，人鸟和谐，这正是寺庙里展现出的禅氛，远远超越了道德境界，契合自然，可使人参悟禅理。颈联又把目光放远，投向了松桧绵延的君山和菰蒲相连的洞庭湖。君山四面环水，耸立于茫茫湖心，沟壑纵横，峰峦林立，古木参天，竹林繁茂，绿草如茵。君山因为有了洞庭湖而更显奇特飘逸，洞庭湖因为有了君山则平添了几分灵气，湖山互衬，相映成趣。风景秀丽，平凡而幽寂的生命之绿覆盖山山水水，迤逦绵延，虽没有盛唐诗意象的艳丽、响亮、潇洒、华贵，然平凡中蕴含着禅趣，翠绿更具幽玄，远山近水、一草一木无比贴近心灵。尾联写了诗人与禅师的心灵交流以及吟诵诗歌、品论禅道，此时诗、禅、大自然已浑然无间，犹如"秋水浸遥天"那样。此句作结，既写晚景以照应前篇，又使意境深远、回味无穷。全诗结构严谨，意象平实，既写出了壮美的洞庭湖风光，又内含了诗人渴望的禅境、禅理，情、景、理融为一体，使全诗显得从容不迫、娴雅蕴藉。

【注释】

①岳州：南朝宋置巴陵郡，梁兼置巴州；隋郡废，改巴州为岳州，又改罗州，不久又为巴陵郡，唐复置巴州，后改为岳州，又改为巴陵郡，后复为岳州；宋为岳州巴陵郡；元为岳州路；明改为岳州府；清沿袭明朝之制，属湖南省，治巴陵县；民国废府，改县为岳阳。

②重湖：洞庭湖的别称，洞庭湖南与青草湖相通，故称。

③孤州：指岳州。

④君山：又称洞庭山，位于洞庭湖中，在湖南省岳阳市西南洞庭湖滨，与岳阳楼隔湖相对。

_r
ty 271

⑤菰蒲：菰和蒲，都是浅水植物。

⑥梦泽：即云梦泽，为洞庭湖北岸一带的古地名，洞庭湖由古云梦泽的一部分演变而来。

⑦吟论：吟诗论道。

过洞庭湖

浪高风力大，挂席①亦言迟。
及到堪忧②处，争如③未济④时。
鱼龙⑤侵莫测⑥，雷雨动须疑。
此际情无赖⑦，何门寄所思。

【解读】

唐代洞庭湖水域宽广，气势磅礴，八百里洞庭，风光无限，美不胜收，概括起来就是两个字：风、月。这首诗就是诗人在唐朝灭亡之后南下经过洞庭湖时所作。首联就写洞庭湖的风大，连挂帆都晚了，可见"风力大"。洞庭风是洞庭诗歌中的一个重要的意象，在诗人笔下，尽管是狂风大作，洞庭湖都以她博大的胸怀泰然处之，可是洞庭湖面上的人就"堪忧"了：狂风大作，巨浪滔天，"鱼龙侵"而"雷雨动"。这场面，令人惊心动魄，却最能体现洞庭湖的恢宏气象和磅礴气势，写出了洞庭湖的力量和壮美。这种大自然的杰作，此时此刻，此情此景，让人无所依赖，究竟向谁来诉说和寄思呢？全诗采用对比、拟人等艺术表现手法，优选洞庭湖有代表性的意象：浪、风、鱼龙、雷雨，将洞庭湖的壮美和诗人情绪完美结合，人在湖中，湖在心里，景情一致。

【注释】

①挂席：犹挂帆。

②堪忧：指十分令人担忧。

③争如：怎么比得上。

④济：过河；渡。

⑤鱼龙：鱼和龙，泛指鳞介（水族）。

⑥莫测：没法揣测。

⑦无赖：无所依赖。

旅行闻寇①

动步②忧多事，将行问四邻。

深山不畏虎，当路却防人。

豪富田园废，疲羸③屋舍新。

自惭为旅客，无计避烟尘④。

【解读】

这首诗大概是诗人于逃难路上写作的。首联写"动步"之时，担忧旅途中会遇到很多麻烦事，就去向周围邻居打听。接下来两联将"多事"展开，在深山老林里不畏惧老虎，可是在光明大道上却要提防"寇"，将两者进行对比，"寇"比老虎都令人恐惧，不论富有还是贫困的百姓，他们田园都荒废了，他们的房屋都被洗劫一空，看上去就像崭新的、无人入住的一样。面对此情此景，在最后一联，诗人发出感叹：身为旅客，自行惭愧，无能为力，没有办法避免这场战争。全诗语言平易，采用对比、互文等修辞手法，给我们再现了唐末五代十国时期社会动荡的局面，抒发了对战争的厌恶、对"寇"的憎恨和对人民群众的怜悯之情。

【注释】

①寇：强盗或外来的侵略者。

②动步：迈步前行。

③疲羸：指困苦穷乏的百姓。

④烟尘：烽烟和战场上扬起的尘土，指战火。

旅中作

妄动^①远抛山^②，其如^③馁^④与寒。

投人^⑤言去易，开口说贫难。

泽国^⑥云千片，湘江^⑦竹一竿。

时明未忍别^⑧，犹待计穷^⑨看。

【解读】

　　这首诗是诗人湖南旅途中所作。首联写旅途中的艰辛，跋山涉水，饥寒交迫。颔联写到在这种境况下，去投靠别人是很容易的，但是开口说自己很贫穷实在很难。颈联是一幅美丽的风景：众多湖泊，犹如千片云朵镶嵌在一起，撑一根竹竿就可在湘江游览。尾联写此时风光明丽，不能忍心离别，等到没有办法时再说。全诗语言平畅，内容丰富，叙事写景完美融合，将美丽的景色与贫穷、饥寒形成鲜明的对比，着力再现了湖湘地区壮丽的山水风景，以及诗人旅途中的困苦孤寂，读来自有凄凉之感，却也不乏豪迈的气象。

【注释】

①妄动：不考虑客观实际而轻率地行动。

②抛山：翻越山岭。

③其如：怎奈、无奈。

④馁：饥饿。

⑤投人：投靠别人。

⑥泽国：河流、湖泊多的地区。

⑦湘江：长江主流之一，为湖南省最大河流，源出广西壮族自治区兴安县海洋山西麓，同桂江上源间有灵渠相通，东北流贯湖南省东部，经衡阳、湘潭、长沙等市到湘阴县浩河口入洞庭湖。

⑧忍别：忍心离别。

⑨计穷：再无办法。

旅次①衡阳②

欲往几经年③，今来意豁然④。

江风长借客，岳雨不因天。

戏鹭飞轻雪，惊鸿叫乱烟。

晚秋⑤红藕里，十宿寄渔船。

【解读】

　　这首诗应当是诗人逃难到湖南衡阳时旅居所作。首联回忆过去几年的漂泊生活，孤苦无奈，可是今天想想却豁然开朗。颔联点明此次暂停衡阳的原因：风雨交加，江上难以行船。紧接着颈联，由风雨交加写到雪雾迷茫，天气越来越恶劣。尾联总结，诗人竟在衡阳的渔船上住了十多个夜晚。诗人"今来意豁然"，只是相对过往几年来说的，我们可以想象过往几年诗人是怎么度过的。我们来看看"今"就知道：江风、岳雨、鹭飞、轻雪、鸿叫、乱烟、晚秋、红藕、渔船，这些意象构成的画面，令人感到凄冷伤感，寓示了自唐朝灭亡以后诗人的流离失所、疲于奔命的身世，道出了多少流落异乡、担忧世路险恶的无奈愁绪，诉说了形单影只的孤独和踟蹰于前行之路的无助。全诗意象丰富，色彩鲜明，画面感强，用字讲究，对偶工整，采用拟人修辞手法，浑然一体，这都是因为旅居衡阳时的所见所闻触动了羁旅中身不由己的诗人的敏感神经。

【注释】

①旅次：旅行中寄居的地方。

②衡阳：现为湖南省衡阳市，中晚唐、五代十国时期为衡州地。

③经年：经过一年的时间，一整年。

④豁然：形容开阔或通达。

⑤晚秋：秋末，农历九月。

不出院僧

四远①参寻②遍，修行③却不行。
耳边无俗语，门外是前生④。
塔见移来影，钟闻过去声。
一斋⑤唯默坐⑥，应笑我营营⑦。

【解读】

　　这首诗选择寺内僧人作为写作对象，写出了深山寺庙里的另一种禅境。起首两句，写出了僧人不出院的缘由：到处寻访禅师，却不利于修行。紧接着颔联写不出院的修行状态。"不出院僧"，既是足不出院，更是心不出院。尽管尘世间的生活五颜六色、丰富多彩，但在进入禅定状态而止息了杂念的僧人那里，仍然保持着耳边没有"俗语"。在他看来，世界本是空，外在的东西只不过是心起妄念所致，仿佛是上辈子所发生的。这两句刻画了这位僧人超离尘世一切纷扰、独自修行的状态。如果说这种修行状态还仅仅是一般僧人都应努力追求的共同心境，那么接下来的颈联中刻画出了这位不出院僧人独具特色的精神风貌：并非是独自躲进与世隔绝的深山幽谷、田园荒村去追求恬淡闲适的山野情趣，而是积极参与寺院的日常活动，在塔影、钟声中忙碌了一整天，日复一日。尾联写僧人吃饭时静默坐下，想想一整天忙碌的样子，觉得大概别人应笑"我"。但正是这样通过寺务、禅思、践行，"不出院僧"获得了一片心灵的净土，这便是最好的"修行"。全诗语言平易，通过对比、场景衬托、心理活动等写出了"不出院僧"的修行过程，塑造了"不出院僧"忙碌而又禅定的形象，充满情趣，又内含哲理，彰显了一种"含不尽之意，见于言外"（宋·欧阳修《六一诗话》）的独特艺术魅力。

【注释】

①四远：四方边远地区，亦泛指四方。
②参寻：寻访禅师，探究禅法。

③修行：佛教名词，佛教徒谓依据佛说教义去实行为"修行"，主要指持戒、习定。

④前生：佛教语，谓前一辈子。

⑤斋：僧人吃的饭食。

⑥默坐：静坐不语。

⑦营营：往来不断的样子。

湖外寄处宾上人①

怪得意相亲②，高携一轴新。

能搜大雅③句，不似小乘④人。

岳麓⑤擎枯桧，潇湘⑥吐白蘋⑦。

他年遇同道⑧，为我话风尘⑨。

【解读】

湖外，即洞庭湖之外，这里指湖南。这是诗人到湖南寄给好友处宾上人的一首诗。首联写处宾上人苦吟诗句，追求创意，友爱亲近，"高高举起一轴新作的诗"。颔联进一步写处宾上人擅长写作醇正大雅的诗歌，不像佛门中人。颈联由思人写到诗人身处的环境，选用代表湖南区域特色的山水——"岳麓""潇湘"，借用"枯桧""白蘋"意象，寄托了诗人的怀人思乡之情。尾联诗人希望处宾上人遇到志同道合的朋友，并转告一声自己漂泊江湖的境况。全诗语言平白晓畅，运用了想象、用典、对偶、拟人等艺术手法，虚实结合，画面感强，使处宾上人诗僧形象跃然纸上，重点突出"寄"，抒发了对友人的思念之情，同时表现了对现实旅途漂泊的无奈。

【注释】

①上人：佛教称谓，指内有智德、外有胜行之僧，以喻其出类拔萃，在人之上，故称。后泛作对德行兼备之僧的尊称，亦用作对一般僧人的敬称。

②相亲：相互友爱而亲近。

③大雅：《诗经》的组成部分之一，后来也指醇和雅正的诗歌。

④小乘：即小乘佛教，佛教的一派，在很大程度上保持早期佛教的精神，强调自我解脱。这里泛指佛教。

⑤岳麓：山名，又名麓山，在今湖南长沙市西。

⑥潇湘：潇水和湘江，在湖南省中部，都向北注入洞庭湖。

⑦白蘋：又叫茀菜、马尿花，是一种生长在浅水中的浮草，其根生于水底，初夏时开白色四瓣小花。《玉台新咏》卷五南朝·梁·柳恽《江南曲》："汀州采白蘋，日落江南春。洞庭有归客，潇湘逢故人。故人何不返，春华复应晚。不道新知乐，只言行路远。"后世诗文常以"白蘋"表达怀人思乡的情绪。

⑧同道：志同道合的人。

⑨风尘：风和尘土，这里比喻纷乱的社会或漂泊江湖的境况。

寄贯休

忆昔与吾师①，山中静论时。
总无方②是法③，难得始为诗。
冻犬眠干叶，饥禽啄病梨。
他年白莲社④，犹许重相期。

【解读】

贯休（832年—912年），俗姓姜，字德隐，婺州兰溪县登高里（今浙江省金华市兰溪市游埠镇）人，出生于"家传儒素，代继簪裾"的仕宦之家。七岁时，家道中落，父母送其入本邑兰溪和安寺从圆贞禅师学佛，为其童侍，法名贯休。贯休在寺中苦节峻行，勤于佛学，诵经之余，则习古文诗章，练书法。唐武宗会昌五年（845年），贯休因迫于朝廷的"灭佛"运动而一度随其师圆贞离开和安寺，逃入本邑的五泄山。在五泄山时，圆贞长老圆寂，贯休又转投到曾受过皇帝紫服之赐的无相禅师门下。唐宣宗大中五年（851年），贯休受具足戒，继续在山中修学禅学。

大约五年后，贯休出山游方，以家乡婺州为中心，行脚于浙江、荆湘、岭南等地。

咸通三年（862年），贯休抵达至洪州（今南昌）。洪州是马祖道一洪州宗的创发地，是"安史之乱"后著名的"选佛场"，名寺大庙众多，高僧云集。贯休在洪州期间，除在开元寺听经、弘法外，还时常参访、亲近一些禅门大德，其中重要一位就是江西庐山东林寺高僧大愿和尚。大约于唐懿宗咸通五年（864年）之后，贯休从洪州（今南昌）赴庐山，拜谒并师事大愿。贯休因为精通《法华经》，受到了大愿和尚的热情接待和特别的尊重。不久后，贯休下山转回故乡婺州兰溪。

唐僖宗广明元年（880年）六七月间，黄巢起义军攻陷睦州、婺州。为避战乱，贯休辗转于江浙的一些山区寺院。中和元年（881年），贯休离开浙江，流浪于荆湘一带。其后不久，贯休又转赴庐山隐居。贯休在庐山期间，经常请教大愿和尚，也和隐居于此的诗人裴说有较多的交往。

中和四年（884年）黄巢败亡，次年三月（光启元年，885年）唐僖宗返长安（今西安），持续十年的全国性战乱平息。贯休受婺州地方长官之召，回乡主持佛教事务。天复三年（903年）入蜀，得到蜀王王建器重，赐号"禅月大师"。乾化二年（912年），终于所居，世寿八十一岁。贯休融儒、释、道于一身，诗、书、画成就卓然，乃晚唐五代初最负盛名与传奇的高僧之一。

这是诗人裴说与贯休在江西庐山分别之后寄赠的一首诗。全诗首联回忆过去在庐山东林寺，诗人、贯休与"吾师"大愿和尚一起在山中交流学习；紧接着颔联承上，讲到全神贯注、不分昼夜地传教、弘法、作诗；颈联呈现画面感，借写"冻犬""饥禽"的生活状态，来写当时山中生活的清苦，但即使如此，那份自在闲适、执着追求，又跃然纸上。以"清苦"为审美追求，是晚唐五代诗歌发展的潮流。究其原因，一是政局混乱、社会动荡不安，二是与诗人的身份、生活经历相关。尾联总结全诗，写诗人与贯休有着共同的生活经历、共同的信仰追求，期待与贯休重逢。

【注释】

①吾师：这里指庐山东林寺的大愿和尚。

②方：正在；方才。

③法：佛教的道理。

④白莲社：东晋释慧远于庐山东林寺，同慧永、慧持和刘遗民、雷次宗等结社精修念佛三昧，誓愿往生西方净土，又掘池植白莲，称白莲社。

寄僧尚颜

曾居五老峰①，所得共谁同。

才大天全与，吟精楚欲空。

客来庭减日，鸟过竹生风。

早晚摇轻拂，重归瀑布中。

【解读】

尚颜，俗姓薛，字茂圣，其一生主要活动在 840 年至 920 年，大约经历了唐宣宗、唐懿宗、唐僖宗、唐昭宗、唐哀帝、后梁太祖、后梁末帝等皇帝，享年 90 岁以上，于后梁太祖开平（907 年—911 年）以后，卒于岳麓山寺院。尚颜一生游历过很多地方，如徐州、荆州、长安、庐山、峡州、潭州等地，喜欢与文士交游，其交往的人有薛能、陆希声、颜荛、李洞、郑谷、吴融、裴说、李洞、成汭、陈陶、王离隐、陆龟蒙、司空图、陆肱、刘必先、方干、郑准、李茂贞、智栖上人、朴上人、齐己、栖蟾、虚中、刘逸士、独孤处士、徐道人等，长于五言律诗，有诗近千首，今存尚不及十分之一，是晚唐有名的诗僧。

这是诗人裴说寄赠给好友尚颜的一首诗。首联回忆曾经与尚颜一起居住生活在庐山五老峰，共同交流佛与诗，收获颇丰。颔联盛赞了尚颜的才华，"天全与""楚欲空"，诗、佛双修，执着圆通。颈联描写当时在庐山生活的场景：客人来往，相谈甚欢，满庭芳香，日落西山，百鸟归巢，晚风吹拂，翠竹生烟。尾联总结，在庐山五老峰中，青山绿水，微风摇拂，整日轻松闲适，因此诗人期待与友人尚颜重回庐山，共赏瀑布。全诗风格飘逸，展现了诗人较高的修行境界，仿佛获得了上乘的智慧之眼，能够看到过去和未来。诗人通过对过往和自然的凝神观照，获得了

离尘绝世之感。诗人通过内心的回归期待，感念的交互流淌，进一步体现了与尚颜之间的质朴真情。

【注释】

①五老峰：庐山东南部的高峰，形状如五位老人并肩而立，是庐山胜景之一。

哭处默上人①

凄凉縿幕②下，香吐一灯分。
斗老输寒桧，留闲与白云。
挈盂③曾几度，传衲不教焚。
泣罢重回首，暮山钟半闻。

【解读】

处默，唐末诗僧，生于唐文宗时期前后，婺州金华（今浙江金华）人，幼于兰溪出家，与安国寺僧贯休为邻，常作诗酬答。曾游历杭州、润州诸州。与若虚同居庐山，又入九华山居住。后入长安，住慈恩寺。约卒于唐末梁初。工诗，与修睦、栖隐、罗隐、郑谷等为诗友。《崇文总目》《宋史·艺文志》著录其诗集一卷，今不存。《全唐诗》卷849存诗八首。

处默过世后，友人裴说悲恸不已，遂作《哭处默上人》一诗。这首诗首联写灵帐下的凄凉，香烛吐雾，灯火分明。颔联看似写景，实际上写人的生命有限，不如"寒桧"，同时寄托诗人的哀思：愿处默圆寂后升天"与白云"闲度。颈联写两人端着盂盆给处默浴身超度，诗人感情至深，生离死别，诗人舍不得将其火化。尾联写诗人驻足回首，久久不愿离开，静静地听着处于暮色云山中的寺庙传来的袅袅钟声。

王羲之《兰亭集序》有言："'死生亦大矣。'岂不痛哉。"死生是人生的大事，真是令人痛彻心扉。自古以来有着慎终追远传统的中华民族，对已逝之人，往往以诗来寄以哀思，是为哀悼诗。这首哀悼诗写得悲恻缠绵

又意境幽邃，全诗情景交融，连用凄冷的意象——"寒桧""白云""暮山"，整体色调偏冷，整首诗的基调"凄凉"又悲情，读起来悲恸感人。

【注释】

①上人：佛教称谓，指内有智德、外有胜行之僧，以喻其出类拔萃，在人之上，故称。后泛作对德行兼备之僧的尊称。

②繐幕：灵帐。

③盂：古代一种盛液体的器皿。

庐山瀑布

静景①凭高望，光分翠嶂②开。

嵼③飞千尺雪，寒扑一声雷。

过去云冲断，旁来烧隔回。

何当住峰下，终岁绝尘埃。

【解读】

　　庐山位于江西省九江市，耸峙于长江中下游平原与鄱阳湖畔。飞泻的瀑布，是庐山的一大奇观。诗人裴说曾经居住在庐山一段时间，这首诗便写于这个时候。首联写诗人站在龙潭旁边的"静景"旁仰望瀑布，瀑布的光芒将"翠嶂"一分为二。从静中仰观，写出了瀑布具有气势磅礴之豪壮感。中间两联：瀑布从险峻的山峰处，冉冉旋空而降，犹如飘雪，从千尺的上空缓缓而来，缀者如旒，森然四垂，好像把天空的云层都冲断了，扑入龙潭，涌若沸汤，奔若跳鹭，其声如雷霆四击。这两联运用了夸张、拟人、比喻等修辞手法，一高一下，一远一近，动静结合，将瀑布的外形、声音贯穿于瀑布的整个飞泻过程中，将瀑布的雄奇气势表现得淋漓尽致。尾联诗人赞叹：住在这山峰下多好，终年都与"尘埃"隔绝。字里行间，透露了诗人远离城市喧嚣、甘于隐居山水的心态。整首诗语言生动形象、洗练明快，由全景到远景、近景，构思奇特，层次分明，诗中有画，画中有情，堪为状物、写景和抒情的典范之作。

【注释】

①静景：幽静的景物。

②翠嶂：高险得像屏障的青翠的山峰。

③崄：同"险"，高峻的样子。

华山①上方②

独上上方上，立高聊称心。

气冲云易黑，影落县③多阴。

有云草不死，无风松自吟。

会当求大药，他日复追寻。

【解读】

这首诗是诗人登华山上方有感而作。创作这首诗时，诗人受到道文化的影响，就比如"上方"二字，为道教术语，诗人使道教用语与诗歌自然地结合。僧道把他们所修建的寺观，据其所据山中地势的高下，分为上方或下方，上院或下院等。华山有上方、中方、下方，也称为大上方、中上方、小上方。华山上方有白云宫，中方有太清宫，下方有云台宫。传说大方是焦道广隐居时的住所。首联写诗人独自一人登上了上方，站在高处，心旷神怡。颔联写诗人仰视所见景致，从某种意义上来说，这景致影射了当时的政治时局黑暗混乱。颈联写上方上的草、松，彰显了华山的优美安宁。同时，诗人自比为"不死"的草和"自吟"的松树，有着顽强的生命力和乐观向上、坚贞不屈的奋斗精神。尾联两句，因为登上上方，太消耗体力，所以诗人需要"大药"，进一步烘托了华山的险峻；"复追寻"，表达了诗人对华山的欣羡向往之情，再一次衬托了华山的魅力。同时，这里的"大药"可解读为济世良药，如果求得了济世良药，驱除了社会的黑暗混乱，那么他日就可再来这里览胜，可见一种救世济民的家国情怀呼之欲出。全诗采用动静、虚实相结合的艺术手法，语言精美，富有意境，风格豪迈奔放又隐晦蒙眬，写出了华山的"奇""险"等特征，抒发了诗人热爱祖国大美河山之情，同时寄托了诗

人心系家国的思想情感。

【注释】

①华山："五岳"之西岳，在陕西省东部，北临渭河平原，山势险峻，是游览胜地。

②上方：是道教术语，意为"天界"，大上方是华山道士焦道广隐居之处，其路好似挂在悬崖峭壁上。

③县：本义是悬挂。

咏鹦鹉

常贵西山鸟，衔恩①在玉堂②。

语传明主③意，衣拂美人④香。

缓步寻珠网⑤，高飞上画梁⑥。

长安频道乐，何日从君王。

【解读】

本书前面解读了裴夷直的诗《鹦鹉》。在唐诗中，流传下来咏鹦鹉的诗歌有一百多首。比如，李白的《鹦鹉洲》："鹦鹉来过吴江水，江上洲传鹦鹉名。鹦鹉西飞陇山去，芳洲之树何青青。烟开兰叶香风暖，岸夹桃花锦浪生。迁客此时徒极目，长洲孤月向谁明。"还有中唐诗人王建的《闲说》："桃花百叶不成春，鹤寿千年也未神。秦陇州缘鹦鹉贵，王侯家为牡丹贫。歌头舞遍回回别，鬓样眉心日日新。鼓动六街骑马出，相逢总是学狂人。"

裴说这首《咏鹦鹉》的首句"常贵西山鸟"，与上述李白、王建两位前辈的诗句"鹦鹉西飞陇山去"及"秦陇州缘鹦鹉贵"相关联。在《山海经》中《西山经》也有对鹦鹉的描述："有鸟焉，其状如鸮，青羽赤喙，人舌能言，名曰鹦鹉。""西山"，即陇山，也就是六盘山的南段，亦名陇坂、陇坻、陇首，属古之陇州，位于今陕西、甘肃边界，南北向绵延约一百公里，是渭河平原与陇西高原的分界。此诗首句点题，鹦鹉出自西山，外美内才，非常高贵，接着写鹦鹉懂得感恩。颔联、颈联展开想象，描述鹦鹉在"玉堂"的职责和作为。最后尾联回归现实，发出感叹："何日从君王！"

这首诗隐藏着诗人裴说一生的执着追求：裴说生于乱世，自幼勤奋攻读。至京城多年，每年均以历年所作五言诗十九首投于各显要门下，以求赏识，然久不及第。有人讥笑他"复行旧卷，怎无新作？"裴说却不以为然，解释说："只此十九首苦苦吟来之诗尚无人见识，何需再用它诗？"全诗以意会象，托物咏志，诗人借助鹦鹉能言、高贵的特点，自比为鹦鹉，希望像鹦鹉那样，感恩君王，渴望功名，报效国家，同时抒发了怀才不遇之愤慨。

【注释】

①衔恩：受恩；感恩。

②玉堂：汉代殿名。后用为宫殿的通称。

③明主：贤明的君主。

④美人：本指容貌美丽的女子和贤人。这里比喻君王。

⑤珠网：缀珠之网状的帐帏。出自《文选》王中《头陀寺碑文》："夕露为珠网，朝霞为丹膲。"吕延济注："珠网，以珠为网，施於殿屋者。"

⑥画梁：有彩绘装饰的屋梁。

鹭鸶①

秋江清浅时，鱼过亦频窥。
却为分明极，翻②成所得迟。
浴偎红日色，栖压碧芦枝。
会共鹓③同侣，翱翔应可期。

【解读】

鹭鸶作为水边常见的水鸟，羽毛洁白，仪态高雅，很早就出现在诗歌中，深受文人们的喜爱和赞赏。《诗经》中《周颂·振鹭》云："振鹭

于飞，于彼西雝。"这描绘了成群的白鹭在都邑西郊的泽宫中翩翩起舞的景象，赞美白鹭有高洁的容仪。

这首诗，第一联写秋季江水清浅，鱼儿游来游去，鹭鸶频频偷窥；第二联写分明是捕鱼的好时机，可还是晚了，没有捕捉到；第三联写鹭鸶时而在红日下戏水，时而栖落在岸边的碧绿芦苇的枝头上；第四联写鹭鸶与鹓携伴同行，翱翔可期。全诗写出了鹭鸶捕鱼的状态以及生活习性和细节，描绘出了一幅生动优美的图画，显示出生态环境的和谐美好。

唐末五代十国时期，社会动荡不安，党同伐异、钩心斗角的激烈斗争此起彼伏，因宦海浮沉、忧患劳生而感到身心疲惫的诗人，渴望能够像鹭鸶一样，过着一种心愿淡泊、自由闲适、与人无争、逍遥无虑的幽静生活，这表露出诗人对诗意栖息地的追求和向往之情。

【注释】

①鹭鸶：也叫白鹭。鸟类。腿长，颈长，全身羽毛雪白。春夏多活动在湖沼岸边或水田中，好群居，主食鱼、蛙等。

②翻：反而。

③鹓：古代传说中一种像凤凰的鸟。鹓和鹭，飞行有序。

牡丹

数朵欲倾城①，安②同桃李荣。

未尝贫处见，不似地中生。

此物疑无价，当春独有名。

游蜂与蝴蝶，来往自多情。

【解读】

牡丹成为名贵的观赏花卉，始于隋朝，盛于唐朝。在唐代，牡丹已被推崇到"国花"的地位，以其国色天香赢得唐代人的喜爱。

富贵自古以来为人们所追求，牡丹外形大如斗，花繁朵丽，色彩浓艳，贵气逼人，因而引发诗人对富贵的联想。此诗第一句写"倾城"，第二句借用"桃李"作反衬。然后直说"未尝贫处见""疑无价",这更加彰显了牡丹的富贵之身。最后两句,用蜂蝶的"自多情",进一步突出了牡丹的名贵。

全诗语言流畅生动,读起来朗朗上口。在艺术手法运用上,有想象,有夸张,有衬托,有拟人等多种艺术手法融合在一起,动静结合,画面感强,多方面、多侧面地状摹出牡丹的美丽和高贵,极尽体物之妙,皆以传达诗人心中的思想感情。

【注释】

①倾城:倾覆全城,这里形容牡丹很美,能使全城的人倾倒。
②安:怎么。

见王贞白

共贺登科①后,明宣②入紫宸③。
又看重试榜,还见苦吟人。
此得名浑别,归来话亦新。
分明一枝桂④,堪动楚江⑤滨。

【解读】

王贞白,字有道,号灵溪,信州永丰(今江西省上饶市广丰区)人,唐末五代十国著名诗人,据《灵溪王氏宗谱》和《岔路头丰溪南城王氏宗谱》记载:"生于唐大中戊寅年(858年)八月十五日酉时,卒于后晋天福己亥年(939年)二月廿三日亥时。"年少时,王贞白在白鹿洞书院求学,后游历塞外,作多首边塞诗。乾宁二年(895年)登第一事中,王贞白经历了中举、重试、再中举的科场风波。此次科举初试录取进士二十五人,张贻宪为状元,王贞白、黄滔、赵观文等人也登第在列。但由于考官崔凝有作弊之嫌,放榜之后,时人议论纷纷,昭宗不得不下诏复试,结果赵观文拔得头筹,折桂蟾宫,张贻宪等十人落榜,而王贞白、黄滔等人则二次登第。据《唐才子传》卷十载:"乾宁二年登第,时榜下

物议纷纷，诏翰林学士陆扆于内殿复试，中选，授校书郎，时登科后七年矣。"七年后（902年），王贞白授职校书郎，曾与罗隐、方干、贯休同唱和。著有《灵溪集》7卷行世。其名句"一寸光阴一寸金"，至今民间广为流传。后病卒于故里，朝廷敕赠王贞白为光禄大夫"上柱国公"封号，建立"道公祠"，葬于今江西上饶广丰区城西门外城壕畔。

王贞白重试及第之后，贯休赠诗《送王贞白重试东归》一首，诗人裴说也作诗一首《见王贞白》，表达由衷的祝贺。这首《见王贞白》，首联写到初试王贞白登科了，还进入内殿拜见皇帝与众臣；颔联写到同年重试的榜单上，依然有"苦吟人"王贞白的名字；后两联写连续两次蟾宫折桂，非比寻常，自此打开了仕途之门，不仅仅带给自己荣耀，也给自己的家族、家乡带来巨大的变化和影响力。科举及第，亲朋好友来相贺。此时及第士人实现了自己多年的梦想，终于使自己跨出了人生关键的一步，因此所说的话与科考前是不同的，及第士人的话语中饱含了他们难以掩饰的喜悦，以及对未来的展望。科举及第改变的不仅仅是一个人的生活，也改变了世人对及第者的看法。王贞白的家乡在江西上饶，地处长江中下游，因而有"堪动楚江滨"之语。全诗简洁跃动，曲折欢快，叙述了王贞白在乾宁二年（895年）中举、重试、再中举的整个过程，字里行间里流露出对朋友两番折桂的喜悦之情。这也从侧面反映了科举及第对人的社会属性的影响。

【注释】
①登科：科举时代应考人被录取。
②明宣：指大力宣扬。
③紫宸：唐代内廷正殿的名称，是群臣朝见的地方。
④一枝桂：指进士诸科及第。典出《晋书·郤诜传》，"武帝于东堂会送，问诜曰：'卿自以为何如？'诜对曰：'臣举贤良对策，为天下第一，犹桂林之一枝，昆山之片玉。'"
⑤楚江：即今湖北境内及其以东的长江中下游的长江称楚江。

经杜工部坟

骚人①久不出，安得国风②清。

拟掘孤坟破，重教大雅③生。

皇天高莫问，白酒恨难平。

悒怏④寒江上，谁人知此情。

【解读】

杜工部，即唐代大诗人杜甫（712年—770年），字子美，自号少陵野老，巩县（今河南巩义）人。杜甫曾祖父（杜审言父亲）起由襄阳（今属湖北）迁居巩县（今河南巩义）。广德二年（764年）春，杜甫回到四川成都草堂，成都尹兼剑南节度使严武举荐杜甫为节度参谋、检校工部员外郎，因此后人称杜甫为"杜工部"。

大历三年至大历五年（768年—770年），杜甫生命中最后的三个年头在湖湘大地上飘零而过。大历三年（768年）正月，杜甫携家人舟行，出三峡，离开夔州往东顺流而下。三月，船行至湖北江陵。杜甫在此地停留了大致半年时间，生活艰辛，过得并不如意。深秋时节，他和家人又迁徙到湖北公安，生活也过得很不好，旋即顺流而下，继续往东，于年底到达湖南。大历四年（769年）正月，进入洞庭湖，随即又从洞庭湖沿湘江往南溯流而上，在二三月许，抵达潭州（今长沙）。在潭州待了不足一月，便又继续往南，不久到达衡州（今衡阳）。在衡州时，已是盛夏时节，天气特别炎热，杜甫只在衡州停留了很短的一段时间，再一次匆匆返回潭州，而且在潭州待了一年左右的时间。直到第二年（770年）的夏天，因为潭州发生"臧玠之乱"，为躲战乱，没有办法，杜甫又南下衡州。他曾一度溯郴水（今耒水）而上，因衣食无着，想到了在郴州做官的舅舅。但船行至耒阳，正遇上发大水，只得滞留在耒阳一个叫方田驿的地方，断粮多日，幸得耒阳父母官聂县令援助，才免于饿死。郴州去不成，他只好掉转船头又回到了衡州。他这次在衡州待到了秋末，决定北上，于是告别了湖南幕府亲友，一路往北。就在北归的途中，诗

圣杜甫客死于潭州、岳州之间。

现在全国的杜甫墓有四处，即在河南偃师、河南巩县（从偃师迁葬而来）、湖南耒阳、湖南平江。前两处为迁葬地，从当时交通运输、藩镇割据、战乱不堪以及杜甫子孙经济条件等方面来考虑，迁葬河南偃师一说令人生疑。杜甫在湖南耒阳无亲无故，以杜甫生前之穷苦困顿，其丧事必得靠亲友的赙赠，因此杜甫遗骸不可能由外地运到耒阳安葬。唐末贯休《读杜工部集二首》之二尾联说："不知耒阳令，何以葬先生？"这显然是质疑的口吻，意谓不知耒阳县令，凭什么埋葬杜甫。杜甫不死于耒阳，而耒阳却有杜墓，贯休才有此质疑，因此可以推定贯休早已认为那是一座空坟。湖南平江，正处于潭州、岳州之间，从中唐元稹的《元氏长庆集》卷五十六《唐故工部员外郎杜君墓系铭并序》、明清时《杜氏族谱》《平江县志》《湖南通志》、杜墓挖掘出来的实物以及杜墓附近杜氏后裔繁衍聚居地等因素来看，杜甫之死葬平江真实可信。

这首诗，是诗人裴说南归路过位于今湖南岳阳市平江县的杜甫坟前时有感而发写作的。首联写到自杜甫逝世之后，很久没有出现过像杜甫这样伟大的诗人，那国家与社会的风气怎么会得到有益的改变呢？颔联紧接着写多么希望杜甫重生，为国为民多培养大雅之才。颈联进一步写出杜坟之孤，皇恩浩荡，可天高地远，没有谁还能问及；诗人用白酒祭祀，也难填平心中的情意。尾联写诗人环顾杜甫坟墓四周，江水清寒，忧郁不快，最后发出感叹：此时此刻，谁人能理会？全诗情景相融，富于想象，善于反问，字里行间表现了诗人对杜甫一生的敬佩与追思，对杜甫逝世的痛心和惋惜，同时抒发了对唐末文人不作为、社会混乱动荡、国家风气无法改变的愤懑之情。

【注释】

①骚人：因屈原作《离骚》诗，故以借指诗人、文人。

②国风：一个国家在政治、经济、生活习惯等方面的风气。

③大雅：大方高雅。对人的敬称。

④悒怏：忧郁不快。

寄僧知乾

貌高清入骨，帝里①旧临坛②。
出语经相似，行心佛证③安。

【解读】

　　知乾，晚唐僧人，生平、籍贯等不详。这首诗第一、二句描写了知乾的外貌：高个、清秀、硬骨，一脸佛相，犹如京城临坛大佛。第三、四句写了知乾有很高的佛学修养：所说的话，如同佛经的智慧一样，给人启发；所行的事，如同佛教的真理一样，让人安心。全诗呈现了僧人知乾勤修禅理、隐忍贫困、严守佛教戒律、超凡脱俗的般若智慧，赞美了他艰苦卓绝修行的执着精神，为晚唐文士求法弘法树立了榜样。

【注释】

①帝里：指京城。
②临坛：谓僧尼登临戒坛，举行受戒之仪式。此等登坛受戒之僧尼，即称为临坛大德。
③佛证：佛教的真理。

乱中偷路入故乡

愁看贼火起诸烽①，偷得余程怅望②中。
一国半为亡国烬，数城俱作古城空。

【解读】

　　唐代末年，黄巢起义失败，藩镇首领纷纷割据。公元907年，朱温代唐，建国为梁，史称后梁。此后，北方先后换了五个朝代（后梁、后唐、后晋、后汉和后周），总称为"五代"。南方则在相近的时间出现

了九个并列的割据政权，即前蜀、吴、吴越、楚、南汉、闽、南平、后蜀和南唐，这九个割据政权加上与后周同时建都于太原的北汉，被称为"十国"。中国重新陷入战乱阶段，大小统治者激烈角逐，兵燹不断，社会经济、文化受到颇大影响。直到公元 960 年，赵匡胤陈桥兵变，夺取后周政权，建立了宋王朝，中国才又一次恢复了统一的局面。

这首诗是诗人逃难路上所作。诗人在兵荒马乱、烽火迭起的情况下寻路归家，一路上路途遥远，惶惶不安，所看到的是一幅昔日繁荣的城池已化为灰烬变成荒凉死城的末世图画，蕴含着无尽的悲凉感。此诗真实地记录了唐末五代时期人民的生存之痛，表达了对陷人民于水深火热的战乱的无比愤慨，展现了下层寒士的凄怆、酸涩、困苦、伤痛和悲慨的生活和精神世界。

【注释】

①烽：古时边境报警的烟火，这里指战争，战乱。

②怅望：惆怅地看望或怀想。

蔷薇

一架长条万朵春①，嫩红②深绿小窠③匀。

只应根下千年土，曾葬西川织锦人。

【解读】

西川，作为行政区划名，开始于唐代。公元 757 年，把原来的剑南节度使分为剑南东川节度使和剑南西川节度使，剑南东川简称"东川"，剑南西川则简称"西川"。此诗大约作于西川，状元诗人裴说素来流落湖湘，而从史志来看，唐代起码有两位名叫裴说的文人。一位是曾位居长安丞的裴说，与韦应物（737 年—792 年）、司空曙（720 年—790 年）有唱和，如韦应物《答长安丞裴说》《答裴丞说归京所献》、司空曙《秋思呈尹植裴说》。这三首诗所涉及的裴说应为与韦应物、司空曙同时代的文人。北宋钱易撰写的笔记小说《南部新书》中载"裴说，宽之侄孙，佐西川韦皋幕"。裴宽，679 年出生，754 年去世。韦皋，745 年出生，805 年 9 月 13 日去世。可见在韦应物和韦皋之时，文坛尚有另一位裴说。长安丞裴说的诗歌可能有所流传，这首《蔷薇》恐怕为他所作。状元诗人裴说的生活年代比长安丞裴说晚大约一百年，已处于唐末五代时期。状元裴说诗大多为五律，气质较为统一，但凭现有的史料，要在所流传的裴说作品中确切分辨出作者是哪一位裴说，这是非常困难的。

这首诗前两句将满架蔷薇枝长叶茂的情形展现得十分优美飘逸，令人赏心悦目，继而从每个细微处着眼，妙笔生花，穷形尽态。以前人们植养蔷薇大都是设之于架，牵引其上，形式仿佛葡萄藤架一般。当春日阳光迟迟垂照时，便可见一茎独秀，数枝荫庭。诗中以"一"与"万"对举，极写其花之繁；"红"与"绿"映衬，形容其色之艳；"小"与"匀"并提，状其玲珑之态；以"嫩"饰"红"，也较新颖，这些都表现出诗人文字锤炼之工。这两句诗展示了浓郁而清新的盎然春意，构成了一种诗情画意的审美境界。同时，诗人象征性地以点缀星罗、含苞欲放的花蕾来预示春天里那孕育成长着的、更美好的生命力。

后两句诗，承转得有些突兀，似乎撇开蔷薇本身不写，却言及"西川织锦人"。古时候，四川的丝织业很发达，其盛产的"蜀锦"曾闻名于世。实际上，诗人这两句不仅是着墨于蔷薇的描写，而且是将其置于一种审美理想的高度去认识和体现的。蔷薇花之所以艳如锦绣，原因在于它的"根下千年土"，永远葬着那些"西川织锦人"。另外，也表明花之于人情，人之于花意，二者作为同样美好的象征，都体现和寄托了诗人对这些风物人情充满诗意的感念及怀想。此情此意，溢于言表。至于织锦人在九泉之下还能织出锦绣一样的花朵奉献给人间，这理应是出于诗人的一种更美好的念想。

全诗前两句笔致森秀幽畅，清新隽永；后两句则蕴蓄顿挫，超妙孤回。寥寥四句，语短情长，将蔷薇写得巧致生动，含蓄不尽，比喻新奇，艺术形象鲜明。在这独具匠心的吟咏里，洋溢着对大自然和生命的欣悦和热爱，洋溢着蓬勃的时间生命意识，这是一种个体生命的圆满和丰盈。整首诗不再是单纯地"以物象物"，而是观照言外之意，给人以辩证思考与审美启迪。

【注释】

①春：春色，这里指蔷薇花。

②嫩红：浅红。

③窠：穴，这里指蔷薇花及其蓓蕾状如窠穴。

春日山中竹

数竿苍翠①拟龙形，峭拔②须教此地生。

无限野花开不得，半山寒色③与春争。

【解读】

　　竹，生性喜人，坚忍不拔，经寒不凋，四季常青，充满灵性，风度潇洒，清香飘逸。历来文人骚客对竹一见钟情，流连忘返。尤其在那些崇尚自然、热爱山水的唐代诗人那里，竹更是受尽万般宠爱，在他们的诗歌里，"竹"的意象是诗人丰富各异的性情的外化。

　　在这首诗里，诗人写了初春时山中的竹子。第一、二句写出了山中竹的峻拔苍翠、生命力极强的形象。第三句，写了此时此地野花没有开放，这衬托了竹子的执着顽强。第四句，由"数竿"到"无限野花"，再到"半山寒色"，不断拓宽视野。在空旷的背景下，更加烘托了竹子独特的形象和个性，寓意了诗人执着追求人生理想的心。

　　全诗前两句正面写竹子，后两句通过写"无限野花""半山寒色"来歌咏竹子。从表现手法上来看，写竹是实，写人是虚；从命意上来看，写人为实，写竹为虚。诗人正是通过比喻、象征、拟人、对比等艺术修辞手法，移情于竹，在竹的身上寄托了自己无限的深情：历经磨难却矢志不渝，不幽怨孤寂，不充满无奈，不畏艰苦，而是激情满载、满含雄心壮志、极其顽强地为伟大理想、远大抱负孜孜追求。

【注释】

①苍翠：青绿。

②峭拔：挺拔。

③寒色：给人以寒冷感觉的颜色。

柳

高拂危楼①低拂尘，灞桥攀折一何②频③。
思量④却是无情树，不解迎人只送人。

【解读】

古代灞桥，一直居于关中交通要冲，它连接着西安东边的各主要交通干线。灞河上建桥最早是在春秋时期。当年秦穆公称霸西戎，将原滋水改为灞水，并于河上建桥，故称"灞桥"，这也是我国最古老的石墩桥。到唐朝时，灞桥上设立驿站，凡送别亲人好友东去，一般都要送到灞桥后才分手，并折下桥头柳枝相赠。久而久之，"灞桥折柳赠别"便成了特有的习俗。

柳，作为文学作品中的离别意向最早大概始于《诗经·小雅·采薇》中的"昔我往矣，杨柳依依，今我来思，雨雪霏霏"。在这里诗人赋予了柳的离别意象，开后世此意象之先河。此离别意象盛于魏晋南北朝时期，经唐宋的沉淀和凝固，成为这一时期文坛和现实生活中的一大奇葩。古人钟情于柳，当然与柳自身的特点以及从柳本身所挖掘出的意义有关。主要是"柳"与"留"谐音，暗含了柳的留别、留情、挽留的意象，且柳絮之"絮"与情绪之"绪"谐音，柳丝之"丝"与相思之"思"谐音。于是古人将依依惜别的情怀寄托于娇柔细柳。赠柳、咏柳也就常常带有希望离别之人能够留下来的美好心愿。古人用柳枝的随风飘摇表示别情的依依，就如此诗第一句中的两个"拂"字，"高处柳条吹拂着高楼，低处的柳条吹拂着灰尘"，柳条摇曳，仿佛真情留恋。折柳赠别与古人重视离别的心理有关，由于柳条细长柔软易绕，所以古人借它来表达柔情萦绕和感情绵长之意。临别以柳相赠，更是表达了无尽的怀念与相思。

此时此刻，读起这首诗来，就很明白了：第一句引出"柳"，点题；第二句写了灞桥折柳送别；第三句写出了离别后的思念；第四句，写了"柳"只送人，不迎人。全诗短短四句，运用了拟人、用典、移情等艺术手法，将柳意象凝结于其中，并表达了离别相思、伤己愁人等诸多情

愫。这些情愫交织在一起，共同作用于个体的文化心理结构中，每当牵动柳意象系统中的一个要素，便常常诱发一种整体性的联想功能与情绪反应。这是我们了解古人丰富、复杂情感的一扇窗口，具有一定的历史文化意义。

【注释】

①危楼：高楼。危，高。

②一何：何其，多么。

③频：屡次，连次。

④思量：想念；相思。

岳阳兵火后题僧舍

十年兵火真多事①，再到禅扉②却破颜。
唯有两般③烧不得，洞庭湖水老僧闲。

【解读】

唐末五代时期，在湖南境内有过两次较大的战争，即唐乾宁三年至光化三年（897 年－900 年），马殷统一湖南地区，攻取桂、宜等州的战争；五代梁开平年间（907 年－911 年），马殷与杨行密、雷彦恭、刘隐为争夺地盘发生过较大的战争。这样两次战争连起来，大概十年。所以，诗中有"十年兵火真多事"。

这首诗是裴说逃难经过岳阳时所作，岳阳当时已遭兵火劫掠，房屋几乎全部被烧毁了。裴说来到当年与弟弟裴谐北上赶考时投宿的一座寺庙，发现那座寺庙也被烧得门歪墙塌，柱焦瓦破，只有当年接待他们的那位高僧仍在残破的寺庙中神闲气定地诵着佛经。"唯有两般烧不得，洞庭湖水老僧闲。"看看，什么都烧光了，只有浩瀚的洞庭湖水和眼前这位诵着佛经的老僧那份神闲气定的禅心是永远也烧不掉的！

全诗语言简洁，内涵丰富，诗人的无奈、悲哀、痛恨等多种情愫交织在一起，再现了唐末五代时期的社会历史，深刻地揭露了战乱给社会、

人民造成的巨大劫难。

【注释】

①多事：多事故；多事变。

②禅扉：指佛寺之门。

③两般：两样；不同。

重台①芙蓉

众芳凋落后，特地②遇阳和③。

一一开虽晚，重重得亦多。

略无幽鸟语④，时有冻蜂过。

日暮寒阶畔，轻红拂浅莎。

【解读】

这是一首赞美芙蓉花的诗。第一联写了草木萧疏的晚秋，天气突地暖和，点明了芙蓉开放的条件。第二联写到芙蓉虽然开得晚，但是一朵朵地盛开起来了，重重叠叠，茂密繁多。"一一""重重"，这两个叠词用得很好，由一朵，到一片，再到一大片，由少到多，由小到大，从聚焦到广袤，由近及远，视野逐渐开阔，构造了一幅花团锦簇的芙蓉图。第三联写到"鸟""蜂"，作为陪衬，衬托了芙蓉的绚丽多姿的魅力，同时让整幅芙蓉图从静态走向动态，显得生机勃勃。最后一联，将笔触及到更广阔的世界，扩大了整个诗歌呈现的画面，夕阳西下，秋风轻拂，花草摇曳。"红"，既指夕阳之红，也可指芙蓉之红，红红相映。

整首诗的景物造型化反映了诗歌与绘画之间惟妙惟肖的关系，句句是画，每一句都是一幅独立的艺术画面，层层推进，通体浑融，互根互生，动静结合，点面一体，诗情与画境完美融合，在生动的景物造型里，表达一份情感。诗人对芙蓉的赞美与欣赏，不仅仅着眼于芙蓉鲜艳华美的色彩、外形，更着眼于芙蓉的品格、生命力。

【注释】

①重台：复瓣之花。

②特地：突地，忽地。

③阳和：温暖，暖和。

④幽鸟语：幽怨的鸟鸣声。

上岳守

入郭①宽万里，岳阳堪画图②。

及窥贤太守③，不见洞庭湖。

【解读】

唐末五代时期，割据湖南的马殷实行"不征商旅"的开放政策，即用免税方法吸引外地商人来湖南做买卖。同时，马殷还派人出去经商。经过唐五代时期的开发，湖南地区昔日那种"火耕水耨""渔猎山伐"的落后状况大大改观，社会经济有了空前的发展。《读史方舆纪要》卷七十七《岳州府》记载"以境内之物，易得天下百货"，可见当时的商业发达。

这首诗是诗人南下流落到岳阳时写作的。全诗一、二句写出了岳阳城之广、之美，壮阔优美的画面油然而生。三、四句，写出了岳阳城之广之美的缘由：全因有位"贤太守"。最后将岳阳城与洞庭湖比较，进一步烘托了岳阳城的壮美。整首诗歌颂了"贤太守"，同时给我们描绘了唐五代时期岳阳的城市建设状况。

【注释】

①郭：指外城，即在城的外围再加一道城墙。

②画图：比喻美丽的自然景色。

③太守：官名，本名郡守，为郡一级地方行政长官，是秦朝至汉朝时期对郡守的尊称，汉景帝时"郡守"更名为"太守"，历代沿置。魏晋南北朝时多加将军号，职权颇重，后期郡辖区大大缩小，职任下降。唐代

改郡为州，改太守为刺史。至玄宗时，复州为郡，复刺史为太守。肃宗再复唐初旧制。后世多为州刺史或知府的别称。

裴谐诗

裴谐，生卒年不详，祖籍河东闻喜（今山西省运城市闻喜县），桂州临桂（今广西桂林临桂区）人。唐哀帝天祐三年（906年），进士登第，第二名。第一名是其兄裴说。终桂岭（今广西贺州桂岭）摄令（县令，由地方长官任命，不由中央朝廷委任）。诗一首。

观修处士画桃花图歌

一从天宝王维死，于今始遇修夫子。
能向鲛绡①四幅中，丹青②暗与春争工。
勾芒③若见应羞杀，晕绿匀红渐分别。
堪怜彩笔似东风，一朵一枝随手发。
燕支乍湿如含露④，引得娇莺痴不去。
多少游蜂尽日飞，看遍花心求入处。
工夫⑤妙丽实奇绝⑥，似对韶光⑦好时节。
偏宜留著待深冬，铺向楼前厌⑧霜雪。

【解读】

古时候称有德才而隐居不愿做官的人为处士。这是诗人观看修处士的桃花图而写的一首题画诗。题画诗的内容大致三类：描述画意，拓展意境，即欣赏性题画；寄托怀抱，升华主题，即寓意性题画；品人品艺，阐述画理，即品评性题画。这首诗将这三类内容巧妙融合在一起。

从全诗来看，画者修处士的桃花图，应是工笔设色之类——绢画，所画为花鸟草虫，所用技法如勾勒点染，"晕绿匀红"，其"工夫妙丽"，能"与春争工"，而作画时间却在王维去世后。诗人将修夫子与王维相提，有其基本价值判断，即画家应该不在民间画工之列。

"一从天宝王维死"，从历史上来说，是不准确的。王维，开元十九年（731年）状元及第，历官右拾遗、监察御史、河西节度使判官。天宝年间，王维拜吏部郎中、给事中。诗名扬于开元、天宝间。"安史之乱"爆发后，被迫受伪职。平乱之后，被责授太子中允。上元二年（761年）去世，曾官至尚书右丞，故世称"王右丞"。王维善画山水。苏轼称赞其："味摩诘之诗，诗中有画；观摩诘之画，画中有诗。"无论诗画，均以意境取胜，有淡远、静谧之神韵。

接下来，"堪怜彩笔似东风，一朵一枝随手发"，由此看来，彩笔是否似东风不重要，关键是画家"随手发"，使胸中造化，吐露于笔端，恍惚变幻，象其物宜，即创造出的境界：燕支如含露，娇莺痴不去，游蜂求入处，待冬殢霜雪。真是画夺造化天无功！画家的创化之功被诗人的生花妙笔描绘得淋漓尽致、引人入胜。

诗人进士登第之后的第二年，唐室政权就灭亡了。诗人饱尝朝政紊乱、战乱不休、国衰民怨、前途无望以及流播转徙的苦难现实。这首虽然是题画诗，但在这诗中也融入了诗人的遁世情怀。诗情画意，相得益彰；诗人和画家在个性才情、审美倾向、意识表达等问题上表现出惊人的内在一致性！

【注释】

①鲛绡：相传为居于海底的鲛人所织的绡。借指轻纱薄绢。

②丹青：本指绘画用的颜色，后多用以借指绘画艺术。

③勾芒：伏羲臣，死后为木德之神，即主管树木的神。典出《墨子·明鬼》，"郑穆公当昼日中处乎庙，有神入门而左，鸟身素服，三绝面，状正方。郑穆公见之，乃恐惧奔。神曰：'无惧，帝享汝明德，使予赐汝寿十年有九，使若国家蕃昌，子孙茂，毋失。'政穆公再拜稽首，曰：'敢问神名。'曰：'予为勾芒。'"

④含露：带着露水。

⑤工夫：造诣，素养。

⑥奇绝：奇特，绝妙。

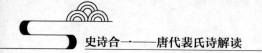

⑦韶光：美好的春光。

⑧殛：诛杀；放逐。